Das Buch

Wer ist die mysteriöse Fleur? Der junge Tristram Heade aus Virginia macht eine Reise nach Philadelphia, um eine seltene Erstausgabe zu erstehen. Dort wird er seltsamerweise für einen gewissen Angus Markham – allem Anschein nach ein skrupelloser Geschäftsmann – gehalten. Im Schrank hängen plötzlich elegante Anzüge, die ganz gewiß nicht ihm gehören. Auf der Straße findet er ein Glasauge, in seiner Tasche einen Dolch. Dann tritt die schöne Fleur Grunwald in sein Leben: Auch sie hält ihn für Markham, und von diesem erwartet sie einen ganz bestimmten Gefallen ... In ihrem Leben gibt es ein schreckliches Geheimnis, und je näher ihr Tristram kommt, desto mehr scheint er den festen Boden unter den Füßen zu verlieren. Niemand ist, was er scheint, Abgründe an mörderischer Wut und ungezügelter Gier lauern hinter jeder exquisiten Fassade. Und auch an sich selbst spürt er eine Veränderung. Der zurückhaltende, menschenscheue junge Mann verschwindet zusehends und macht einer fordernden, sinnlichen Persönlichkeit Platz.

Die Autorin

Rosamond Smith ist ein Pseudonym für Joyce Carol Oates. Unter diesem Namen sind in deutscher Sprache erschienen: ›Der Andere‹, ›Das Frühlingsopfer‹, ›Dein Tod – mein Leben‹.

Rosamond Smith

Komm, wenn es dunkel wird

Psychothriller

Deutsch von Hanna Neves

Deutscher
Taschenbuch
Verlag

Von Rosamond Smith
sind im Deutschen Taschenbuch Verlag erschienen:
Der Andere (11370)
Das Frühlingsopfer (11859)
Dein Tod – mein Leben (12001)

Für Sallie und Jerry Goodman

Deutsche Erstausgabe
Mai 1996
Deutscher Taschenbuch Verlag GmbH & Co. KG,
München
© 1995 The Ontario Review Inc.
Titel der amerikanischen Originalausgabe:
›You can't catch me‹ (Dutton, New York)
© 1996 der deutschsprachigen Ausgabe:
Deutscher Taschenbuch Verlag GmbH & Co. KG,
München
Umschlaggestaltung: Dieter Brumshagen
Umschlagfoto: Lisa Spindler (© GRAPHISTOCK, New York)
Gesetzt aus der Stempel Garamond 10/11,5˙ (Linotron 202)
Satz: IBV Satz- und Datentechnik, Berlin
Gedruckt auf säurefreiem, chlorfrei gebleichtem Papier
Druck und Bindung: Presse-Druck Augsburg
Printed in Germany · ISBN 3-423-12167-X

Ich bin ein anderer ...

Rimbaud

I

I

Tristram Heades tragisches Abenteuer begann wie aus heiterem Himmel, und gewiß durch Zufall: Als er daran ging, den Zug in Philadelphia zu verlassen, und sich durch den schmalen Gang des Pullmanwaggons schob, einen Koffer in einer Hand, eine Lederreisetasche in der anderen, da fühlte er sich am Ärmel gezupft und wandte sich um. Es war einer von den schwarzen Schaffnern, der höflich fragte: »Sir, ich glaube, Sie ließen Ihre Brieftasche fallen –?« Tristram, völlig überrascht, murmelte seinen Dank, warf einen raschen Blick darauf, ja, das war seine Brieftasche, oder glich ihr jedenfalls derart, daß sie so gut wie identisch mit ihr war: größer als die meisten amerikanischen Brieftaschen, aber flach, eher wie ein Notizbuch; aus dunklem, unauffälligem Leder und schon recht abgegriffen. Er klemmte sich die Reisetasche unter den Arm und ließ die Brieftasche in eine bequem erreichbare Manteltasche gleiten; dann ging er schnell weiter, gedrängt von den Mitreisenden, die sich hinter ihm schon stauten. Der Nachtzug aus Richmond, Virginia, hatte fast zwei Stunden Verspätung, es herrschte daher allgemeine Gereiztheit.

Draußen auf dem Bahnsteig allerdings bedauerte Tristram bereits, daß er sich nicht Zeit genommen hatte für ein Trinkgeld. Schließlich war der Mann doch ungewöhnlich hilfsbereit gewesen. Und Tristram wußte seinen Namen nicht, hatte zu seiner Schande auch kaum auf sein Gesicht geachtet ... er wußte nur – und solches Wissen konnte in bezug auf Eisenbahnschaffner wohl kaum von großem

Nutzen sein –, der Mann war schwarz; und unter der höflichen, ja lächelnden Oberfläche war seine erschöpfte Ungeduld mit Reisenden wie Tristram Heade zu spüren gewesen, die ihre Sachen ständig verloren und immer mit anderer Leute Hilfe rechneten. Im Lauf der Jahre hatte Tristram seine Brieftasche mehrere Male verloren, dazu eine Reihe von Gepäckstücken; eine Anzahl von Handschuhen, Hüten, Schirmen; ja einmal sogar eine seltene, sehr teure, in Leder gebundene Erstausgabe des ›Bleak House‹ von Charles Dickens, erst wenige Stunden zuvor gekauft. Und bei einer anderen Gelegenheit, es war schon Jahre her, auf seiner ersten Überfahrt nach Europa, hatte er geistesabwesend ein dickes Bündel Fünfzigdollarscheine in einer Lounge der alten *S. S. France* liegen lassen, das natürlich nicht mehr dort war, als er zurückkam, es zu suchen ...

»Mister? Warten Sie auf ein Taxi?«

Tristram erwachte aus seinem Tagtraum und bemerkte ein paar Meter weiter ein Taxi, dessen Fahrer, ein wuschelhaariger und -bärtiger junger Mann, Tristram bereits den Schlag aufhielt. »Ja«, antwortete Tristram mit leichter Verzögerung. Wieder fand er sich überrumpelt; er hatte sich ohne viel Nachdenken einen Weg aus dem überfüllten und unangenehm lauten Bahnhof zum Taxistand gebahnt, vertrauensvoll den anderen koffertragenden Männern und Frauen aus dem Richmond-Zug folgend. Obgleich Tristram die Fahrt in den Norden nach Philadelphia jedes Jahr zwei-, dreimal machte, und das seit mindestens elf Jahren, hauptsächlich zum Zwecke des Erwerbs antiquarischer Bücher, kannte er sich im Bahnhof von Philadelphia keineswegs besonders gut aus. Und das Beschaffen eines Taxis, ob man es nun auf der Straße anhielt oder sich mit den anderen Reisenden in eine drängelnde, schiebende Schlange stellte, brachte ihn immer ein wenig aus der Fassung.

Jedoch: hier war ein Taxi, wie durch Zauber, und dazu ein Fahrer, höflich lächelnd.

»Das ist sehr nett von Ihnen«, sagte Tristram, während ihm der Mann seine Gepäckstücke abnahm und im Kofferraum verstaute, »– aber waren diese Leute denn nicht vor mir da? Hier scheint doch eine Warteschlange –«

»Nööö, steigen Sie nur ein, Mister«, sagte der Fahrer, »kein Problem.«

»Aber meinen Sie nicht –«

»Wohin, Mister?«

»– diese anderen, die schon länger –«

»Nööö. Kein Problem.«

Also zuckte Tristram die Schultern und kletterte ins Taxi, die Lederreisetasche unter dem Arm. Es war seiner verlegenen Aufmerksamkeit nicht entgangen, daß eine Reihe Männer und Frauen ihn anstarrte, und den Fahrer ebenfalls, mit verärgert neugierigen Blicken; es gab Gemurmel, Rufe – *Wer zum Teufel ist der Kerl?* Und auch Tristram, den man in solchen Situationen, wo seine Gutmütigkeit und sein angeborenes Phlegma ihn leicht zum Opfer fremder Selbstsicherheit machten, so oft überging, kam diese bevorzugte Behandlung, noch dazu durch einen völlig Fremden, recht seltsam vor; zu Hause in Richmond, jedenfalls in dem Wohnviertel, wo er sein ruhiges Junggesellenleben führte und wo der Name Heade noch einen altmodisch vornehmen Klang besaß, wäre diese Zuvorkommenheit eines Taxifahrers eher noch vorstellbar gewesen. Doch hier in Philadelphia, wo ihn keiner kannte ...

Der Fahrer schielte im Rückspiegel nach Tristram. »Wohin, Mister: Rittenhouse Square? – Letztes Mal war's Rittenhouse Square.«

»Letztes Mal?« fragte Tristram.

»– als ich Sie gefahren habe.«

Tristram erinnerte sich nicht; aber es war natürlich

möglich. Er sagte: »Ja, Rittenhouse Square, das Hotel Sussex am Rittenhouse Square.«

Und so nahm das Abenteuer seinen Anfang.

Daß es überhaupt einen Anfang gab; einen ursächlichen Beginn, einen Moment, da die Dinge noch anders hätten verlaufen können – daß es den Gesetzen der Logik ebenso wie denen der menschlichen Erfahrung zufolge so etwas geben mußte –, das konnte Tristram Heade nicht bezweifeln; aber das wäre Einsicht post festum. An diesem Frühlingsabend in Philadelphia dachte er nicht an derartiges. Erschöpft von der Reise, leicht durcheinander von einer langen und ziemlich holprigen Fahrt – die Eisenbahnen dieses Landes werden langsam unerträglich, hatte einer seiner Mitreisenden im Speisewagen geklagt –, wollte Tristram jetzt nur in sein Hotel, baden, einen älteren, kränklichen Heade-Onkel anrufen, mit dem er diese Woche zu dinieren hoffte; sich dann selbst zum Dinner im Sussex hinunterbegeben, wie er's hier immer hielt; und dann bald zu Bett gehen. Und am Morgen – ah, am Morgen! – beim Gedanken daran hob sich seine Laune – hatte er eine Verabredung mit Virgil Lux, jenem Antiquar, von dem er im Lauf der Jahre eine Reihe wertvoller Bücher erworben hatte. Er war ganz erregt bei dem Gedanken an den Erwerb, endlich, ganz ungeachtet der Kosten, einer seltenen Quart-Ausgabe von ...

Als das Taxi in den Rittenhouse Square einbog, richtete sich Tristram plötzlich auf und sagte: »Ich hab's mir anders überlegt: Bringen Sie mich zum Hotel Moreau.«

Der Fahrer schielte durch den Rückspiegel zu ihm. »Ins Moreau?«

»Ja. Ich glaube, es ist an der gegenüberliegenden Seite des Platzes.«

Wie merkwürdig, dachte Tristram. Er wußte nichts oder nur wenig über das Hotel Moreau; hatte nie dort gewohnt; ja nicht einmal, wenn er sich nicht sehr irrte, je dort gespeist. Doch plötzlich fühlte er sich wie dorthin gezwungen; dorthin *und nirgends sonst.*

Das Moreau an der Südseite des Square war kleiner als das Sussex; die Fassade mit Marmor verkleidet, mit einem eleganten Portikus im ägyptischen Stil und hohen dornigen Grünpflanzen in riesigen Urnen, eine Verheißung von europäischem Komfort, eine noch gedämpftere, zugleich aber noch aristokratischere Atmosphäre als das Sussex. Daß es auch noch teurer war, daran zweifelte Tristram nicht; aber was spielte das schon für eine Rolle? Es war ein schönes Hotel. Tristram war der Gedanke gekommen, er bedürfe der Schönheit um sich herum; auf die Kosten kam es nicht an.

Und er wurde dort so zuvorkommend, fast könnte man sagen königlich empfangen: Kaum fuhr das Taxi unter dem Portikus vor, trat sogleich ein livrierter Türsteher herzu, um ihm herauszuhelfen und sein Gepäck hineinzutragen. In der Lobby brauchte er sich der Rezeption nur zu nähern, da stand der Empfangschef bereits lächelnd Habtacht; und schon erschien auch der Hotelmanager persönlich, beinahe machte er einen Diener, und murmelte: »Ah! Das ist eine Überraschung, Mr. Markham! Aber wir werden selbstverständlich etwas für Sie finden.«

Tristram hielt unvermittelt inne, starrte ihn an und fragte: »Sagten Sie Markham? Mein Name ist nicht Markham, sondern Heade. Tristram Heade.«

»Ich nehme an, Sie möchten Ihre übliche Suite, Mr. Markham?«

»Mein Name ist nicht Markham, sondern Heade. Tristram Heade.«

Der Manager blieb bei seinem Lächeln und fixierte Tristram mit einem forschend scharfen Blick. Er war ein kleiner, schlanker, fuchsgesichtiger Mann mit einem winzigen Schnurrbart. »Ganz wie Sie wünschen, Sir. Sie dürfen jederzeit auf uns zählen, Sir.«

»Bedauerlicherweise habe ich nicht reservieren lassen«, sagte Tristram entschuldigend. »Ich bin gerade in der Stadt angekommen, und –«

»Wir stehen Ihnen stets zu Diensten, Sir. Ich bin sicher, wir können Ihnen Ihre übliche Suite geben.«

»Ich glaube allerdings nicht«, warf Tristram stirnrunzelnd ein, »daß ich eine ›übliche Suite‹ hier habe. Ich steige meistens gegenüber ab, im –«

»Selbstverständlich, Sir, ganz wie Sie meinen, Sir«, murmelte der Manager, jetzt mit einem kleinen feinen Lächeln, »aber ich bin in jedem Fall sicher, daß wir etwas für Sie finden. Erlauben Sie mir zwei oder drei Minuten für die nötigen Vorkehrungen?«

»Wenn es aber auch nur die geringste Unannehmlichkeit bedeutet, dann bitte –«

»Keinesfalls, Sir, ich versichere Sie«, erwiderte der adrette kleine Mann.

Es folgte eine geflüsterte Unterredung zwischen dem Manager und dem Empfangschef, während welcher Tristram das peinliche Gefühl beschlich, das Moreau sei tatsächlich ganz ausgebucht und als müßten um seinetwillen besondere Vorkehrungen getroffen werden. Mehrere Male lag ihm die Bemerkung auf der Zunge, es sei doch wirklich nicht so wichtig – er habe ja eine Reservierung im Sussex und könne sich einfach dahin begeben. Aber die Lobby des Moreau mit seinen Kristallüstern, den üppigen Möbeln, der Atmosphäre von beflissenem, diskretem und dennoch verführerischem altmodischem Charme tat seinem Auge so wohl und weckte in ihm eine nebelhafte und trotzdem beunruhigend starke Erinnerung jener Art, wie wir sie für Träume empfinden, an die wir uns beim Erwachen nicht mehr erinnern – daß er kein Wort sagte. Er dachte, da ich nun einmal hier bin, müssen sie eben für mich entsprechend umdisponieren. Denn schließlich wollen sie jemanden wie *mich* nicht verärgern.

Und so gab man Tristram Heade ein Zimmer, eine Suite vielmehr; im obersten Stock. Als Tristram seinen Namen eintrug – in seiner großen, kindlichen Schrift, jeder Buchstabe deutlich lesbar: *Tristram Joseph Heade* –, stand der Manager an seinem Ellbogen und murmelte mit einem kleinen, geheimnisvollen Lächeln: »Ich hoffe, die Louis-Quatorze-Suite wird ebenso wie bisher Ihre volle Zustimmung finden, Mr. Mar –, ich meine Mr. Heade, aber sollten Sie noch irgendwelche Wünsche haben, oder gar Beschwerden, so wenden Sie sich bitte ohne Zögern an den Empfang. Ich versichere Sie, ich werde persönlich alles in meiner Macht Stehende tun, um Ihren Aufenthalt im Moreau so angenehm wie möglich zu gestalten.«

»Das will ich doch hoffen«, versetzte Tristram mit einem leisen Lachen. »Denn schließlich ...« Aber er ließ den Satz unvollendet, da er nicht genau wußte, was er sagen wollte, noch was er überhaupt meinte. Vor Verlegenheit wurde ihm ganz warm. Er war jene Art von Mann, ein wohlerzogener, ältlicher junger Mann, mit seinen fünfunddreißig Jahren ebenso knabenhaft alt, wie er mit zwölf Jahren schon vorzeitig erwachsen schien, der vor speziellen Begünstigungen und Privilegien instinktiv zurückscheut; als letztem lebendem Sproß einer alten, einst angesehenen, jetzt im Aussterben begriffenen Familie aus Virginia war ihm Schmeichelei nicht nur peinlich, sondern auch ärgerlich; obgleich in jüngeren Jahren von Bediensteten umgeben, hatte er ihnen nie auch nur einen Befehl gegeben oder die Stimme gegen sie erhoben. Denn das war man sich gewissermaßen schuldig, aus einer Art stolzer Demut heraus. Ein echter Gentleman, hatte Tristrams Großvater ihm einmal erklärt, schlägt aus seiner Stellung in der Welt niemals Kapital.

Jetzt murmelte Tristram vermittelnde Worte, schüttelte

dem Manager die Hand und dankte ihm für seine Freundlichkeit.

»Ich versichere Sie, Mr. Markham«, erwiderte der Mann mit einem geradezu blendenden Lächeln, »das Vergnügen ist ganz unsererseits.«

Tristram hob wie zur Warnung einen Zeigefinger. »Heade, wie ich sagte. Tristram Heade.«

»Selbstverständlich, Sir. Kein Problem, Sir. ›Tristram Heade.‹«

In der Louis-Quatorze-Suite, tatsächlich eine luxuriöse, prachtvoll eingerichtete Suite mit herrlicher Aussicht nach Süden auf den belaubten grünen Platz und die baumbestandenen Straßen brauner Sandsteinhäuser, schlenderte Tristram leicht benommen auf und ab und dachte, sie halten mich für jemand anderen ... Und welches Gewicht hat doch dieser Jemand ganz offenbar in der Welt!

Wenn er recht gehört hatte, so war der Name dieses Jemands Markham. Schade, daß er nicht auch den Vornamen erfahren hatte.

2

Vor dem Dinner nahm Tristram in der prunkvollen Badewanne aus schwarzem Marmor ein Bad, rasierte sich dann, zum zweiten Mal am heutigen Tag, und wunderte sich über die silberblonden Stoppeln auf Wangen und Kinn; normalerweise wuchs sein Bart sehr viel langsamer. Mit leichter Scheu betrachtete er sich in dem verschnörkelten Spiegel und war sich nicht sicher, ob er (wie seine verstorbene Mutter und zahlreiche weibliche Heade-Verwandte steif und fest behaupteten) ein ungewöhnlich attraktiver Mann war oder nicht vielmehr einer, dessen Züge, im einzelnen gut geschnitten, letzten Endes doch nicht ganz zusammenpaßten, wie die nicht richtig zusammengefügten Teile eines Puzzles.

Seine Haut war hell und dünn; sein Haar so hellblond, daß es fast weiß wirkte, wie das eines Albinos; Lider und Brauen ebenfalls weiß, und die Augen, rund, kindlich, intelligent, von hellem, fast farblosem Blau, wie gewaschenes Glas. Er war kurzsichtig, und das seit seiner Kindheit; in der Dämmerung trat sein Astigmatismus noch deutlicher hervor. Er trug eine festsitzende Brille mit Drahtgestell, seit fünfzehn Jahren das gleiche. Die Knochen seines Gesichts waren kräftig, vielleicht sogar grob zu nennen, aber sein Gesichtsausdruck sprach von Geduld, Passivität, sogar – und das in einem für eine so männliche Erscheinung überraschenden Maße – Sanftheit; er hatte etwas Weiches an sich, als könnte ihn eine abrupte Bewegung oder ein harsches Wort verletzen. Tristram *fühlt* so stark, hatte seine Mutter über ihn als Kind immer gesagt. Damals hatte er nicht gewußt, und wußte es auch jetzt nicht, ob diese Behauptung zärtlich oder besorgt gemeint war; stolz oder kritisch. Ebensowenig wußte er, ob sie überhaupt stimmte.

Er war jedenfalls groß, fast zwei Meter, und wog zweihundertundzwanzig Pfund; anmutig oder gar zierlich konnte man ihn nicht nennen. Seit dem Ende der Pubertät hatte er diese bärenhafte Gestalt, hatte kurzgeschnittenes weißliches Haar, helle, rosa schimmernde Haut, weiß bewimperte Augen und einen ausgreifenden, fast wiegenden Gang. Es war ihm zur Gewohnheit geworden, sein Haar ganz kurz schneiden und dann auswachsen zu lassen, damit er, ganz vertieft in seine Richmonder Junggesellenroutine, sich wochenlang nicht darum zu kümmern brauchte; vor der Abreise war er noch schnell zum Friseur gegangen, und jetzt war sein Haar ganz kurz und glich, fast war es ihm peinlich, einem Bürstenschnitt, so daß man seine großen, rosa durchscheinenden Ohren sah, häßliche Ohren, seiner Meinung nach, in denen zu seinem Ärger auch noch borstige weiße Haare sprossen... Wenn ich schon ein Bär bin, dachte Tristram, dann ein Eisbär: ein Albino.

Plötzlich schien es ihm recht albern, daß man ihn mit einem anderen verwechseln könnte. Mit seinen vielen körperlichen Makeln war Tristram Heade doch sicher unverwechselbar?

Obwohl es ihn sonst genierte, allein in der Öffentlichkeit zu speisen, und er sich daher mit einem Buch wappnete (einer Erstausgabe aus dem Jahr 1870 von Charles Dickens' letztem, unvollendetem Roman ›The Mystery of Edwin Drood‹, sorgfältig in Plastikfolie eingehüllt), hatte Tristram an diesem Abend eigentlich keine Schwierigkeiten: Er brauchte nur den »Fountain Room« des Hotels zu betreten, mit seinen unzähligen goldgerahmten Spiegeln und flackernden Kerzen und Vasen voll duftender wachsweißer Rosen auf den Tischen, und schon widmeten sich ihm voll ehrerbietiger Aufmerksamkeit der Chef de rang, der Oberkellner, der Sommelier und ein Aufgebot von Kellnern und Piccolos, die während seiner zweistündigen Mahlzeit alle unablässig um ihn bemüht schienen (und gab es nicht auch neugierige, bewundernde Blicke von anderen Gästen? – darunter von elegant gekleideten, juwelengeschmückten Damen?). Tristram war nie einer gewesen, der um sein Essen viel Aufhebens machte, und war vom Gourmet so weit entfernt wie nur irgend möglich; es war ihm tatsächlich ziemlich egal, was er aß, solange es nur gut und nahrhaft war. Wie seltsam also, daß er heute abend mit so lustvollem Appetit aß und trank – als Vorspeise Beefsteak tartare und Muschel-Seviche, und als Hauptspeise Hummer Newburgh, Speisen, die ihm bisher nie auch nur im geringsten verlockend erschienen waren – und eine ganze Flasche eines köstlich herben 1963er französischen Chardonnay. Darüber vergaß er vollkommen, ›Edwin Drood‹ aufzuschlagen.

Und wo ihn früher das Verteilen von Trinkgeldern immer in Verlegenheit gestürzt hatte, da es ja doch bedeutete, man stünde über dem anderen, gab Tristram heute abend ohne jede Skrupel ein wahrhaft fürstliches Trinkgeld. »Ergebensten Dank, Mr. M – Mr. *Heade*«, murmelte der Oberkellner lächelnd und sich verneigend, als Tristram ging. »Immer ein Vergnügen, Sir!«

Als Tristram um Mitternacht in seine luxuriöse Suite zurückkehrte, erwarteten ihn dort zu seiner Überraschung eine Flasche gekühlter Champagner, eine hohe Vase mit wachsweißen Rosen; eine üppige Auswahl an Obst, Bonbons, Pralinen, und mehrere kleine Brandyflaschen, begleitet von einer handschriftlichen Karte: *Mr. Angus Markham – Mit den besten Empfehlungen des Hauses.*

Was tun? – sofort die Vermittlung anrufen und den Manager verlangen? Oder bis morgen warten? Geistesabwesend kaute Tristram ein oder zwei Bonbons und öffnete eine Flasche Benedictine. Womöglich mache ich ja aus einer Maus einen Elefanten, dachte er. »Mr. Angus Markham«, fände das alles vielleicht amüsant.

Er ging also zu Bett und schlief ausgezeichnet, viel besser als je im Hotel Sussex; und erwachte zu seiner Schande erst um neun ... gut zwei Stunden später, als er sonst aufzustehen pflegte. Doch er fühlte sich wunderbar erholt; erfrischt; mit gutem Appetit aufs Frühstück und in gespannter Erwartung des kommenden Tages. Ganz im Vordergrund stand das Elf-Uhr-Treffen mit Mr. Lux: Darauf hatte er sich bereits seit Wochen gefreut. Mr. Lux wollte es Tristram vor allen anderen Stammkunden gestatten, Einblick zu nehmen in eine seltene Quart-Ausgabe von ...

Plötzlich erblickte er, mitten im Anziehen, zu seiner Überraschung in seinem Zimmer einen fremden Koffer: einen eleganten Lederkoffer, nach Größe und Qualität in etwa dem seinen gleich, allerdings viel neuer und ohne die verschiedenen Abnutzungsspuren und Kratzer und Etiketten, mit denen sein eigener behaftet war. Woher war er gekommen? Hatte der Taxifahrer am Bahnhof unachtsam den Koffer eines anderen genommen und in den Kofferraum geladen?

Er warf einen Blick in den Kleiderschrank und bemerkte, daß irgend jemand dort nicht nur seine, sondern dazwischen auch die Kleider eines Fremden aufgehängt hatte; wahrscheinlich das Zimmermädchen, gestern abend, als er unten speisen war. Er sah mehrere Jacketts, Hemden, einige makellos gebügelte Hosen ... und unten auf dem Boden sorgfältig aufgereiht sogar mehrere Paar Schuhe, in ungefähr der Größe, wenn auch nicht dem Stil von Tristrams eigenen Schuhen. »Das ist ja schrecklich«, sagte Tristram laut und starrte in den Schrank. Er hatte einmal – vielleicht sogar in Philadelphia? wenn auch vor vielen Jahren? – selbst einen Koffer verloren und erinnerte sich noch gut, wie verzweifelt er damals gewesen war.

Unglücklicherweise trug der Koffer kein Namensetikett. Er konnte sehen, wo es am Griff gehangen hatte, doch war es abgerissen worden.

Bei Durchsicht seiner eigenen Sachen fand Tristram, wiederum zuhöchst verblüfft, eine Brieftasche, eine fremde Brieftasche, in einer Jackettasche seines Fischgrätenanzugs; in dem Jackett, das er gestern im Zug getragen hatte. Die Brieftasche war seiner eigenen sehr ähnlich, war aber doch eine andere, denn seine lag, wohin er sie gestern abend gelegt hatte, nämlich oben auf der Schlafzimmer-Kommode. Jetzt wurde ihm auch alles klar, oder fast klar: Der Schaffner hatte Tristram die falsche Brieftasche überreicht, und in der Verwirrung des Augenblicks, und weil er die Mitreisenden nicht verärgern wollte, hatte Tristram sie ohne Nachdenken entgegengenommen. »Also bin ich selbst die Ursache dieses Durcheinanders«, sagte er laut. »Es ist alles meine Schuld.«

Nebeneinander gelegt, unterschieden sich die beiden Brieftaschen doch beträchtlich. Obgleich von etwa der gleichen Größe und Abmessung wie Tristrams, war die des Fremden aus weichem handgearbeitetem Ziegenleder, Tristrams dagegen aus gewöhnlichem Leder; die fremde war so neu, daß sie noch nach Leder roch, Tristrams aber, ein Weihnachtsgeschenk seiner Mutter, die nun schon seit vielen Jahren tot war, war vom Gebrauch abgegriffen und glatt. Es überraschte Tristram nicht, wenngleich es ihn erneut in Unruhe stürzte, daß die Brieftasche des Fremden weder Bargeld noch Kreditkarten enthielt; nicht einmal Kleingeld; gar nichts mehr außer einer eingerissenen Visitenkarte, auf der nichts stand als, in Druckbuchstaben, der Name Angus T. Markham. Keine Adresse! Keine Telefonnummer!

»Es ist also seine«, sagte Tristram stirnrunzelnd. »Und die anderen Sachen auch ... nehme ich an.«

Methodisch durchsuchte er dann die Brieftasche und fand schließlich in einem Fach ein kleines Schwarzweißfoto, ein Paßbild wahrscheinlich, das ihm, in der ersten Hitze der Entdeckung, als des Rätsels Lösung erschien. Denn der Mann auf dem Foto ähnelte Tristram Heade, zumindest oberflächlich ... besonders um die Augen, obgleich er keine Brille trug, und den Mund; und sein Haar, eleganter geschnitten zwar als Tristrams Haar, schien ganz ebenso blond. Er war von unbestimmbarem Alter, irgendwo zwischen dreißig und fünfundvierzig; etwas schmaler vielleicht als Tristram; ohne Tristrams Ausdruck innerer Unsicherheit; ein Mann, der seinen eigenen Wert kennt und den man nicht für dumm verkauft. Widerwillig dachte Tristram, der Mann ist wirklich attraktiv; ein homme à femmes, so wie er aussieht. Ein leichtes Gefühl des Abscheus stieg in ihm auf.

Immerhin, langsam fand alles seine Erklärung; oder doch beinahe. Es war klar, daß Tristram Angus Markham soweit ähnelte, daß der Schlafwagenschaffner (der bei Durchsicht der Brieftasche offenbar auf das Foto stieß) sie verwechselt hatte; und ebenso der Taxifahrer (der, wie Tristram sich verlegen erinnerte, offenbar ein großzügigeres Trinkgeld als das, welches Tristram ihm in die Hand drückte, erwartet hatte: das aber, nach Tristrams Standard, wirklich großzügig gewesen war). Was nun das Management des Hotel Moreau anging ... hier mußte er Klarheit schaffen oder unverzüglich ausziehen.

In jedem Falle, dachte Tristram, ist das Ganze offenbar nichts als ein simples Mißverständnis. Er mußte ein paar Telefongespräche mit den entsprechenden Stellen des

Bahnhofs von Philadelphia führen und Angus Markham seine Sachen so rasch wie möglich wieder zukommen lassen. Und mit dem Hotelmanager sprechen. Und er hoffte nur, daß Angus Markham, wütend, wie er sicher war, nicht *ihm* die Schuld geben würde.

3

Tristram bestellte also beim Zimmerservice Frühstück, und während er aß, oder essen wollte, tätigte er ein halbes Dutzend vergeblicher Anrufe beim Bahnhof. Es kostete ihn drei Anrufe, bis er überhaupt zu jener Stelle vordrang, die möglicherweise die zuständige war; doch nach ausgedehnten Erkundigungen, während welcher Tristram keine andere Wahl hatte als den Hörer an sein Ohr zu pressen und dabei in seinem kalt werdenden Essen herumzustochern, teilte die Person am anderen Ende ihm mit, es sei für diesen bestimmten Zug kein Reisender namens »Angus T. Markham« registriert; auch in den bis 1981 zurückreichenden Computerlisten fände sich niemand dieses Namens. Ein weiterer, ebenso frustrierender Anruf beim Fundbüro des Bahnhofs verband Tristram mit einer Person, ob männlich oder weiblich, konnte er nicht sagen, die ihm mit empörend desinteressierter Stimme erklärte, niemand namens Angus T. Markham hätte bis dato eine Verlustanzeige aufgegeben. »Warten Sie«, sagte Tristram schnell, als die andere Seite eben aufhängen wollte, »– könnten Sie nicht noch einmal nachsehen? Er *muß* eine Anzeige aufgegeben haben. Ich habe seine Sachen hier in meinem Zimmer, zum Beweis, sollte dieser nötig sein«, fuhr Tristram fort, ohne eigentlich zu wissen, was er redete, »für die Existenz des Mannes.«

Es folgte eine lange Pause, in der man noch einmal nachsah, oder jedenfalls so tat, als ob: ohne Erfolg. »Sorry, Mister. Kein Angus T. Markham.« Drängend fragte Tristram: »Wie ist es denn möglich, daß ein Reisender seine

Brieftasche und sein Gepäck verliert und sich nicht die Mühe macht, es zu suchen?« »Ach, die Leute verlieren in unseren Zügen ständig Sachen«, antwortete der Mensch ungerührt, »und keiner hört je wieder von ihnen.« »Von den Sachen oder den Menschen?« fragte Tristram. Der Mensch kicherte, als wäre das die passende Antwort auf Tristrams Frage, und bat ihn um Namen und Telefonnummer, falls »Markham« erscheinen sollte. Tristram gab die gewünschte Auskunft und legte auf. Verblüfft stellte er fest, daß er zwei Stunden telefoniert hatte ... und seine Rühreier und der kanadische Schinken, längst zur Seite gestellt, sich auf seinem Teller zu einem unappetitlichen Mischmasch verfestigt hatten. Die Kaffeekanne, zuerst so heiß, daß Tristram sich bei einer leichten Berührung die Finger daran verbrannt hatte, war jetzt eiskalt.

Er rief Virgil Lux an, um sich zu entschuldigen und ihre Verabredung auf den frühen Nachmittag zu verschieben; zog sich eilig an und blieb, auf dem Weg aus dem Hotel, am Empfang kurz stehen, um zu erklären, oder eine Erklärung zu suchen, daß er nicht, wie das Management offenbar meinte, Angus T. Markham war – »Ich bin Tristram J. Heade, genau wie eingetragen.« Die im Morgendienst Beschäftigten schienen aber Tristram nicht zu kennen, und der Manager war noch nicht da. Der Chef-Rezeptionist überprüfte die Eintragung für die Louis-Quatorze-Suite und sagte dann höflich: »Sie sind Tristram Joseph Heade, aus Richmond, Virginia. Ist das nicht korrekt?« »Doch, das ist korrekt«, erwiderte Tristram und wurde rot, »aber es scheint da die irrtümliche Annahme vorzuherrschen, ich sei Markham.« Tristram spürte sich mit neugierigen, wenn auch entschlossen höflichen Blicken gemustert. Halb flehend fuhr er fort: »Nun – wenn ein Mr. Markham mich anrufen sollte, dann sagen Sie ihm bitte, sein Koffer und seine Sachen befänden sich in meiner Suite, und ich käme in ein paar Stunden zurück. Wenn er möchte, kann er gern herkommen und seine Sachen auch in meiner Abwesenheit aus meinem Zimmer holen.« »Und wer ist gleich wieder Mr. Markham? – Bedaure, aber das ist mir nicht ganz klar«, warf der Angestellte ein. »Sie sagen, ein Mann habe irrtümlich Ihre Brieftasche und Ihr Gepäck aus Ihrem Zimmer genommen?« »Aber nein, überhaupt nicht«, entgegnete Tristram gereizt. »Im Gegenteil. Oder fast im Gegenteil.« Er blickte auf seine Uhr; es war fast eins. »Das erkläre ich später«, sagte er. »Im Augenblick habe ich leider keine Zeit.«

Und so trat er mit erhitztem Gesicht aus dem Hotel; überquerte den Rittenhouse Square und schlug mit seinem üblichen raschen Schritt die Richtung zur Zweiundzwanzigsten Straße ein, etwa eine Meile entfernt, wo in einem reizenden kleinen Gäßchen namens Chancellor Street *Lux' Seltene Bücher & Münzen, Gegr. 1889* seinen Sitz hatte. Der Aprilmorgen war warm und feucht, die Luft auf der Straße von einem leichten Hauch nach Abfall aromatisiert; nicht eigentlich unangenehm, aber nicht so frisch, wie er gewünscht hätte. Es war Tristrams Gewohnheit, täglich gute fünf, sechs Meilen zu Fuß zu laufen, ausgenommen nur Tage mit allerschlechtester Witterung. Richmond kannte er so gut, daß er sich mit verbundenen Augen zurechtgefunden hätte, aber Philadelphia blieb eine unbekannte Größe, die er nie beherrschen würde. Selbst die Gegend um den Rittenhouse Square, unzählige Male von ihm besucht und glücklich durchwandert, war ihm größtenteils immer noch ein Rätsel ... und der Charakter der Straßen und Plätze schien sich von einem Besuch zum nächsten immer wieder zu verändern.

An diesem Morgen widmete er seiner Umgebung allerdings wenig Aufmerksamkeit. Das ärgerliche Problem »Angus Markham« – oder war es das Problem »Markham/Heade« – beschäftigte seine Gedanken. Wie merkwürdig das alles war, und wie ... beunruhigend. Man würde ihm doch wohl nicht vorwerfen, er habe Markhams Geld genommen? Oder Markhams Sachen? Er wußte sich frei von Schuld; oder wenn schon schuldig, dann an nichts schlimmerem als einem Augenblick der Unachtsamkeit im Zug. Hätte er sich nur die Zeit genommen, die verdammte Brieftasche zu untersuchen, dachte er unglücklich, dann hätte er sich das alles erspart.

Er versuchte sich an seine Mitreisenden im Zug zu erinnern. Zwei Mahlzeiten hatte er im Speisewagen eingenommen, war aber niemandem begegnet, der ihm ähnlich sah. Er war im Schlafwagen gereist wie immer; hatte wie immer schlecht geschlafen; und hatte, ebenfalls wie immer, die meiste Zeit gelesen. Seit der Kindheit, besonders aber seit dem Tod der Eltern kannte er das Phänomen der *Fugue*, der Absence, des plötzlichen Versinkens in Tagtraum und Vergessen; ein traumartiger Zustand, in dem sein normales waches Bewußtsein aufgehoben schien und ein anderes, angenehmes, mysteriöses, merkwürdig tröstliches ihn beherrschte. An diese Träume konnte er sich nachher kaum erinnern, nur daß er wußte, er habe sich, weder ganz wach noch ganz im Schlaf, in den labyrinthischen Gängen seiner eigenen Gedanken verloren und sei gegen die Existenz der Außenwelt verschlossen ... Seine Mutter hatte einmal über ihn gesagt, Tristram *träumt* so heftig.

Tristrams Vater war gestorben, als Tristram dreiundzwanzig war und in seinem zweiten Jahr Jura an der Universität von Virginia; die Mutter, als er achtundzwanzig war und schon, trotz eines gewissen Erfolgs als junger Anwalt in einer der angesehensten Kanzleien von Richmond, von der gewählten Laufbahn enttäuscht. Zum einen konnte er nicht sicher sein, daß die Firma ihn aufgrund seiner eigenen Verdienste aufgenommen hatte – falls er solche hatte; seiner Überzeugung nach gab den Ausschlag nur der Name seiner Familie. Talent zum Anwalt, gar List, besaß er sicher nicht. Einem anderen Menschen, und sei es noch so indirekt, vermittels einer ungeheuer komplizierten Fachsprache an die Gurgel zu fahren, und das alles unterm Schutz und Schirm des Gesetzes – das sprach ihn nicht im geringsten an.

Und so hatte Tristram nach dem Tod seiner Mutter seine Stellung bei der Firma einfach gekündigt und sich einem Leben in Einsamkeit und äußerster Zufriedenheit hingegeben, und zwar im Hause seiner Eltern; oder vielmehr in einigen Räumen des elterlichen Zwanzig-Zimmer-Ansitzes; vage hoffend, er würde *vielleicht* heiraten, wie es sich die Heades ganz natürlich gewünscht hatten ... aber die Jahre vergingen, wie im Traum vergingen sie ... und er blieb ledig, mit seinen Büchern, seinen Spaziergängen, hin und wieder der Gesellschaft von ein paar Freunden, Junggesellen wie er selbst, leicht verschlissene wohlhabende Erben einst tatkräftiger, ehrgeiziger, aggressiver Virginia-Familien. Die meisten seiner Bücher bestellte er per Post, wissend, daß er den Händlern, mit denen er zu tun hatte, vertrauen durfte; und begab sich jedes Jahr mehrere Male auf Reisen, an die er, in seiner ruhigen Art, als an »das Abenteuer des Neuen« dachte: auf Antiquariats-Konferenzen, zu Antiquariaten in Philadelphia, Washington, New York City. (Die Stadt New York hatte Tristram allerdings seit längerem nicht mehr besucht. Dort war ihm bereits die Atmosphäre, geladen, gärend, mit so vielen von allen Seiten gegen ihn heranströmenden Reizen, eine starke Beunruhigung.)

Schon mit dem Zug Richmond zu verlassen, war ein Abenteuer; man wußte schließlich nie, wer einem im Speisewagen gegenüber saß, oder welch zufällige, abstruse, doch manchmal auch höchst lohnende Unterhaltung sich vielleicht mit wildfremden Menschen ergab. Bei dieser letzten Reise hatte Tristram die Bekanntschaft zweier älterer Damen gemacht, die noch die Großmutter seiner Mutter gekannt hatten; die eines Numismatikers auf dem Weg zu einer Numismatiker-Konferenz in Philadelphia; und die mehrerer Kinder. (Tristram war ein Mann, der Kinder sehr gern hatte, solange sie sich in seiner Gegenwart aufhielten. Wenn nicht, verschwendete er an sie nie auch nur den leisesten Gedanken.) Er hatte wie immer mit den Schlafwagenschaffnern ein paar freundliche Worte gewechselt und bedauerte jetzt nur, daß der, der ihm Markhams Brieftasche gegeben hatte, seinen Namen offenbar nicht kannte. Wie leicht hätte sich das ganze Durcheinander dann vermeiden lassen ...

Plötzlich fiel ihm ein, daß er geistesabwesend die Tür zum Nebenabteil geöffnet hatte und drinnen, wo es schon fast dunkel war (es war die Zeit der Dämmerung), einen Mann gesehen, der, einen Drink in der Hand, aus dem Fenster zu blicken schien. Tristram hatte sich natürlich sofort entschuldigt und war wieder auf den Gang getreten; er hatte nur den Eindruck gewonnen, daß der Fremde durch sein Eindringen nicht besonders erschreckt oder verärgert war und nur etwas murmelte, das klang wie »Macht gar nichts«. Und als er am nächsten Morgen von seinem Waggon in den nächsten ging, die frische Luft ihm um die Ohren pfiff und der Boden rüttelte und schwankte, stieß er mit einem anderen Mann zusammen, der ganz wie er selber Mühe hatte, das Gleichgewicht zu bewahren; einem Fremden, dessen Gesicht er nicht deutlich sah, nur daß ihm auffiel, mit jener blitzartigen Scharfsicht, wie sie uns in solchen Situationen eigen ist, hier wäre ein Gesicht, das irgendwie bekannt oder bedeutsam schien ... doch schon war der Augenblick vorbei. Die beiden Männer stießen mit den Schultern zusammen, murmelten beiderseits eine Entschuldigung und setzten ihren Weg fort. Das war alles.

Nun allerdings fragte sich Tristram, ob der Mann im Abteil und der Mann beim Zusammenstoß ein- und derselbe Mann gewesen waren, und zwar der schwer zu fassende Angus T. Markham. Irgend jemand mußte ja schließlich Angus T. Markham sein. Mißmutig rieb er sich die Schulter; ja, sie tat weh, wahrscheinlich hatte er einen blauen Fleck.

Tristram blickte auf und fand sich an einer stark befahrenen Straßenecke; der Kreuzung zwischen der Sechsundzwanzigsten Straße und der Charity, einer Straße, von der er nie gehört hatte. Er hatte keine Ahnung, ob die Chancellor sich jetzt rechts oder links von ihm befand, und sah zu seinem Ärger, daß er für seine Verabredung mit Mr. Lux bereits zehn Minuten verspätet war. Mit einiger Heftigkeit schoß ihm der Gedanke durch den Kopf, daß er um diese Markham-Sache zu viel Aufhebens machte, wie ja überhaupt aus den meisten Dingen. Und daß es sehr naiv von ihm war, sich derart den Kopf darüber zu zerbrechen, ob ein Fremder seine Sachen zurückerhielt, solange seine eigenen Pläne nicht gestört wurden. Glaubst du vielleicht, fragte ihn eine innere Stimme ironisch, Markham würde sich auch nur im geringsten seinen Kopf zerbrechen – wegen *dir*?

4

Erleichtert bemerkte Tristram, daß die Chancellor Street, eigentlich kaum mehr als ein Durchgang, ihren altehrwürdigen Charakter kaum verändert hatte, obgleich die Zweiundzwanzigste und die Dreiundzwanzigste Straße, die die Chancellor begrenzten, unangenehm betriebsam waren. Nicht nur Privatwagen, Taxis, Busse jagten vorbei, sondern Radfahrer auch noch, ohne viel Rücksicht auf Verkehrsampeln oder Fußgänger in die Pedale tretend.

Obgleich Tristram sich auf seinen Besuch bei Virgil Lux seit Wochen freute, spürte er einen Stich der Enttäuschung, als er das Geschäft betrat und über der Tür die Glocke bimmeln hörte. Warum war er *hier?* – warum von allen Orten in Philadelphia, vom Rest der Welt ganz zu schweigen, *hier?* Der Laden erschien ihm noch viel staubiger und schäbiger, als er ihn in Erinnerung hatte, mit einem beißenden Geruch nach Mäusen und so vollgestopft mit alten Möbeln und Büchern, daß man kaum richtig Luft holen konnte. Als Lux ihm zur Begrüßung die Hand schüttelte, machte Tristram die peinliche Entdeckung, daß der ältere Mann ein Toupet trug; und daß dieses Toupet, ein sehr jugendliches Toupet und offenbar von guter Qualität, ihn älter machte als seine etwa fünfundsechzig Jahre. Außerdem entblößte sein breites, recht unterwürfiges Lächeln Zähne, die eindeutig falsch waren. Und eines seiner Augen war milchig trüb, sehr ähnlich dem eines Hundes, den vor Jahrzehnten ein schwarzer Stallarbeiter seines Vaters besessen hatte ... Er fragte sich, warum er diese Dinge nicht schon früher bemerkt hatte, wo sie ihm doch jetzt so störend auffielen.

Nun war zwar Tristram ein Muster an Geduld, aber Virgil Lux sprach so langsam und bedächtig und beschrieb das Material, das sein Kunde hoffentlich kaufen würde, so umständlich, daß Tristrams Gedanken auf Wanderschaft gingen. Formlos wie Rauch und scheinbar ebenso müßig, trieben sie frei dahin ... und hefteten sich ausgerechnet auf eine weibliche Gestalt ... eine üppige, fast nackte, gesichtslose weibliche Gestalt. Tristram sah sich das Weib kühn in die Arme schließen, sie küssen, spürte ihre warmen, drängenden Lippen, und ihre Arme fest, fast krampfhaft um seinen Nacken. Sein Herz klopfte laut; das Blut schoß ihm ins Gesicht. Wer war diese Frau? Und wer war überhaupt dieser Mann – so schamlos leidenschaftlich, das konnte doch wohl nicht Tristram Heade sein.

»Und hier, Mr. Heade, sehen Sie ... die Initialen gelten als diejenigen Ihrer Majestät, der Königin Anne; und das Datum ... die Tinte ist allerdings stark verblichen ... 1709.«

Tristram rutschte unbehaglich auf seinem Stuhl herum und gab sich Mühe, Virgil Lux zuzuhören. Der Händler hatte auf seinem Ladentisch eine Quart-Ausgabe von *The Tragedy of Macbeth, by Wm. Shakespeare* ausgebreitet, eine seltene Ausgabe aus dem frühen 18. Jahrhundert, in altes, kunstvoll geprägtes Leder gebunden; der feine Druck etwas verblichen, aber noch lesbar. Das Stück war in Luxens Katalog angeführt als »aus der Privatbibliothek von Anne, Königin von England (1702–14)« stammend. Als Tristram darauf starrte und nicht reagierte, erklärte Lux entschuldigend, zugleich aber mit kaum spürbar verärgertem Unterton, er sei seit Tristrams letztem Besuch in Philadelphia »etwas behindert«: durch einen leichten Schlaganfall, deshalb sei auch, falls Tristram sich gewundert haben sollte, seine Aussprache etwas undeutlich und seine linke Hand teilweise gelähmt. Tristram sagte schnell: »Das habe ich nicht bemerkt.« Und dann, da das irgendwie taktlos klang: »Das tut mir sehr leid.« »Nun«, erwiderte Lux und seufzte, »ich habe mich recht gut davon erholt. Ich danke Ihnen.«

Während Lux mit seiner langsamen, hartnäckigen Präsentation fortfuhr, und Tristram sich recht desinteressiert darauf einstellte, den geplanten Kauf zu tätigen – schließlich war er eigens dafür viele hundert Meilen weit gereist: er konnte nicht mit leeren Händen zurückkehren –, betrat ein weiterer Kunde das Geschäft; die Glocke bimmelte ein zweites Mal. Dieser Kunde war wenigstens zehn Jahre jünger als Tristram und hatte das knabenhafte, blasse, hungrige Aussehen eines Studenten, der den Büchern verfallen war. Er war gekommen, um zu schmökern, nicht zu kaufen, denn Luxens Preise waren ihm zu hoch, und innerhalb von Minuten – das mußte von dem matten, schrägen, staubschweren Licht herrühren – sah er älter aus; gebeugt über einen Karton mit alten Büchern, mit rundem Buckel, das Gesicht verkniffen, die Haut von weißlich käsiger Konsistenz. Alte Bücher, alte Einbände, altes Papier, alte Dinge ... Tristram starrte den Jungen an und empfand etwas wie Grauen.

Mr. Lux hatte ihn etwas gefragt, aber Tristram hatte ihn nicht gehört. Es war wohl an der Zeit, daß er sein Scheckheft zückte ... um seinen Kauf zu tätigen. Dabei fiel sein Blick auf seine Uhr, und er erkannte zu seinem Schrecken, daß der Nachmittag schon fast dahin war: es war schon beinahe halb fünf!

Er sagte: »Die Quarto ist beeindruckend, Mr. Lux, wenn sie echt ist; aber woher weiß ich, daß sie echt ist? Dafür habe ich nur Ihr Wort, sonst nichts.«

Einen langen Augenblick starrte der alte Mann ihn einfach an. Dabei spiegelte sich auf seinem Gesicht eine Vielfalt von Emotionen – Schock, Kränkung, Furcht, Schuld. Sein milchiges Auge war noch milchiger geworden.

Er haut mich seit Jahren übers Ohr, dachte Tristram.

Lux stammelte: »Aber Mr. Heade, ich ... ich weiß kaum, wie ich ... was ich auf eine solche ... sagen soll ...«

Tristram war jetzt aufgestanden und ragte über ihm auf. Höflich sagte er: »Ich glaube, ich möchte mir den Kauf noch überlegen, Mr. Lux, wenn es Ihnen nichts ausmacht. Die Quarto ist ja schließlich ziemlich teuer.«

Tristram wollte Virgil Lux aber doch vor einem anderen Kunden nicht in Verlegenheit bringen; sie trennten sich also in aller Höflichkeit, mit einem weiteren Händedruck, diesmal etwas gezwungen, und Tristrams gemurmeltem Versprechen, er würde Lux seine Entscheidung bald wissen lassen; ganz sicher bis zum Ende dieser Woche. »Ich kann nicht versprechen, Mr. Heade ... daß die Quarto dann noch ... zur Verfügung steht«, sagte Lux mit leiser, tapferer Stimme; und Tristram entgegnete vergnügt: »Nun, diese Gefahr muß ich auf mich nehmen. Wie Macbeth uns rät: ›Wär's abgetan, so wie's getan ist, dann wär's gut, man tät' es eilig!‹« Er spürte erstaunlich wenig Groll, aber auch nicht viel Mitgefühl. Und wie leicht, wie luftig, wie angenehm war es doch, endlich einmal für einen anderen Menschen kein Mitgefühl zu empfinden ...

Denn ein Mann in seiner Position, so naiv, so schrecklich vertrauensselig, mit zuviel Geld und zuwenig Hausverstand, wurde eben ausgenommen und verdiente es nicht anders.

Draußen auf der Straße, wo die dunstige Frühlingsluft jetzt erfrischend scharf geworden war, holte Tristram tief Atem und lachte laut heraus, aus Dankbarkeit für sein knappes Entrinnen.

Er verließ die Chancellor Street und überquerte die Zweiundzwanzigste, mit schnellem Schritt, aber ohne bestimmtes Ziel. Markhams Sachen befanden sich wahrscheinlich immer noch in seinem Zimmer; und wenn schon, er hatte nicht vor, sich weiter damit zu belasten. »Du hast dich genügend bemüht, ihn ausfindig zu machen. Deine Zeit ist zu kostbar, um sie zu verschwenden. Trag die Sachen, die dir passen, den Rest wirf weg.« Dieser Rat formte sich klar und deutlich in seinem Hirn, und er lächelte vor Vergnügen, ganz als wäre er selbst darauf gekommen.

5

»Und was ist das? Ist es wirklich ... ein Auge?«
Tristram drehte das Objekt in den Fingern und starrte es an. Auf dem Gehsteig hatte es wie die Murmel eines Kindes ausgesehen, aber es war wirklich, so unwahrscheinlich das auch klang, ein Auge: ein Glasauge. Tristram hatte sich, durch eine baumbestandene Straße in einer ihm unbekannten Gegend voll alter, vornehmer Sandsteinhäuser schlendernd, gebückt, da etwas aus einem kleinen Blätterhaufen Hervorglänzendes seine Aufmerksamkeit auf sich zog. Seit er Luxens Laden verlassen hatte und schnell, in bester Laune, stundenlang gewandert war, fiel ihm auf, daß er plötzlich mit ungewöhnlichem Appetit die Dinge anschaute, ja beobachtete, und das in vollen Zügen genoß. Sich seiner Umgebung so klar und scharf bewußt zu sein, fast könnte man sagen aggressiv bewußt, das lag an sich nicht in Tristram Heades Charakter, und fast fürchtete er, er werde diesen Impuls nach seiner Rückkehr nach Richmond vielleicht wieder verlieren.

Wie seltsam! Wie unglaublich ... seltsam! Er drehte das Glasauge zwischen den Fingern und starrte es an. Er hatte in seinem ganzen Leben nichts Ähnliches gesehen. Kein runder Augapfel, wie man ihn sich vielleicht vorstellte, sondern eine kunstvoll abgeflachte Kugel; das Weiß nicht reinweiß, sondern fein getönt, ganz wie ein echtes Menschenauge, die Iris bräunlich-gelb mit blauen Einsprengseln, vollkommen überzeugend. Und wie unheimlich, so ein Ding auf der Handfläche liegen zu haben ... Tristram stand eine lange Weile wie entrückt.

Es schien ihm ein Ding von Schönheit, wie ein Edelstein, doch ziemlich furchterregend. Ein menschliches Auge, selbst ein künstliches Auge, so außerhalb seiner Höhle zu betrachten, das war wirklich eigenartig, beunruhigend. Er unterdrückte einen Schauder. Wer hatte es verloren oder weggeworfen, und warum ausgerechnet hier? Wem hatte es gehört? Oder war es nie irgendeiner augenlosen Höhle eingepaßt, nie in Gebrauch gewesen? Irgendwoher schien er zu wissen, daß es, da aus echtem Glas, vor 1930 hergestellt und eben kein neu gemachtes Auge war; denn echte Glasaugen werden heutzutage nicht mehr erzeugt. Obgleich die Leute von »Glas«-Auge sprechen anstatt von ... nun, woraus sie eben gemacht sind.

In jedem Fall hatte er vor, es zu behalten. Selbstverständlich. Sicher war es doch ein Glücksbringer und kein Omen für bevorstehendes Unglück.

6

Im Hotel Moreau erwarteten Tristram, kaum hatte er die Tür zu seiner Suite aufgesperrt, eine Vase voll frischer weißer Rosen – »mit den besten Empfehlungen der Direktion« – und eine Auswahl an Cocktailnüssen, sowie in seinem Schlafzimmer, oben auf der Kommode, eine elegante Ledertasche, nicht seine eigene (die stand auf dem Boden gleich daneben), aber in Größe und Form dieser ähnlich. Am Griff hing kein Etikett, dafür fanden sich auf einer Seite die vergoldeten Initialen A. T. M. Er schaute im Schrank nach: neue Kleider schienen dort nicht hinzugefügt, doch auf dem Bord, sofort ins Auge fallend, lag ein eleganter schwarzer Bowler-Hut und daneben ein Spazierstock aus schwarzem Ebenholz mit einem reich geschnitzten Griff.

Diesmal war Tristram eher resigniert als verärgert, ja in gewisser Weise dankbar, denn es war ja offensichtlich, daß er nicht dafürkonnte ... er war eindeutig ebenso ein Opfer dieser Verwechslung wie Markham, die Dummheiten anderer konnte man schließlich ihm nicht übelnehmen. Er öffnete die Ledertasche und dachte: was da drin ist, steht mir zu.

Die Tasche, die durchdringend nach neuem Leder roch, enthielt nur Papier, mehrere Bündel Briefe, allerhand Gedrucktes und ein Buch ohne Schutzumschlag – ein ziemlich abgegriffenes Exemplar des ›Rubaiyat‹ von Omar Khayyám. Dieses ›Rubaiyat‹ war, Tristram bemerkte es enttäuscht, kein Sammlerobjekt, sondern nur ein Massenprodukt, in der bekannten Übersetzung von Edward Fitzgerald. Er schlug es auf und stieß zufällig auf die mit Bleistift unterstrichenen Zeilen:

> Ich sandte meine Seele durch das Unsichtbare,
> Die Lettern meines Jenseits zu entziffern,
> Und nach vielen Tagen kehrte meine Seele heim
> Und sprach: »O sieh, ich selbst bin Himmel und
> Hölle.«

(In Tristrams Bibliothek in Richmond befand sich eine illustrierte Ausgabe von Fitzgeralds Übersetzung aus dem Jahre 1879, sorgfältig in den ursprünglichen Schutzumschlag gehüllt, und der Zustand wie neu. Der Händler, von dem Tristram das Buch gekauft hatte – es war übrigens Virgil Lux gewesen –, hatte ihm damals eingeredet, sein Wert müsse sich innerhalb weniger Jahre vervierfachen.)

In der Reisetasche befanden sich auch Dutzende von Immobilienprospekten, mit Schwerpunkt, wie es schien, auf Florida; die Gegend von Tampa und Sarasota und den Keys. Außerdem Rennbahnunterlagen aus Florida, New York und New Jersey. Und mehrere unordentliche Bündel Briefe, jedes mit einem Gummiband zusammengehalten. Ein Gemisch verschiedener Parfüms, alle schal und abgestanden, stieg aus den Briefen auf, als Tristram sie in die Hand nahm. Sie stammten alle von Frauen, das war klar, jeweils von einer typisch weiblichen Hand und in verschiedenfarbiger Tinte. Eins war in lavendelblauer Tinte, auf steifem weißem Briefpapier; ein anderes königsblau, auf hellblauem Briefpapier; ein drittes dunkelrot, auf hellrosa Briefpapier. Zwar war seine Neugierde geweckt, dennoch beschloß er, die Briefe nicht zu lesen – so weit war er hoffentlich noch ein Virginia-Gentleman –; er konnte aber nicht umhin zu bemerken, daß der erste Brief eines jeden Bündels mit einem großen X markiert war. Und was hat das zu bedeuten? fragte sich Tristram. Konto geschlossen?

In den Immobilienprospekten war einiges unterstrichen oder mit Randbemerkungen versehen; hie und da Preise ausgestrichen und andere, niedrigere an ihre Stelle gesetzt. (Die Preise verschlugen Tristram, der weder je Immobilien gekauft noch auch nur daran gedacht hatte, den Atem. Eines der am Golf gelegenen Anwesen in Sarasota etwa war mit 2 400 000 $ angegeben; ein anderes mit 3 900 000 $!) An die Ränder waren mit Bleistift Berechnungen gekritzelt, und Namen und Initialen – *Eloise, Martha, Mary Kaye, S. W., Sondra.* Noch stärker vollgekritzelt waren die Rennlisten, bestimmte Rennen mit Sternen, Kreuzen, Ausrufezeichen versehen. Tristram, der vom professionellen Rennsport kaum Ahnung hatte, und vom Wetten noch viel weniger, starrte kopfschüttelnd auf Namen wie Dazzle, Bullet, Mitzie, Zinger, Dark Star, Boro-Boro, Mutiny Lobell, Maelynne Lobell, Lamb Chop, Gouge. Er brauchte eine Weile, um zu durchschauen, daß einige davon die Namen von Pferden waren (Vollblut wie auch Warmblut), andere die von Windhunden.

Nach den in winziger Schrift gekritzelten Berechnungen zu urteilen, handelte es sich bei Angus T. Markham wohl um einen gewohnheitsmäßigen Spieler, vielleicht einen professionellen. Aber welche Verbindung bestand zwischen den Rennbahn-Kalkulationen, den Immobilien-Kalkulationen und den parfümierten Frauenbriefen? Tristram empfand einen kurzen Schauer moralischer Selbstgerechtigkeit und Entrüstung in sich aufsteigen; Wetten, das wußte er, war etwas Verruchtes, eine Neigung, die zur Sucht und dann, wie Alkoholismus, zur galoppierenden Krankheit werden konnte. Wichtig ist dann gar nicht mehr, ob man gewinnt, sondern nur, mit jedem Mittel, und sei es noch so verzweifelt, immer weiter spielen zu können.

Tristram trat an den Schrank und untersuchte den Bowler und den Stock. Der Hut stammte von einem Hutmacher in London und saß ihm ziemlich locker auf dem Kopf (er hatte dem kindischen Impuls, ihn zu probieren, nicht widerstehen können). Der Stock, aus schlankem schimmerndem Ebenholz, war schwerer, als er aussah, und hatte als Griff einen aus Elfenbein geschnitzten Löwenkopf. Der Mann ist ein Dandy, dachte Tristram amüsiert. Er zog einen von Markhams Blazern vom Bügel, schlüpfte hinein und betrachtete sich lächelnd im Spiegel. Der Blazer war aus marineblauem Leinen, mit breitem Revers und Messingknöpfen, von hervorragendem Schnitt, maßgeschneidert und sehr teuer. Ob derart auffallend breite Revers denn überhaupt in Mode waren? Und Messingknöpfe? Seine eigenen Sportjacketts und Anzüge, alle Jahre alt, waren wohl schon alle leicht verschlissen, und er hatte keine Ahnung, ob sie je in Mode gewesen waren. Die Anschaffung von Kleidung, ja auch nur der Gedanke an Kleidung beschäftigte ihn so gut wie nie. Das letzte, was er sich gekauft hatte, war sein dunkelgrauer Nadelstreifenanzug, den er zum Begräbnis seiner Mutter getragen hatte ... Wie als Widerlegung des nicht anwesenden Markham sagte er laut und vorwurfsvoll: »Diese Dinge sind doch letzten Endes so oberflächlich. Die Seele bleibt davon unberührt.«

Immerhin war es seit sehr langer Zeit das erste Mal, daß Tristram sein Spiegelbild mit Interesse betrachtete, sogar mit etwas wie Bewunderung; jedenfalls mit anderen Gefühlen als verlegener Schüchternheit. Mit plötzlichem jungenhaftem Schwung schlenderte er quer durch den Raum, den Bowler in kessem Winkel auf dem Kopf, den schimmernden schwarzen Stock unter den Arm gesteckt, den Blick fest auf den Mann im Spiegel gerichtet. Sein Herz schlug schnell, als wäre er auf der Bühne. Es war alles absurd, lächerlich, und doch ... Er sah ja wirklich gut aus irgendwie eindrucksvoll; ein Mann auf dem strahlenden Höhepunkt seines Lebens, sein Schicksal fest in der Hand.

Tristram tippte den Rand des Bowler nach vorn, in die Stirn. Dem Sieger gebührt die Beute.

In jedem Falle aber mußte er, wenn er zum Dinner hinunterging, mit dem Manager reden und verlangen, man möge einen Pagen in die Suite schicken und Markhams Sachen entfernen. Die Verwirrung der Identitäten durfte nicht so weiter gehen.

Und da war doch noch jemand, den er heute hatte sprechen wollen, am Telefon ... Aber er konnte sich nicht erinnern. Der Name war ihm im Moment entfallen.

Tristram nahm ein Bad, rasierte sich, kleidete sich an, ganz ohne Eile; er nippte dabei immer wieder an einem Glas gekühltem Sherry und knabberte Cashew- und Paranüsse. Mehrmals unterbrach er seine Toilette, um das Glasauge wieder zu untersuchen, das er zur Sicherheit oben auf die Kommode in einen marmornen Aschenbecher gelegt hatte, und um den Inhalt von Markhams Ledertasche zu betrachten, den er in ordentlichen, diskreten Häufchen auf der Kommode aufgeschichtet hatte. Es gab keine Verbindung zwischen dem Glasauge (mit seinem Ausdruck heimtückischer, fast perverser Blicklosigkeit) und Markhams Sachen, aber durch ihre Gemeinsamkeit in Raum und Zeit hätte man beinahe ... hätte man beinahe, wäre man dazu in der Stimmung, eine Verbindung annehmen können.

Aber gab es denn, praktisch gesehen, irgendeine sinnvolle Verbindung zwischen den verschiedenen Dingen in Markhams Reisetasche? Das Immobilienmaterial mit den Berechnungen am Rande ... die Rennpapiere mit den komplizierteren Berechnungen ... die Liebesbriefe der Damen (denn Liebesbriefe waren es doch sicherlich), so taktlos zusammengehalten von ganz gewöhnlichen Gummiringen. Und das ›Rubaiyat‹ mit seinen eselsohrigen, fleckigen Seiten ... Was hatte das alles zu bedeuten? Gab es überhaupt eine Bedeutung? Eine oder mehrere? Und war die Bedeutung auch bedeutend? Und falls sie es für den unbekannten Markham war, war sie es dann auch für Tristram Heade? Wäre es die Anstrengung wert, sie herauszuknobeln? – bildend, erbaulich, Erkenntnis bringend? – eine Steigerung seines Lebensgefühls?

Tristram betrachtete wieder das Glasauge; blätterte ziellos in den Immobilienprospekten. Das traurig schale, abgestandene Parfüm der Damenbriefe stieg ihm trocken in die Nasenlöcher. Was waren das alles nur für Rätsel! Und was weckten sie für Emotionen, Erregung einerseits, Müdigkeit andererseits! In Tristrams Sammlung in Richmond befand sich zwar eine Reihe klassischer Detektivromane, darunter seltene Erstausgaben von ›Der Hund von Baskerville‹, ›Der Monddiamant‹ und ›Die Höhle des Weißen Wurms‹, dennoch hatte er für dieses Genre nie viel übrig gehabt; hatte in seinem ganzen Leben nur sehr wenige Kriminalromane gelesen, und auch diese keineswegs mit jenem Respekt, den er der »ernsten« Literatur entgegenbrachte. In seinen Augen bestand das Genre nur aus Täuschungsmanövern, auf Tricks und Kniffen beruhend, und zwar der fadenscheinigsten Art; kaum erträglich in seiner Gewalttätigkeit, die jeden Moment ausbrechen konnte, ohne größere Tragweite in moralischer und emotionaler Hinsicht. Die sich von Poe herleitende Form war ihm besonders zuwider, denn hier traten Verwicklungen und Schrecken aller Art zu keinem anderen Ziel auf als dem der Unterhaltung: *Effekt* war alles, *Bedeutung* nichts. Zugegeben, er las zwar jeden Kriminalroman bis zur letzten Zeile, aber dann schlug er immer das Buch mit dem Gefühl zu, man habe ihn betrogen. So einfach ist das wirkliche Leben nicht, dachte er. Das wirkliche Leben ist dicht, konfus, wehrt sich gegen chronologische Ordnung, und alles hat weiterreichende Bedeutung.

Und doch mußte er gestehen, daß er seit dem Eindringen des Rätselhaften in sein Leben (und sei es noch so unbedeutend, und würde es noch so bald gelöst) beim Gedanken an die Zukunft seinen Puls schneller schlagen spürte; nicht aus Unruhe, obwohl auch das zu einem gewissen Grad, sondern vor allem aus Interesse. Was wird als nächstes geschehen? – wenn man davon ausgeht, daß überhaupt irgend etwas als nächstes geschehen wird oder muß. Es war ihm klar, daß sein Leben, das ja »wirklich« war, und also nicht im literarischen Genre des Kriminalromans enthalten und entworfen, vielleicht keine befriedigende Lösung seiner Situation bieten würde; gleichzeitig aber, so irrational das auch war, konnte er diese Vorstellung nicht akzeptieren, wenn auch nur aus seiner unkritischen Übernahme der Regeln des Kriminalromans heraus – obwohl er sie so geringschätzte.

So wußte er zum Beispiel, daß es unmöglich eine Verbindung geben konnte zwischen seiner zufälligen Auffindung des Glasauges in der Delancy Street (Tristram hatte sich den Ort gemerkt) und der Markham/Heade'schen Identitätsverwirrung. Und doch ...

Nein. Das war absurd.

Er stand an einem Fenster mit Aussicht auf den Rittenhouse Square und dahinter ein traumähnliches Raster städtischer Straßen, jede markiert von einer Lichterkette. Hier ist das Wesen der *Stadt*, dachte Tristram in ganz ungewohnter Hochstimmung. Es ist gleichgültig, welche Stadt, es ist einfach eine Stadt, und Unpersönlichkeit, und Abenteuer, und »das Neue«. Bei früheren Besuchen in Philadelphia hatte Tristram immer sehr schnell Heimweh empfunden, oder jedenfalls Sehnsucht nach der Bequemlichkeit seiner eingefahrenen Junggesellenroutine, und sich immer schon auf die Heimreise gefreut. Aber diesmal spürte er nicht das geringste Heimweh. Ihm kam es vor, als sei er mindestens schon eine Woche fort ... aber mit dem Heimfahren hatte er keine Eile.

Im Laufe der Toilette ertappte Tristram sich dabei, wie er eine Krawatte knüpfte, die er gar nicht kannte. Es war ein papageienbuntes Paisley-Muster; wahrscheinlich eine von Markhams Krawatten ... vom Zimmermädchen unter seine eigenen gehängt. Nach einem Augenblick des Zögerns beschloß er, sie dennoch zu tragen. Vielleicht würde es »A. T. M.« ja gar nicht kümmern. Vielleicht würde es »A. T. M.« nie erfahren.

Obwohl Tristram in gewisser Weise den ganzen Tag vertrödelt hatte und ihm zu spät einfiel, wen er hatte anrufen wollen – den armen bettlägerigen Onkel Morris Heade: wie *konnte* er das nur vergessen! –, wurde sein Gefühl körperlichen Wohlbehagens durch das Dinner nur noch verstärkt. Der Chef de rang, der Oberkellner, der Sommelier waren ihm gegenüber womöglich noch aufmerksamer als den Abend zuvor; das üppige Dinner, mit noch einem Gang mehr (einer zusätzlichen Vorspeise, da Tristram sich zwischen Austern Rockefeller und polynesischen Tiger-Shrimps nicht entscheiden konnte) war noch eindrucksvoller. Und die Weine ... ah, die Weine! Tristram mußte unbedingt herausfinden, ob er sie auch zu Hause beziehen konnte.

Aus Gewohnheit hatte er ein Buch mit ins Restaurant genommen, das aufzuschlagen ihm aber erst ganz am Ende einfiel, als er bereits an einem Glas eines köstlich gehaltvollen österreichischen Likörs nippte.

> Da war die Tür, zu der ich keinen Schlüssel fand:
> Da der Schleier, der mir den Blick verband,
> Und Worte fielen über Mich und Dich –
> Und dann kein Wort mehr über Dich und Mich.

Nachts dann, beim Einschlafen, sah Tristram im Traum kurze aufblitzende Bilder des Heade-Sitzes in Richmond, die Räume, in denen er sich eingenistet hatte, sein Junggesellenschlafzimmer besonders, recht hübsch, wenn auch ziemlich vollgestopft mit Möbeln, Bücherregalen, Büchern. Jetzt spürte er doch ein leises Heimweh. Oder war es ein anderes, stärkeres Gefühl ... wie von Verlust, von Entzug? Er lag in dem riesigen Baldachinbett in der Louis-Quatorze-Suite des Hotel Moreau am Rittenhouse Square in Philadelphia und gleichzeitig in seinem schmalen Bett am Royalston Place in Richmond, und sein leicht beschleunigter Puls schlug und schlug, als ob ihm niemals ein Ende drohte. *Ich selbst bin Himmel und Hölle.*

Doch da ertönte wie von weit her ein Klopfen an der Tür. (In Richmond? In Philadelphia?) Tristram wollte es nicht hören, wollte nicht darauf eingehen, wollte *nicht* aus seinem erschöpften, wunderbaren Schlaf erwachen; doch zuletzt blieb ihm nichts anderes übrig. Er setzte sich im Bett auf, blinzelte und starrte ins Dunkel, und das Herz klopfte ihm schmerzhaft heftig in der Brust. War er in Richmond oder war er in Philadelphia? Einen Moment lang konnte er sich wirklich nicht erinnern.

Er drehte die Lampe auf dem Nachttisch an. Es war 1 Uhr 15; er war kurz vor Mitternacht zu Bett gegangen. Das Klopfen ging weiter, nicht so laut wie zuvor in seinem Schlaf, nicht so hämmernd, sondern eher zögernd, gedämpft. Es kam nicht von der Korridortür, sondern von der Tür des anderen Zimmers, das in den Salon der Suite führte. »Wer ist da?« rief Tristram. »Ja? Wer ist da?«

Es folgte ein ganz kurze Pause, und dann fing das Klopfen wieder an, drängender diesmal. Es wird eine Dame sein, dachte Tristram. Eine von seinen Damen. Und er sah ein, daß ihm nichts anderes übrig blieb, als hinzugehen und die Tür zu öffnen.

II

I

Mit seinen fünfunddreißig Jahren war Tristram Heade bereits das, was man mit nachsichtigem Lächeln einen »eingefleischten Junggesellen« nennt (was nicht ausschloß, daß er, in den Augen bestimmter Personen, durchaus auch als »begehrter Junggeselle« galt). In seiner Vorstellung sah er sich immer noch in der konventionellen, dennoch auch romantischen Rolle als amerikanischer Gatte, Vater, Besitzer eines Heims, Staatsbürger; wie ein Mann, der sich für einen kühnen Entdecker vom Schlage eines Magellan, Marco Polo und Admiral Perry hält, obgleich seine Entdeckungsfahrten sich auf imaginäre Reisen auf von anderen gezeichneten Karten beschränken, so sprach auch Tristram naiv, aber hoffnungsvoll davon, er werde »eines Tages« heiraten, oder, nicht weniger vage, »die Richtige« finden. Oder mit einem stirnrunzelnden kleinen Lächeln: »Damit meine ich wahrscheinlich eine Frau, die jemand wie mich überhaupt nimmt.«

Natürlich wollte er auch Kinder. Besonders Söhne, um den Namen der Familie fortzuführen. Aber der rein körperliche (das heißt, der rein sexuelle) Weg, durch den Kinder in die Welt gesetzt werden, hatte für ihn etwas Furchteinflößendes. Denn Tristram hatte in seinem Leben nur sehr wenige sexuelle Erlebnisse gehabt, und keins davon wirklich befriedigend.

Aber Frauen mochten ihn; fühlten sich zu ihm hingezogen; vertrauten sich ihm an, wollten seinen Rat, suchten bei ihm Trost. Die Mütter von Richmonder Debütantinnen, deren Debüt-Saison sich stark dem Ende zuneigte, waren besonders hinter ihm her, in jenen Jahren, da Tristram noch mehr Einladungen annahm. Man redete darüber, daß Tristram, zurückgezogen im Haus seiner Eltern lebend, nach und nach recht ungesellig und einzelgängerisch wurde. Aber er blieb doch trotz allem ein Virginia-Heade, und daher ein Mann von Ansehen und Bedeutung: der letzte lebende Sproß und Nachfahre von Erasmus Heade, dem Revolutionsgeneral; ein Kavalier bis in die Fingerspitzen; höflich, rücksichtsvoll, bescheiden, von fleckenloser Moral. Kein schöner Mann im üblichen Sinn des Wortes, aber trotzdem attraktiv in seiner grobknochigen, etwas tapsigen Art; jene Art von Mann, den die Leute gern anstarren, verwirrt oder fast schon perplex, als bemühten sie sich, sich an seinen Namen zu erinnern. Er wirkte immer, als wäre er jemandes Cousin: eine *Präsenz*, der es mysteriöserweise an *Identität* fehlte.

»Es ist, als wäre mein normales Leben, mein ›richtiges‹ Leben, irgendwie von mir fortgelenkt worden«, bemerkte Tristram einmal bei einem unbeholfenen Versuch, sein Wesen einer jungen Cousine namens Abigail zu erklären, die sich auf eine nette Art für ihn interessierte. »›Fortgelenkt‹ – wie? Von wem?« fragte Abigail. »Das ist es ja eben – ich weiß nicht wie, und ich weiß nicht von wem«, antwortete Tristram achselzuckend. Abigail blickte ihn forschend an, als sei er ein Rätsel, das es aufzulösen gelte. Sie war ein sehr hübsches Mädchen, mit einem Kadetten von West Point verlobt und bereit für alles, was das Leben auf jener gesellschaftlichen Stufe, der sie durch Geburt und Temperament angehörte, ihr zu bieten hatte. »Aber was meinst du damit eigentlich genau, Tristram?« bohrte Abigail. »Du hast irgendwo anders ein ›richtiges‹ Leben, und dein Leben hier und jetzt, als der Tristram, den wir alle kennen, ist ein falsches? Oder dein Leben hier ist das einzige Leben, das du kennst, und das andere ist – was? Verloren? Unerreichbar?« Tristram lächelte voll Verlegenheit und wollte rasch das Thema wechseln. »Ich weiß es nicht«, antwortete er kopfschüttelnd. »Das alles geschah, bevor ich geboren wurde.«

Obgleich das Familienvermögen im Lauf der Jahre geschrumpft war, mit einem rüden steilen Sturz Ende der siebziger Jahre, schien in der Stadt bekannt, daß Tristram genug geerbt habe, um bequem davon zu leben, sollte er bequem leben wollen; er konnte durchaus heiraten, wenn er das wollte, und eine Frau und Kinder ernähren, auch ohne als Rechtsanwalt zu arbeiten. Seit dem Tod seiner Mutter ging er nicht mehr in die Kirche, ließ der Ersten Episkopalkirche von Richmond aber weiterhin seine finanzielle Unterstützung angedeihen; das sicherte ihm die gute Nachrede der Gemeinde. Er galt als jemand, der keine Laster hatte, keine schlechten Gewohnheiten, keine besonderen Verschrobenheiten – wenigstens nicht solche, die man ihm nicht noch austreiben könnte.

»Wenn Tristram doch nur heiraten würde«, sagte seine Mutter im letzten Stadium ihrer Krankheit, als sie oft taktlos, ja rücksichtslos sich äußerte, da sie spürte, wie wenig Zeit ihr noch verblieb, »dann würde vielleicht doch noch alles gut. Aber er muß sich *beeilen*. Wenn ich fort bin, braucht er jemand, der sich seiner *annimmt*.«

Tristrams Mutter hatte ihn sehr geliebt; und Tristram hatte seine Mutter geliebt. Doch in den Monaten, die auf ihren Tod folgten, fing er an, sie zu vergessen; so wie er, zu seiner Überraschung, ja Verstörung, seinen Vater bald nach dessen Tod vergessen hatte. Ich möchte doch ein pflichtgetreuer Sohn sein, dachte Tristram – aber worin besteht meine Pflicht?

Es war seltsam, wie er in den zwei oder drei Räumen des Zwanzig-Zimmer-Hauses (eigentlich ein richtiges Herrenhaus) am Royalston Place, die sein Haus-im-Haus bildeten, zu gedeihen schien, wie ein zähes, sehniges Unkraut. Eine Wegwarte vielleicht; das genügsamste aller Unkräuter, das in dünnster Erdschicht, ja im Kies noch wächst und himmelblaue Blumen von wunderbarer Schönheit hervorbringt. Wenn andere sich vielleicht um ihn Sorgen machten, so wäre dies Tristram selbst nie eingefallen, denn er dachte kaum je über sich selber nach. Ein einzelgängerisches Leben hat den Vorzug der Stille, und die Stille verschont uns mit Echos. Höhepunkt des Tages am Royalston Place war meist die Ankunft der Morgenpost irgendwann zwischen halb elf und zwölf, die fast immer entweder den Katalog eines Buchhändlers brachte oder einen Brief von einem Sammlerfreund (Tristram stand in regelmäßiger Korrespondenz mit etwa zwanzig Leuten, alles Männer, von denen er nur wenige persönlich kannte). Die aufregendsten Tage waren natürlich jene, da Tristram ein neu erworbenes Objekt empfing, postalisch bestellt und bezahlt. Eine Ausgabe des ›Tyburn Calendar, or Malefactor's Bloody Register‹, veröffentlicht bei Swindell's an der Hanging Bridge, London, aus dem Jahre 1722; Drydens ›Tyrannic Love‹ in einer Ausgabe aus dem Jahre 1685; ein anonymer Druck der ›Infamen Geschichte des *Grafen Cagliostro*‹ in englischer Übersetzung aus dem Jahre 1778 – in solchen Augenblicken war Tristram so unmittelbar und grenzenlos glücklich wie ein Kind.

Seine Eltern traten schnell in die Vergangenheit zurück, wie Kometen in den unermeßlichen Äther. Mit der Zeit vermischten sie sich in Tristrams bücherverwirrter Erinnerung mit seinen Großeltern; und diese wieder mit *ihren* Eltern, die Tristram natürlich nicht gekannt hatte, außer so wie Daguerreotypien und die Familienlegende sie am Leben hielten. Ebenso verwirrten sich in seiner Erinnerung beide Abstammungslinien der Familie, jene seiner Mutter (ihr Mädchenname war Buchanan: auch sie stammte von einem berühmten Vorfahren ab, einem Vertrauten George Washingtons während seiner Präsidentschaft) und die seines Vaters; so wie Dinge, an sich wertvoll, wie Manschettenknöpfe, goldene Uhren, Krawattennadeln und ähnliches ihren Wert zu verlieren scheinen, wenn sie in einer Schublade durcheinanderliegen (wie das übrigens in so mancher Schublade in Tristrams Junggesellenbude der Fall war).

Tristrams Leidenschaft für antiquarische Bücher begann bereits in früher Jugend, als er, übergewichtig und so schüchtern, daß es schmerzte, viel Zeit in der Bibliothek seines Großvaters Heade verbrachte; einem nußbaumgetäfelten, mit Büchern vollgestopften Ort der Zuflucht und des Trostes. Bücher, das begriff Tristram sehr schnell, waren seine Freunde: wenn er sie brauchte, ließen sie ihn nicht im Stich. Todunglücklich bei der Aussicht auf oder, was noch schlimmer war, der Erinnerung an seine Ungeschicklichkeit bei dem einen oder anderen Tanztee oder Familientreffen, konnte er sich in der großväterlichen Bibliothek oft stundenlang verbergen. Sein Vater mißbilligte das natürlich; es war auch Mr. Heades Willen, der Tristram an die Universität von Virginia zum Jurastudium führte. Aber Bücher sind, als unsere Freunde, keine eifersüchtigen Liebhaber, die uns verlassen, nur weil wir sie verlassen haben: und während Tristram sich an den schlauen, gewandten, ziemlich grausamen Wegen der Welt versuchte, wußte er in seinem innersten Herzen, daß sein wirkliches Leben anderswo lag und auf ihn wartete.

Und so war es auch. Oder so schien es, bis Fleur Grunwald in sein Leben trat.

Auch Tristram Heade wurde seit der Pubertät immer wieder von jenen schwer faßbaren, doch ganz offen erotischen maskulinen Träumen heimgesucht, die beim Erwachen im Orgasmus kulminieren; zwar hatten sie in seinen späten Teenagerjahren einen wilden Höhepunkt erreicht, verschonten ihn aber auch noch jetzt nicht, in einem Alter, da er sich selber doch für zu reif (und für zu intelligent) für derartige Phantasien gehalten hätte. Wenn er nach einem solchen Traum in seinem Bett erwachte, blieb er zunächst ganz reglos liegen, gelähmt von Scham und von Bestürzung; erschöpft von einer rein körperlichen Empfindung, die zu heftig war, um sie einfach »Lust« zu nennen. Lust empfand Tristram dabei eigentlich so gut wie keine.

Aber falls ich je heiraten sollte, nein, *sobald* ich heirate, wird es ganz anders sein, so dachte er. Denn dann hielte er natürlich eine wirkliche Frau in seinen Armen und keine Ausgeburt der Phantasie, die sich beim Erwachen in Luft auflöste.

Und er würde diese Frau auf normale Art im Licht des hellen Tages lieben, wie eben Gatten ihre Gattinnen.

In solcher Zeit zur Schlaflosigkeit verdammt, stand Tristram dann auf und wanderte barfuß durch das Haus ... verließ sein Junggesellenquartier und betrat den »anderen« Teil des Hauses ... jenen, an den er seit dem Tod der Mutter ganz bewußt als an den »anderen« dachte. Als ob das von ihm ererbte Haus das eines Fremden wäre, und er sich unbefugt darin aufhielte. Doch die Erinnerung an die erotische Umarmung, die sexuelle Vereinigung, unerwünscht, doch explosiv, widerwärtig, aber ungeheuer machtvoll, trieb ihn vorwärts. Zum Einschlafen war er immer noch viel zu erregt! Nie wieder würde er schlafen können!

Natürlich war das Haus leer. Aber: wartete sie vielleicht oben irgendwo auf ihn? – in einem der verschlossenen Zimmer?

Wer immer »sie« war.

Aber natürlich existierte »sie« gar nicht.

Oder falls sie existierte, so jedenfalls nicht, was Tristram Joseph Heade betraf.

Obgleich er an einer leichten Nachtblindheit litt und bei diesen nächtlichen Streifzügen nur sehr undeutlich sah, leuchtete er sich mit einer Kerze; eine Taschenlampe schien ihm allzu praktisch ... allzu prosaisch. Er lächelte ein sieches, schiefes, verlegenes Lächeln, dankbar, daß er allein war und daher unbeobachtet von jenen, die ihn vielleicht bemitleidet oder um seinen Verstand gefürchtet hätten. Er wußte natürlich, daß niemand im Hause war, in keinem der Räume, weder im elterlichen Schlafzimmer noch im mütterlichen Nähzimmer, noch im oberen Salon, noch in den zahlreichen Gästezimmern ... dennoch beharrte er auf seinem Rundgang, die Kerze trotzig hochgehalten, das Herz trat ihn gegen die Rippen. Seine Ohren registrierten noch das kleinste, gedämpfteste Geräusch: das Trippeln winziger Krallenfüßchen über seinem Kopf (Mäuse?); ein leises heiseres Flüstern (der Wind in den Dachrinnen?); ein Rascheln wie von schweren Seidenfalten (Vorhänge? vom Wind gebläht?). Eines Nachts betrat er einen seit Jahren nicht benutzten Raum, in dem, wenn man der Familienlegende glaubte, eine zu Besuch weilende Kusine skandalöserweise einst einen jungen Mann empfing (in manchen Versionen einen Leutnant der Konföderierten Südstaatenarmee, in anderen einfach »einen jungen Mann«), und hörte, oder glaubte zu hören, eine geflüsterte Unterhaltung und erschrockenes helles Kichern ... und roch einen Duft von Veilchen, alt, schal, doch irgendwie wehmütig ... doch war der Raum natürlich leer: leer bis auf ein paar von schaurigen weißen Leintüchern verhüllte Möbelstücke. Bei einer anderen, unheimlicheren Gelegenheit betrat Tristram das alte Billardzimmer, Mr. Heades Höhle, wie Mrs. Heade das nachsichtig genannt hatte, und sah dort zu seiner Verwunderung eine einzelne Spielkarte, die Pikdame, auf dem teppichlosen Fußboden liegen ... Tristram hob die Karte verwirrt auf und sah, daß sie zwar nicht neu war, aber immer noch glänzend und nicht von der gleichen scharfen Staubschicht bedeckt wie der übrige Boden. Seine feinen Nüstern entdeckten auch einen leichten Geruch nach Pfeifentabak und, ganz deplaziert in dieser streng männlichen Umgebung, das Parfüm einer Frau ... üppig, betäubend, fast zu süß ... ein durchdringender Geruch, ganz anders als der vornehme, mädchenhafte Duft nach Veilchen.

Tristram fragte sich: hatte sein Vater denn eine heimliche Freundin gehabt? – eine »Geliebte«? – eins der Dienstmädchen vielleicht? Die Vorstellung war äußerst beunruhigend; abstoßend und zugleich erregend. Er konnte sich an den Mann, der sein Vater war, zwar kaum noch erinnern, aber plötzlich fiel ihm der starke Geruch seines Pfeifentabaks wieder ein, und seine eigene kindliche Hoffnung, auch er würde eines Tages eine Pfeife rauchen; vielleicht sogar die Pfeife seines Vaters, und auch die väterliche Tabaksorte: »Old Bugler«.

Plötzlich von Furcht gepackt, stürzte er aus dem Raum. Seine Hände zitterten, in seine Augen stieg ihm das Wasser. Durch die Diele flüchtend, glaubte er ein heiseres Lachen hinter sich zu hören ... aber das war natürlich nur der Wind. Der Wind in den Dachtraufen.

2

Tristram knüpfte eben hastig die Kordel des gesteppten Morgenmantels aus schwarzer Seide zu, als er bemerkte, daß das kein ihm bekanntes Kleidungsstück war: ein herrlicher japanischer Kimono, ganz und gar nicht wie sein gewöhnlicher Flanellmantel; der mußte Markham gehören. Er hatte ihn, ohne hinzusehen, von einem Bügel im Schrank gezogen.

»Nur noch einen Moment, bitte! Ich komme schon.«

Das Klopfen an der Tür ging mit gesteigerter Dringlichkeit weiter, als hätte man dort Tristrams Rufen nicht gehört; und als er die Tür öffnete, erblickte er auf der Schwelle die ungewöhnlichste junge Frau ...

Tristram kannte sie nicht, und doch schienen ihm ihr Gesicht, ihre Augen, ja der Schnitt ihres Mundes vertraut. Sie wirkte atemlos, als wäre sie von weither und unter ungeheurer Gefahr bis zu dieser Tür gerannt.

Er schien auch, noch bevor sie sprach, zu wissen, was sie sagen würde.

»Angus ...? Das ist doch Angus?«

Tristram bemühte sich zu lächeln, obgleich ins Herz getroffen. »Ich fürchte, Sie haben das falsche Zimmer. Den falschen Mann.«

»Aber – ist das nicht Angus? Angus Markham?«

Die atemlose junge Frau trug einen breitkrempigen Hut aus irgendeinem schicken, schwarzglänzenden Material; ein dünner schwarzer Schleier verbarg nicht ganz ihre riesigen Augen, die vor Feuchtigkeit überzugehen schienen, oder vor starkem Gefühl: auf Tristram geheftet, als würden sie diesen anderen in ihm beschwören, war ihr Blick fast mehr, als er ertragen konnte. »Aber Angus, das bist doch du ... nicht?« flehte sie. »Wenn du böse mit mir bist ... ich weiß, du hast jedes Recht, böse mit mir zu sein ... aber bitte, sei nicht böse! Bitte! Ich habe doch nur dich.«

»Aber ich –«

»Ich weiß, ich habe dich enttäuscht in Saratoga Springs. Wie ein edles Füllen, sagtest du, das bei seinem ersten wichtigen Rennen scheut. Und jetzt ... wie du siehst ... jetzt büße ich dafür. Bitte weise mich nicht zurück! Ich habe panische Angst, daß mich jemand kommen sah.«

Also bat Tristram sie herein und schloß hinter ihr schnell die Tür; dabei versuchte er die ganze Zeit über zu erklären, daß er und Angus Markham einander zwar in unheimlichem Grad ähnlich sähen, aber dennoch zwei ganz verschiedene und unterschiedliche Individuen seien.

Aber die junge Frau schien ihn nicht zu hören. Sie starrte ihm immer nur ins Gesicht, mit einem Ausdruck von so kindlicher Sehnsucht und Hoffnung und so argloser Bewunderung, daß sich ihm der Kopf drehte. Ein glücklicher Mann, der abwesende Markham! Mit zitternden Fingern hob sie den durchscheinenden Schleier von ihren Augen, in denen Tränen schimmerten; dunkel strahlende Augen mit langen, gebogenen Wimpern; tief und weit auseinander saßen sie in ihrem fast mondförmigen Gesicht, das Weiße reinweiß, die Iris ein verschleiertes Goldbraun, wie kleine Sonnen. Ihr Mund war klein, besonders die Oberlippe sehr kurz, aber wunderbar geformt; die Nase lang, zart, schmal an der Spitze. Tristram mußte an ein Puppengesicht denken – an eine dieser bemalten Porzellanpuppen aus dem vergangenen Jahrhundert, in zierlichen, spitzengesäumten Gewändern aus Samt und Seide, von Hand genäht von vornehmen Damen mit sehr viel Muße und Liebe zu kleinen hübschen charmanten Dingen.

Sie ist es, dachte er. Ein seltsames Lächeln zog an seinen Lippen; das sieche schiefe Lächeln seiner nächtlichen Suche.

»Aber du erinnerst dich doch, nicht wahr, Angus?« rief sie. »Fleur Grunwald ... zu der du einst so gütig warst? Für die du einst ... etwas zu empfinden schienst?«

Tristram atmete langsam tief ein, zwang sich, ruhig und vernünftig zu sprechen und sagte: »Ich bin sicher, daß Markham sich an Sie erinnern würde, Mrs. Grunwald, aber, wie ich zu erklären versuchte, ich bin es nicht; *ich bin nicht Angus Markham.*«

»›Mrs. Grunwald‹! Angus, wie kannst du nur!«

Sie fuhr zurück, als hätte Tristram sie geschlagen, und deutete, mädchenhaft verletzt und vorwurfsvoll, auf den linken Revers von Tristrams edler schwarzer Robe – deutlich sichtbar bestickt mit den Initialen A. T. M. Tristram spürte, wie ihm das Blut heiß ins Gesicht schoß, als hätte man ihn bei einer Lüge ertappt.

»Die Initialen auf dem Morgenmantel sind irreführend«, sagte er. »Ich ... dafür gibt es eine Erklärung ... aber ich bin *nicht* ... der Mann, den Sie suchen.«

Er stand allerdings breitbeinig vor der Tür, blockierte der jungen Frau den Weg und machte keine Miene, beiseite zu treten. Er dachte noch einmal: Sie *ist* es.

Verwirrt, wie betäubt blinzelnd, als verstünde sie nichts von dem, was Tristram gesagt hatte, oder sei unfähig, es zu ihrem Bitten in Bezug zu setzen, sagte sie: »O Angus, ich wußte, daß du scherzen kannst, doch daß du auch grausam sein kannst, das wußte ich nicht. Daß du vor allem gegen mich je grausam sein könntest!«

Tristram versetzte schnell: »*Ich* scherze nicht, bitte glauben Sie mir, Mrs. Grunwald! *Ich* bin nicht grausam.«

»Aber warum nennst du mich bei *seinem* Namen?« fragte sie naiv. Ihre Augen, geweitet, rund, hingen mit starrem Blick an Tristram, als wäre sie zu Tode erschöpft oder hypnotisiert. »Bin ich für dich denn nicht mehr deine Fleur?«

Aus ihrer Kleidung und ihrem Haar stieg ein leichter, natürlicher Maiglöckchenduft auf, der mit seiner Süße Tristrams Sinne durchdrang und ihm das Wasser in die Augen trieb. »*Bin ich für dich denn nicht mehr deine Fleur?*« wiederholte sie, und als Tristram nicht antwortete, fuhr sie fort: »Du hattest recht, Angus. ›Eines Tages wirst du in Verzweiflung von ihm fortwollen‹, sagtest du, ›doch dann ist es vielleicht zu spät.‹«

Hilflos sagte Tristram: »Aber warum ... sind Sie verzweifelt? Ist es ...?«

»Angus, du verspottest mich doch nicht?«

»Aber natürlich verspotte ich Sie nicht.«

»Und doch scheint es, als verlangtest du, daß ich mich vor dir demütige«, sagte sie, ungläubig den Kopf schüttelnd. »Als wärest du nicht der Mann von Ehre, der Gentleman, der du doch bist. Als wärest du, wie in einem Alptraum, ein anderer.«

Tristram empfand das dringende Bedürfnis, die Hand der jungen Frau in seine zu nehmen; ihr soviel Trost zu bieten, wie er konnte. Andererseits konnte er nicht akzeptieren, daß er auf Grund eines Mißverständnisses das Recht hätte, sie zu berühren: wenn es doch Angus Markham war, den sie wollte, und nicht Tristram Heade? Nein, er hatte keine Wahl, keine anständige Alternative: »Mrs. Grunwald, ich muß darauf bestehen, daß ich *nicht* Angus Markham bin; ich bin nicht Ihr Freund. Das heißt, ich bin nicht ... Angus Markham. Ich kenne Angus Markham gar nicht; noch weiß ich, wo er sich befindet.«

Fleur Grunwald betupfte sich mit einem Taschentuch die Augen und sah Tristram forschend an, einen betäubend langen Augenblick. Ihre reizenden Augen! Ihre makellose Haut, die der leiseste Fleck entstellt hätte! Und der glänzend braune Schimmer ihres Haares, in einem Knoten im Nacken zusammengefaßt, aus dem sich ein paar Strähnen befreit hatten und ihren lieblichen Hals umschmeichelten ... Sie trug ein hochgeknöpftes schwarzes Kleid aus feinem leichtem Wollstoff, dazu eine passende Jacke mit langen Puffärmeln, die nicht nur das Handgelenk, sondern auch noch den oberen Teil des Handrückens bedeckten; der Stufenrock fiel ihr bis fast zu den Knöcheln; an den Füßen trug sie schwarze Lackpumps. Mit ihren winzigen Perlen-Ohrringen, einer antiken Perlenbrosche mit Diamanten am Hals und dem verschleierten Hut erinnerte Fleur Tristram an niemanden so sehr wie an die wohlhabenden jungen Ehefrauen der Richmonder Gesellschaft, an jene Welt, die er, wie ihm schien, verloren hatte.

»Wieder ›Mrs. Grunwald‹? Und dann sagst du, du verhöhnst mich nicht?«

Stumm, elend stand Tristram vor ihr, und er und Fleur Grunwald betrachteten einander voll gegenseitigen Zweifels, einen nicht endenwollenden, schmerzenden Augenblick lang, beladen mit Unsicherheit und Gefahr, sehr ähnlich diesen fast vergessenen Momenten aus Tristrams früher Jugend, da er, ungelenk und schwitzend in seinem Gesellschaftsanzug, der ihm nie so recht zu passen schien, an ein Mädchen heranzutreten hatte, um mit ihr zu tanzen. Da gab es eine formelhafte Frage, die er stellen mußte, aber sie war ihm im Moment entfallen ...

Fleur Grunwald sagte eben, es klang nicht so sehr anklagend als vielmehr nüchtern und resigniert: »Wenn du mich damit bestrafen willst, Angus, weil ich dich ... damals enttäuscht habe, in Saratoga, dann mußt du wissen, daß ich bereits hart dafür gestraft bin, daß ich dich damals, als du mir die Rettung anbotest, von mir wies. Du warst so gut zu mir, so lieb! So großherzig! Du konntest in meinem Gesicht mein Unglück lesen, mein geheimes Unglück – was kein anderer, keiner aus seinem Kreise, je erkannt hätte; oder, hätte er's gesehen, mir seine Hilfe angeboten. Denn Grunwald ist ein Mann, den andere Männer bewundern und fürchten, auch wenn sie ihn nicht mögen. Und die erste Mrs. Grunwald und die zweite Mrs. Grunwald und jetzt die dritte Mrs. Grunwald ... sind in den Augen solcher Männer austauschbar. Vielleicht«, sagte sie, »*sind* wir ja auch austauschbar. Und so sind wir verloren.«

»Nein«, sagte Tristram.

»Und doch, so scheint es, hast du mich vergessen.«

»Sie müssen bitte verstehen ... daß auch meine Lebensumstände sich verändert haben«, sagte Tristram.

Er sprach blindlings, tastend, kaum wissend, was er sagte. Es war, als triebe ihn jemand an, nicht unfreundlich, wenn auch vielleicht etwas ungeduldig, eine fremde Hand, die zwischen seinen Schulterblättern lag und ihn vorwärts stieß. »Ich ... bin nicht derselbe Mann, dem Sie in Saratoga Springs begegnet sind.«

»Bist du verheiratet?«

»Nein. Aber –«

»Aber du liebst eine andere?«

»Nein.«

»Du empfindest nicht mehr so für mich wie einst? – Nicht daß ich dir's verübeln könnte.« Sie hielt inne und fuhr bitter fort: »Nicht du bist schließlich an der perversen Lust meines Mannes schuld.«

Zögernd, errötend, sagte er: »Es ist ja einige Jahre her ...«

»Doch nur drei! Und ich dachte immer nur an dich und bewahrte deine Briefe auf wie einen Schatz! Und wenn ich dir nie schrieb, Angus, so doch nur wegen ...« Wieder hielt sie inne, drückte ihr Taschentuch wieder an die Augen, schien für den Moment zu erschüttert, um fortzufahren. »... wegen bestimmter Umstände meines Ehelebens ... über die ich nicht sprechen kann. Über die ich auch vor drei Jahren aus Scham nicht sprechen konnte ... aus Scham und Abscheu. Und aus Angst, daß du, wenn du diese Dinge hörtest, ebenfalls Scham und Abscheu fühlen könntest ... und Ekel vor mir.«

»Ekel?«

Fleur Grunwald nickte stumm, den Kopf gebeugt.

»Ekel? Ich? Vor *dir?*«

Ohne zu wissen, was er tat, nur daß es in diesem Moment und genau in dieser Art getan werden *mußte,* legte Tristram der jungen Frau ganz zart die Hände auf die Schultern (so feinknochige Schultern!) und drückte sie sanft auf das zunächst stehende Sofa. Mit der Hingabe eines kleinen Kindes fing Fleur Grunwald endlich zu weinen an, beide Hände vors Gesicht geschlagen. Dabei behielt sie jedoch eine steife, abweisende Haltung bei, in einer Art jungfräulicher Scheu; sie überließ sich ganz ihrem Schmerz, und es war ein furchtbarer Schmerz, gab sich aber nicht Tristrams Umarmung hin, es war, als leiste sie ihr schon im Ansatz Widerstand. Also war sie jedenfalls nicht *seine* Geliebte, dachte Tristram mit ungeheurer Erleichterung.

Sie weinte, und ihre warmen Tränen tropften auf Tristrams Hände, und ein heftiges Aufflammen durchzuckte ihn, daß ihm davon ganz schwach wurde, und er sagte mit plötzlicher Leidenschaft: »Bitte weine nicht: ich gebe dir mein Wort, daß du vor deinem Gatten sicher sein wirst, und daß du frei von ihm sein wirst. *Mit meinem eignen Leben werde ich dich beschützen.*«

Nur im Foyer der Suite brannte Licht; Tristram saß mit der schluchzenden jungen Frau in einer Art schattigem Alkoven, hinter welchem gebieterisch ein hohes, schmales Fenster über die Vieldeutigkeit einer städtischen Nacht blickte – in einen ungeheuer weiten, klaren, sternenhellen

Himmel, der sich ununterscheidbar mit den Lichtern der Stadt vermischte und den dunklen Raum mit summendem Leuchten erfüllte. Obgleich Markham sicher viel draufgängerischer mit Fleur Grunwald umgegangen wäre und sie sicher, so vermutete Tristram, in die Arme genommen hätte (denn die verzweifelte junge Frau wollte doch getröstet werden, oder nicht? und sie hatte doch von Liebe gesprochen, oder nicht?), begnügte sich Tristram damit, ihre behandschuhten Hände in die seinen zu nehmen, sich nahe zu ihr zu beugen, aber nicht allzu nahe, und immer wieder mitfühlende, ermutigende Worte zu murmeln. Wie war das doch alles so erstaunlich! Wie weit hatte sich Tristram von seinem Junggesellendasein in Richmond entfernt, und das innerhalb weniger Tage! Sein Herz schlug zwar viel schneller, aber glücklich; sein Puls sang. Und so aufwühlend, ja abstoßend Fleur Grunwalds Geschichte selbst in stark abgekürzter Form auch klang, so konnte Tristram das alles in seinem tiefsten Innersten doch nicht bedauern, denn es hatte sie zu ihm geführt, und ihn zu ihr.

Über eine Zeitspanne von eineinhalb Stunden stellte sich, stockend, stückweise erzählt, heraus, daß Fleur Grunwald, dreiundzwanzig Jahre alt, seit ihrem siebzehnten Jahr mit einem bekannten Geschäftsmann, Industriellen und Philanthropen aus Philadelphia namens Otto Grunwald verheiratet, endlich, nach jahrelangen Qualen und Grausamkeiten, das eheliche Heim verlassen hatte; seinem Zorn zu trotzen wagte, indem sie den Bruch vollzog, vor dem er sie unzählige Male und unter Androhung des Todes gewarnt hatte. Als wäre ihr, wie sie zitternd sagte, der Tod nicht willkommener als ein weiteres Leben mit *ihm*.

»Frag mich nicht, warum ich ihn jetzt verlassen habe, nach so langer Zeit – es ist zu schmachvoll und zu scheußlich«, sagte Fleur. »Doch letzten Freitag, in panischer

Angst, er würde mir antun, was er von Zeit zu Zeit immer wieder angedeutet hatte, nahm ich endlich meinen Mut zusammen und floh, wie du mich schon vor drei Jahren drängtest. Ich wohne vorläufig bei einer unverheirateten Cousine von Grunwald, die mir immer Wohlwollen entgegenbrachte und mich nicht verraten wird. Aber dort kann ich nur ein paar Tage bleiben, um nicht auch sie zu gefährden. Grunwald hat Spione, er hat Männer in seinen Diensten«, sagte Fleur und fing wieder an zu schluchzen, »– ich bin nicht vor ihm sicher, solange ich in Philadelphia bin.«

Zu Tristrams Überraschung stellte sich heraus, daß Fleur in einer der Sandsteinvillen in der Delancy Street wohnte! – das war doch durch den merkwürdigsten Zufall eben jene Straße, wo er das Glasauge gefunden hatte. Aber natürlich gab es da keine Verbindung.

Fleur sprach aufgeregt und nicht immer zusammenhängend; sich erst nähernd, dann wieder zurückscheuend vor der Erklärung, warum sie gerade jetzt so unvermittelt und ohne jede Vorbereitung beschlossen hatte, Grunwald zu verlassen – »es ist zu abscheulich, niemand würde es glauben.« Tristram fürchtete, sie würde in Ohnmacht fallen oder hysterisch werden, er fürchtete ein plötzliches Klopfen an der Tür – der rachsüchtige Ehemann, oder, was ihn noch viel mehr stören würde, Angus Markham selbst. (Denn falls Angus Markham sich beim Fundbüro des Bahnhofs gemeldet und der Angestellte ihm Tristrams Namen und Telefonnummer gegeben hätte, dann wäre es keineswegs unwahrscheinlich, daß der Mann auftauchen würde.) Die Entscheidung, Fleur Grunwald zu helfen und mit seinem Leben für sie einzustehen, wie Tristram so exaltiert geschworen hatte, ungeprüft, unüberlegt – denn im Drängen des Augenblicks, ganz richtig erkannt als Wendepunkt im Leben von Tristram Heade, war keine Zeit für Vorsicht oder Überlegung! Und kein Gentleman hätte anders handeln können! –, brachte zwangsläufig die weitere Entscheidung mit sich, zumindest für eine Weile die Identität von »Angus Markham« anzunehmen: denn es war Tristram klar, daß, sollte er darauf bestehen, sich zu demaskieren, oder vielmehr Fleur zu ent-täuschen, die gedemütigte junge Frau augenblicklich vor ihm fliehen würde.

Die Täuschung ist nur vorübergehend, dachte er. Und da es zu *ihrem* Besten ist, muß ich's tun.

Nach Fleurs Beschreibung war ihr Gatte Mitte oder Ende Fünfzig und ziemlich wohlhabend, keiner von Philadelphias Superreichen, aber in besten Verhältnissen, ebenso wie Tristram Heade der verdienstlose Erbe seines Wohlstands. Anders als Tristram nahm Grunwald aber aktiv Anteil an seinen verschiedenen Unternehmen, und vermittels sorgfältig ausgewählter philanthropischer Projekte (»die selbst wieder Investitionen sind«, erklärte Fleur, »denn Grunwald tut nichts, was Grunwald nicht nutzt«) hatte er in der Öffentlichkeit von Philadelphia dem ohnehin bereits angesehenen Namen Grunwald noch größeres Ansehen verschafft. Grunwalds Vater und Großvater waren beide unangenehme Zeitgenossen gewesen, wie man Fleur durch Anekdoten und Erzählungen hatte wissen lassen, über Jahre hin in kleinlichen Familienstreit und eine Reihe von Prozessen verwickelt. »Aber ihr moralischer Charakter scheint doch noch innerhalb dessen gelegen zu haben, was man als ›normal‹ bezeichnen könnte«, sagte Fleur. »Für Grunwald gilt das nicht.«

»Ich verstehe«, sagte Tristram.

Und: »Ich weiß.«

Immer wenn Fleur an die tatsächliche Natur ihrer Beziehungen zu Grunwald rühren wollte, wurde sie noch nervöser, noch erregter; vage sprach sie von »systematischen Grausamkeiten« und »Tyrannei« und »Folter«, aber Tristram wußte nicht, ob sie das buchstäblich meinte oder bildlich; ob Grunwalds Grausamkeit auf irgendeine Weise physisch war oder nur (es war aber falsch, »nur« zu sagen) psychologisch. In jedem Falle hatte sie, soweit er heraushören konnte, in den letzten Monaten an Intensität stark zugenommen, war auf undurchschaubare Weise mit Grunwalds Gesundheit und seinen Ängsten vor dem Altern verknüpft; seine »Panik«, wie Fleur es nannte, vor der Zeit, da seine »Manneskraft« schwinden würde ... und er, Otto Grunwald, zu einer so jammervollen Gestalt wie Fleur selbst.

»Mein Gatte ist ein Mann, der Frauen sehr bemitleidet, während er sie auch verachtet«, erklärte Fleur. »Er fühlt sich zu uns stark hingezogen und gleichzeitig abgestoßen.«

Bei diesen Worten konnte Tristram einen Schauder nicht unterdrücken, und er fragte sich, was die Worte der jungen Frau im buchstäblichen Sinn eigentlich bedeuteten.

Es war jetzt fast drei Uhr früh. Fleur fielen vor Erschöpfung fast die Augen zu; ihr Gesicht war totenbleich geworden, wie gänzlich von Blut entleert. Doch als Tristram den gewiß höchst vernünftigen Vorschlag machte, sie solle doch auf dem Sofa ein wenig schlafen – natürlich würde er sie dort ganz in Ruhe lassen, und zwar so lange, wie sie wünschte –, lachte sie nervös und protestierte, sie müsse bald gehen; so lange hatte sie ja gar nicht bleiben wollen. Obwohl ja, sagte sie, keine Entscheidung gefallen war.

Tristram hörte es ganz deutlich, wußte aber nicht, was er davon halten sollte.

Hatte denn irgendeine Entscheidung überhaupt angestanden? Sie stand auf, fuhr sich übers Haar und setzte sich den Hut wieder auf (der ihr vom Kopf geglitten war), strich sich verlegen und ungeduldig ihre leicht verdrückte Kleidung glatt, wiederholte, daß sie gehen müsse und ihn morgen sehen würde. »Wenn wir klarer sehen, welche

Maßnahmen zu treffen sind«, sagte sie. »Wenn ... wenn wir klarer sehen.«

Wieder kam Tristram nicht ganz mit. Er spürte, daß Fleur Grunwald etwas ganz Bestimmtes meinte, etwas, das an sich ganz praktisch und vernünftig war; dennoch kam er nicht drauf, so wie wir in naiver Direktheit nach etwas greifen, das wir hinter uns in einem Spiegel sehen, und spüren, wie unsere Finger sich um nichts schließen als um leere Luft.

Fleur machte sich zum Gehen bereit, aber Tristram sagte verwirrt: »Ich darf dich doch wenigstens zurück in die Delancy Street begleiten, nicht wahr? Ich muß nur Straßenkleider anziehen, das dauert höchstens eine Minute. Du wartest doch? Du kannst unmöglich allein fortgehen, Fleur, nicht einmal ein Taxi nehmen, in dem Zustand, in dem du dich befindest.«

»Ich kam doch auch alleine her«, antwortete Fleur mit kleiner, dumpfer, mutloser Stimme. »Dann sollte ich auch alleine gehen können.«

»*Bitte* warte.«

Fleur sagte nicht nein; schien ja gesagt zu haben. Tristram entschuldigte sich, eilte in den anderen Raum, kleidete sich schnell an. Wo waren seine Schuhe? *Seine* Schuhe ...? Er dachte, wenn er nun tatsächlich Markham wäre, dann wäre er durch den abrupten Stimmungswechsel der jungen Frau vielleicht gekränkt; vielleicht sogar verärgert. Natürlich kannte er Angus Markham nicht, vermutete aber, daß dieser, anders als Tristram Heade, an sexuelle Eroberungen gewöhnt war oder jedenfalls daran, daß Frauen in Verzweiflung zu ihm kamen, in dem Wissen, daß er ihnen helfen könne. Und wie?

Als er, nach einer Abwesenheit von höchstens drei oder vier Minuten, in den Salon zurückkehrte, mußte er entdecken, daß sein Besuch verschwunden war und keine

Spur zurückgelassen hatte außer einem leichten Maiglöckchenduft und einer säuberlich geschriebenen kleinen Nachricht, mit einer Hutnadel an der Rückenlehne des Sofas befestigt:

> 997 Delancy Street
> *Komm erst, wenn es dunkel wird*

3

Als sich Tristram Heade am nächsten Abend am Eingang zur Sandsteinvilla in der Delancy Street einfand und auf die Klingel drückte, befand er sich in einem ihm bis dato völlig unbekannten Zustand nervlicher Erregung, doch seltsam ruhig; äußerlich ruhig. Er dachte, das ist Markhams Auftreten, und es muß auch meines sein.

Den Tag hatte er hauptsächlich mit Erkundigungen nach Mr. Otto Grunwald verbracht; ein Taxi genommen, das ihn in das wohlhabende Wohnviertel beim Fairmount Park brachte, wo Grunwald lebte; war unzählige Male an jenem Anwesen vorbeigegangen, das man ihm als Grunwalds Besitz bezeichnete: mehrere Morgen sorgfältigst gepflegten Parkgartens, und an dessen Ende, hinter einem kunstvollen schmiedeeisernen Zaun mit mittelalterlich wirkendem Tor, ein Herrschaftssitz im französisch-normannischen Stil, so unheimlich und doch greifbar wie ein Traum in einem Traum. Die Heades aus Virginia waren zu ihrer Zeit wahrlich wohlhabend gewesen; aber hier, dachte Tristram ernüchtert, hier ist echter Reichtum.

Er verspürte auch Wut: vielleicht ein Einfluß von Angus Markhams Charakter. Oder war es sein eigener? Er hatte sich verliebt in die schöne junge Frau jenes Mannes, der in diesem Hause wohnte; in die schöne junge Frau, die in diesem Hause seit Jahren wie eine Gefangene gehalten wurde. Und was konnte er tun? Was *würde* er tun?

Es ist zu abscheulich, niemand würde es glauben.

Nach allem, was Tristram durch Befragen verschiedener Personen in Erfahrung brachte – darunter befanden sich der Manager des Hotel Moreau, mehrere Antiquare, deren Läden er heute besuchte, und ein Buchanan-Cousin, Mitinhaber einer der angesehensten Rechtsanwaltskanzleien der Stadt –, besaß Otto Grunwald, ungeachtet seiner mysteriösen, geheimen Lasterhaftigkeit, in Philadelphia den hervorragenden Ruf eines besonders aufrechten, großzügigen Mitglieds des »privaten Sektors«. Zu den Objekten seines karitativen Wirkens gehörten das Philadelphia Symphony Orchestra, das Philadelphia-Kunstmuseum, das Amerikanische Rote Kreuz, der Amerikanische Verein zur Förderung der Geistigen Gesundheit und das Episkopal-Krankenhaus, zu dessen Treuhändern er zählte. Treuhänder war er auch für die Folkes School, wohin die Grunwalds seit Generationen ihre Söhne sandten; Grunwald, selbst kinderlos, spendete der Schule regelmäßig Geld und hatte erst kürzlich zum Andenken an seinen Vater einen großzügigen neuen Anbau gestiftet, Grunwald Hall. Fleurs Worte gingen Tristram durch den Kopf, mit einer verzweifelten Eindringlichkeit, wie er sie gestern nacht nicht gehört hatte – *denn Grunwald tut nichts, was Grunwald nicht nutzt.*

Am meisten erregte ihn die Information, daß Otto Grunwald vor Fleur tatsächlich zwei andere junge Ehefrauen besessen hatte. Die erste war mit sechsundzwanzig an einer angeblich versehentlich eingenommenen Überdosis Schlaftabletten gestorben; die zweite mit vierundzwanzig an Verletzungen nach einem Sturz die Treppe hinunter in ihrem eigenen Heim.

(»Aber hat man gegen Grunwald nie Anklage erhoben?« fragte Tristram seinen Cousin am Telefon, und dieser antwortete mit gepreßter Stimme, der man das Kopfschütteln anhörte: »Gegen Otto Grunwald? In dieser Stadt? Mit wenig oder gar keinen Beweisen? Für einen Mann mit einem Abschluß der Universität Virginia scheinst du aber von Recht sehr wenig zu verstehen, Tristram.«)

Nachdem Fleur Grunwald sein Hotelzimmer verlassen hatte, war Tristram in sehr unruhigen Schlaf gesunken. Mehrere Male erwachte er und sah die junge Frau neben sich im Zimmer, das Gesicht sehr weiß, die Augen sehr weit, vor Tränen schimmernd. *Bin ich für dich denn nicht mehr deine Fleur?* Ihre Stimme klang scheu, lieblich, flehend, grundiert von panischem Schrecken.

Tristram, zum ersten Mal in seinem Leben verliebt, wartete ungeduldig, daß der Tag verging; fragte sich, ob der Einbruch der Dämmerung wohl schon als »Dunkelheit« gelten konnte, und beschloß, das tat er; mußte er. Lange vorher machte er sich schon auf den Weg und war bereits an der gewünschten Adresse, als die Sonne noch am westlichen Himmel stand, ein wildes feuriges Orange.

Für eine reine Wohngegend in diesem Teil der Stadt war die Straße ungewöhnlich breit, die Häuser ungewöhnlich groß, jedes drei Stockwerke hoch, aus schönem altem braunem Sandstein und in hervorragendem Zustand. Platanen säumten beide Straßenseiten, und auf dem sorgfältig gepflegten Rasenstück vor Nummer 997 wuchs eine Reihe elegant geschnittener immergrüner Sträucher. Als Tristram die Stufen hinaufgestiegen war und die Klingel drückte, zitterte er bereits innerlich und spürte seinen Nacken feucht werden. Ruhig, sagte er sich. Ganz ruhig.

Als ein schweigender schwarzer Dienstbote die Tür öffnete, stellte sich Tristram ganz einfach vor als: »Markham: der Herr, den Mrs. Grunwald erwartet.« Er wurde sofort eine Treppe hochgeführt und in einen Raum, wo Fleur ihn erwartete; stehend blickte sie ihm gespannt und ängstlich fragend entgegen. Ihre ersten Worte waren: »Angus! Hast du ...?« Tristram, verwirrt, wußte nicht, was er sagen sollte. Er nahm eine der zartknochigen Hände, die sich ziemlich kalt und feucht anfühlte, und hob sie impulsiv an die Lippen. »Meine liebe Fleur«, flüsterte er. »Mein armes Kind.« Es war Tristram, der hier sprach, oder war es

Markham, und die Worte klangen richtig, oder fast richtig. Fleur schauderte zusammen, lachte nervös wie ein junges Mädchen und scheute zurück, schien aber ganz gleichzeitig und in ein und derselben Bewegung einen Schritt vorwärts zu tun, in Tristrams Umarmung. Tristram dachte, sie ist eine Frau, die vor Männern panische Angst hat: vor männlicher Berührung, selbst in Liebe.

Er dachte: dafür muß Grunwald bezahlen.

Fleur bat ihn, Platz zu nehmen, und der schweigende schwarze Dienstbote ließ sie allein. Der Raum, in dem sie saßen, war ein altmodischer Salon, wunderbar mit Kirschholz getäfelt, mit einem breiten geschwungenen Fenster, das Aussicht auf die Straße unten bot; im offenen Kamin brannte ein kleines, fröhlich knisterndes Feuer. Wieder trug Fleur Grunwald Schwarz, heute abend eine bodenlange Robe oder ein Negligé aus üppiger Seide, reich bestickt, mit einem hohen Stehkragen, zahllosen kleinen Knöpfen und langen fließenden Ärmeln. Ihr Haar, eine Art Aschbraun, natürlich gewellt und ziemlich dünn, war in der Mitte sauber gescheitelt und im Nacken mit einem Steckkamm aus Perlmutter weich zusammengehalten. Um ihre Blässe etwas zu mildern, hatte sie Puder aufgelegt und die Lippen rot bemalt; sie trug keinen Schmuck bis auf, überraschenderweise, am dritten Finger ihrer linken Hand einen riesigen viereckigen Diamanten und daneben einen Ehering, besetzt mit kleineren Diamanten.

Tristram fragte plötzlich: »Diese Robe, Fleur, ist wunderschön, aber gehört sie denn dir?« – eine Frage, die sowohl Fleur wie auch ihn selber überraschte. Fleur lachte wieder nervös auf und starrte ihn verständnislos an. »Ich meine nur, weil sie ein oder zwei Größen zu groß für dich ist«, fuhr Tristram erklärend fort, »daher dachte ich, sie gehöre vielleicht deiner Cousine.« Errötend antwortete Fleur: »Ich fühle mich wohler in Kleidern, die sehr weit sind. *Enge* Sachen kann ich einfach nicht leiden.«

Wie um das Thema zu wechseln, bot Fleur Tristram ein Glas Sherry an, das er dankbar annahm; sie schenkte sich selbst auch ein Glas ein und hob es an die Lippen, ihre Finger zitterten kaum merklich. Tristram hatte die Vorstellung, daß diese sehr junge Frau Trinken nicht gewohnt war und daß sie, obwohl sie sich bemühte (so wie er sich bemühte), ruhig zu scheinen, in Wirklichkeit sehr aufgeregt war. Er räusperte sich und sagte: »Ich hoffe, dein Mann hat heute keinen Versuch gemacht, mit dir in Kontakt zu treten«, worauf Fleur nach kurzer Pause mit scheuem, seltsamem Lächeln erwiderte: »Ich hätte gedacht, *du* seist mit *ihm* in Kontakt getreten ... doch wie es scheint, hast du es nicht getan?« Tristram antwortete langsam: »Nein. Das tat ich nicht.« Dabei brannte sein Gesicht, als wäre dies ein schändliches Eingeständnis.

Fleur sagte nichts darauf, sondern senkte nur den Blick. Sie hielt das Sherryglas mit beiden Händen vor den Mund wie ein Kind, trank aber nicht. Tristram sagte mit plötzlicher Überzeugung: »Morgen gehe ich zu ihm, Fleur. Ich weiß, wo er wohnt.« Fleur schwieg, schien ganz still. Eine große Standuhr tickte unbeeindruckt in einer Ecke des Raumes vor sich hin. Tristram sagte: »Ich werde morgen darauf bestehen, ihn zu sprechen. Das alles muß eine Lösung finden.«

»Ja«, pflichtete ihm Fleur leise bei, ein Schluchzen unterdrückend, »– es muß eine Lösung finden.«

Als er sah, wie die Augen der jungen Frau sich mit Tränen füllten und ihr zarter Mund zitterte, erschrak Tristram bis ins Herz. Schnell stellte er sein Glas ab, nahm ihre Hand, ihre beiden Hände, in seine und flüsterte leidenschaftlich: »Ich liebe dich. Ich will dir helfen. Ich werde alles für dich tun.«

Bei Tristrams plötzlicher Geste stieß Fleur einen unbeherrschten kleinen Schrei der Überraschung oder Furcht aus. Instinktiv scheute sie vor ihm zurück, aber sie zwang sich (das spürte Tristram zu seinem Kummer), ruhigzuhalten und sich nicht zu wehren. Sie zitterte heftig, aber sie sagte leise, flüsternd: »Ich liebe dich auch, Angus. Wie du weißt. Ich ... Ich liebe dich auch ... wie du ja weißt.«

»Mein Liebling, hab keine Angst! Ich werde dir nicht wehtun.«

»Oh, ich weiß, ich weiß«, flüsterte sie und erlaubte ihm einen Kuß auf die Wange und saß dabei stocksteif in ihrem Sessel. »Ich weiß, Angus ... *du* gewiß nicht.«

Obgleich ganz schwach vor Begierde, wußte Tristram, daß er sich beherrschen mußte. Sie war ja wie ein scheues Tier, ein junges Reh, das in seinen Armen bebte! Und wie brutal mußte Grunwald sie behandelt haben, daß sie so voll Schrecken war! Plötzlich erfüllte Tristrams Kopf die Überzeugung – *Du mußt den Mann töten, du hast keine andere Wahl.*

Fleur zog sich hoch, trat von ihm zurück, schüttelte den Kopf und murmelte: »Nein. Nein. Nein«, als hätte Tristram, oder jemand anderer, laut gesprochen. Hoch und schnell sagte sie: »Ich glaube, du solltest jetzt gehen, Angus. Ich glaube, das ist keine passende Zeit. Mir ist nicht gut. Ich bin schrecklich müde und habe Kopfschmerzen. Meine Augen. Mein Körper. Ich bin seine Frau – ich bin eine verheiratete Frau. Ich bin sein. Ich bin sein vor dem Gesetz. Ich finde, du solltest jetzt gehen. Bitte geh. Jetzt. *Bitte.*« Tristram folgte ihr, kaum wissend, was er tat, packte sie am Arm, hoch über ihr aufragend, während sie sich vor ihm duckte, und sagte: »Fleur, was soll das denn heißen? Du hast mich hergebeten, und ich bin gekommen, und ich will dir doch helfen, und ich *werde* dir helfen – du weißt, ich bete dich an –« Fleur versuchte schluchzend, ihn wegzustoßen; Tristram hielt sie fest und hoffte mit jenem Teil seines Gehirns, der sich nicht in diesen Kampf hineinziehen ließ, daß er nicht die Beherrschung verlieren würde. Sie hat dich hierhergebeten; *sie ist in dein Hotelzimmer ge-*

kommen; sie hat sich selbst angeboten; wenn du sie haben willst, dann nimm sie ...

Diese Worte klangen Tristram merkwürdig in den Ohren.

»Laß mich! Rühr mich nicht an – ich kann Berührung nicht ertragen!«

Tristram gab die vor Schreck Zitternde frei und trat einen Schritt zurück, um ihr zu zeigen, daß sie nichts zu fürchten habe. Er keuchte, und sein Gesicht brannte aus einem Gemisch von Gefühlen: Frustration, Scham, Begierde. Er kam sich ungeschlacht und tapsig vor, tolpatschig wie ein Tanzbär, selbst in dieser eleganten Kleidung, zusammengestellt aus seinen und aus Markhams Sachen: Tristrams Hemd und abgetragene Hose, Markhams blauer Leinenblazer und blaugestreifte Krawatte. Er begann sich zu entschuldigen, und bot ihr an, sofort zu gehen, sollte sie das wünschen, worauf Fleur ungehemmt zu schluchzen anfing und ihn anflehte, *nicht* zu gehen – »Ich habe niemand außer dir, Angus. *Ich habe niemand außer dir.*« Es war ein Schrei aus tiefstem Herzen, von so leidenschaftlicher Verzweiflung, daß sich Tristram die Haare im Nacken aufstellten. Doch als er sie noch einmal zu umarmen versuchte, stieß sie ihn zu seiner Verblüffung wieder weg und murmelte »Nein, nein, *nein* –« Sie machte sich von ihm frei, fiel gegen einen Stuhl, stürzte zu Boden, warf den Kopf heftig von einer Seite auf die andere und schlug um sich wie bei einem Anfall. Entsetzt sah Tristram ihr zu. War die junge Frau Epileptikerin? War sie verrückt? »Fleur, mein Liebling«, sagte er und streckte ihr die Hand hin, um ihr aufzuhelfen, aber sie schlug ihm auf die Hand und zischte: »Geh weg! Rühr mich nicht an! Niemand darf mich anrühren! Ich kann es nicht ertragen!«

Dann fiel sie in Ohnmacht und lag reglos da.

Und blieb in dieser Haltung – den Kopf zur Seite gedreht, Augen fest geschlossen, Kiefer zusammengepreßt – ein paar Sekunden liegen, während Tristram über ihr hockte und immer wieder ihren Namen sagte. Er wagte nicht, den Kragen ihrer Robe aufzuknöpfen, wagte nicht, die Schärpe um ihre Taille zu lösen ... Doch da kam sie langsam wieder zu sich; blinzelte wie betäubt, wie aus einem langen Schlaf erwachend. Sie starrte Tristram an, ohne ihn zuerst zu erkennen; endlich flüsterte sie: »Angus – natürlich bist du das.« Dann nahm sie Tristrams Arm, zog sich hoch in seine Arme, langsam, schwankend, und ließ sich von ihm zu einem Stuhl helfen. Dort strich sie sich das Haar aus dem geröteten Gesicht, holte ein paar Mal tief Atem, fing zu Tristrams Erstaunen an, sich langsam hin und her zu wiegen, und sprach dabei mit tiefer, heiserer, verführerischer Stimme, die Augen auf sein Gesicht geheftet, in einem merkwürdigen Singsang: »Ich bin Zoe. Ich bin hier, um die Wahrheit zu sagen. Die Wahrheit, die sie nicht sagen will, denn sie ist ja so ein kleines Mädchen. Aber ich bin Zoe und ich will die Wahrheit sagen und Zoe sagt nur die Wahrheit, denn die Wahrheit ist alles, was Zoe weiß.«

Mit einer Hälfte seines Gehirns war Tristram aufs äußerste erstaunt, mit der anderen eher fasziniert, merkwürdigerweise nicht wirklich überrascht. Er zog einen Stuhl nahe an die aufgelöste junge Frau heran und sagte zärtlich: »Ja, Zoe. Angus ist hier. Sag ihm die Wahrheit.«

4

Es folgte eine bemerkenswerte halbe Stunde, in der »Zoe« in kindlichem und dennoch sinnlichem Singsang, in Satz- und Wortmelodie und Ton ganz anders als Fleur Grunwalds Stimme, aber gleichzeitig doch unverkennbar ihre, Tristram die bizarren Einzelheiten ihres Ehelebens beichtete; Dinge von einer Art, die sich Tristram nie auch nur hätte vorstellen können, schon gar nicht in bezug auf Fleur Grunwald. Denn das war alles ganz unglaublich! Und dennoch mußte man es glauben!

»Schau her. *Sein* Werk. Siehst du? *Sein* Werk.«

Tristram starrte sie an, und Zoe hob langsam, gleichsam trotzig ihren rechten Arm; ließ den Ärmel zurückgleiten; und enthüllte – war es eine Tätowierung? Viele Tätowierungen?

»*Sein* Werk«, wiederholte Zoe.

»Was um Himmels willen –?«

»Nein! Rühr mich nicht an!«

»Aber Fleur –«

»Nein«, schnappte Zoe. »Rühr mich nicht an.«

»Aber Fleur –«

»Ich bin *Zoe*.«

»Aber was ist mit dir geschehen?«

Tristram trat zu ihr, um auch ihren zweiten Arm zu untersuchen; aber Zoe schrak vor ihm zurück. »Nein«, sagte sie. »Zoe wird sprechen.« Sie schwieg und fuhr sich mit der Zunge über die Lippen. Tristrams Reaktion befriedigte sie offenbar. »Zoe *weiß* und Zoe wird *sprechen*.«

Die Augen fast gierig auf Tristrams Gesicht geheftet,

hob Zoe ihren rechten Arm; und wieder glitt der Ärmel herunter und enthüllte zu Tristrams Entsetzen eine weitere Tätowierung in vielen Farben. »Mein Gott«, flüsterte Tristram, »– bist du so am ganzen Körper tätowiert? Ist das dein Geheimnis?«

»Zoe wird dir sagen, was Zoe dir sagen will.«

»Mein armer Liebling –«

»Da *sie* schläft, wird Zoe sprechen. *Sie* – die jämmerliche kleine Närrin.«

Tristram starrte ungläubig auf die Arme der jungen Frau, die sie mit eigenartig verächtlichem Stolz im Lampenlicht ausstreckte. Auch sie selbst war, so schien es, fasziniert von ihrem entstellten Fleisch.

»*Sein* Werk«, wiederholte sie lächelnd.

»Willst du damit sagen, Grunwald hat das getan? *Das?* Mit einer Tätowierungsnadel? Es wirkt beinahe professionell.«

»›Es gilt, das Weib zu verherrlichen‹, sagt Er.«

»Der Mann ist ja verrückt!«

»*Er* ist nie verrückt.«

»Weiß jemand davon? Seine Familie –?«

»Sie wissen, was sie wissen. Und was sie nicht wissen wollen, wissen sie nicht.« Sie hielt inne, lachte, gähnte, streckte die Arme. »Dies Geheimnis ruht in der Höhle des Meisters.«

»*Höhle* des Meisters –?«

Tristram fand den Anblick teuflisch: das verschlungene, fast rokokoartige Muster der Tätowierungen in dem weichen bleichen Fleisch der jungen Frauenarme: geometrische Figuren, grotesk stilisierte Blumen und Ranken, hieroglyphische Zeichen von einer Art, die Tristram noch nie gesehen hatte (außer vielleicht an den Rändern mittelalterlicher oder orientalischer Texte). Die meisten Farben schienen vor Intensität zu sprühen, so, als wären sie von innen erhitzt: ziegelrot, karmesinrot, gelb, goldgelb, smaragdgrün, türkisblau; andere wirkten verblichen. Über den Handgelenken kletterten die Tätowierungen wie ein irres, fröhliches Tapetenmuster aus ineinander verwobenen, netzförmigen Gestalten die Arme hoch, ein undechiffrierbarer Code. Tristram verschlug es fast die Sprache. »Gibt es noch mehr?« brachte er heraus.

Zoe lachte, ließ sich im Stuhl zurücksinken wie auf einem Bett und begann mit einem feuchten, spöttischen Lächeln, die Reihe der winzigen schwarzen Knöpfe aufzuknöpfen. »›Halt still‹, sagt Er, ›dann geschieht dir nichts.‹ Sagt Er.« Unter der allzuweiten Seidenrobe war Zoe nackt; ihr schlanker, schöner Körper von Kopf bis Fuß auf groteske Weise tätowiert.

Sie lachte auf, als sie Tristrams Gesicht sah.

Sein erster Impuls war, die Augen abzuwenden, zu bedecken, aber natürlich konnte er nicht wegschauen. Die wunderschöne Fleur Grunwald, auf barbarische Art entstellt! – es war der unglaublichste Anblick, den er je in seinem Leben gesehen hatte.

»Mein Gott! Wie kann so etwas geschehen!«

Zoe murmelte, als ginge es sie nichts an: »›Wie Gott.‹ Sagt Er.«

Die in ihre zarten jungen Brüste und den Bauch geritzten Symbole waren verschlungen, exotisch; manche ähnelten Pfauenfedern, mit türkisblauen Augen, mit Edelsteinen besetzten Augen. Tristram kniff die Augen zu: der Leib der jungen Frau war bedeckt mit Augen! – Auf den Armen waren sie winzig, fast verborgen in den Mustern, aber dann, auf dem Rumpf, erblühten sie zu Lebensgröße: zur Größe menschlicher Augen. Er dachte an das Glasauge auf seiner Kommode, und ihn schauderte.

Verflochten mit diesen und anderen Figuren waren okkulte Symbole, wie Keilschrift, in strophenähnlichen Gruppen von drei oder vier Zeilen angeordnet. Die Symbole waren beinahe Worte; aufreizend vertraut; wie Wörter, die kurz in Träumen auftauchten. Wo nur hatte er solche Figuren schon gesehen? Hatte er sie denn je gesehen? Oder war es so, daß er sich daran irgendwie, wie in einem Traum »erinnerte«?

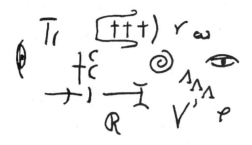

Jetzt kniete Tristram vor Zoe auf dem Teppich und zog mit zitternden Fingern ihre Robe auseinander. Er starrte; schluckte angestrengt; es war fast wie ein Fest, von dämonischer Verführungskraft. Er sagte mit erstickter Stimme: »Was ist dein Mann für ein Ungeheuer, daß er etwas derartig ... Perverses anstellt?« Zoe erwiderte: »Er ist *ihr* Mann, nicht meiner. Zoe hat niemand. Zoe ist frei.«

»Was haben diese Symbole zu bedeuten?«

Zoe erlaubte Tristram, sie zu untersuchen, als gebe es zwischen ihnen nicht die geringste Scheu; als wäre sie keine nackte Frau und Tristram nicht, obgleich bekleidet, ein eindeutig erregter Mann. Doch Tristram, Gentleman vom Scheitel bis zur Sohle, rang um seine Beherrschung, bemühte sich um würdiges Benehmen, und das, obwohl ihm der Gedanke durchs Gehirn tobte: *Jetzt ist sie dein, sie hat sich dir in die Hand gegeben, jetzt gibt es kein Zurück.*

Er betrachtete die hieratischen Symbole, so gespenstisch in ihr Fleisch geritzt ... Dreiecke, Achtecke, Sechsecke, Dutzende von Pfauenaugen, und dann diese verschlungenen züngelnden schlängelnden wellenförmigen

Linien. Es war wie eine Art Text, aber was hatte er zu bedeuten?

Beide Brüste Zoes waren von unten her von einem floralen Muster kelchförmig eingefaßt, darin waren ziselierte Worte, hieroglyphisch und unlesbar; was dem weichen Fleisch eine marmorierte, strukturierte Oberfläche verlieh, die eigentlich wunderschön war. Grauenhaft, häßlich; aber auch wunderschön. Das, dachte Tristram und schluckte mühsam, ließ sich nicht leugnen. Auf Zoes Bauch, unterhalb des Nabels, fanden sich noch mehr strophenartige Blöcke von Symbolen, größer und klarer, aber deshalb auch nicht besser lesbar als an anderer Stelle. Er sagte: »Was ist das für eine Sprache? Was haben diese Worte zu bedeuten?«

»Er spricht: ›Den Zauber kenne ich allein.‹«

Dann, nüchterner, anklagend: »*Sie* wagt nie hinzusehen; badet mit abgewandten oder fest geschlossenen Augen, kleidet sich im Dunkeln an. Nur Zoe hat den Mut zu schauen, denn sie ist frei; kann sich aber nur in einem Spiegel sehen; und also nicht wirklich sehen. ›Ein Zauber‹, sagt Er. ›Geschrieben in einer längst vergangenen Zunge.‹«

»Und diese ... Entstellung ... geschah gegen deinen Willen?«

Zoe lachte, es klang fast fröhlich. »*Sie* hat keinen Willen. Sie ist ganz Einverständnis.«

»Aber warum hast du – hat sie – ihn nicht vor Jahren schon verlassen? Warum hat sie ihn überhaupt geheiratet?«

»Sie war so jung, sie wußte gar nichts. Sie dachte: ›Weil ich so schön bin und so schwach, wird mich jemand lieben, jemand mich beschützen.‹«

Träge stand Zoe auf, trat zurück, ließ die Robe langsam zu Boden gleiten und drehte sich, gleichsam kokett, um Tristram ihren Rücken sehen zu lassen ... die schlanke Taille, die zart schwellenden Hüften und Hinterbacken ...

die glatte, vollkommene Hülle ihrer Haut, bedeckt von rokokohaften Mustern: Figuren, Blumen, Augen, Wortsymbolen. Tristram schnappte laut nach Luft. Spöttisch sagte Zoe: »›Das ist Liebe‹, sagt Er. Sagt sie: ›Tu mir nicht weh.‹ Sagt sie, *fleht* sie: ›O nein!‹ und ›O ja!‹«

Dann fuhr sie tonlos fort: »Grunwald will sie schön, wie er sagt, in seinen Augen. Zu seinem Vergnügen. Sie ist ein dummes trauriges kleines Ding, das seinen Schmerz verdient ... Das ist es, was du denkst? Ja? Das ist es, was du denkst?« Sie wartete; Tristram wußte nicht, was er sagen sollte. »Wäre es Zoe, und Zoe allein, so wäre sie schon vor sehr langer Zeit geflohen; hätte sich vielleicht selbst gerächt. Nimm, soviel du kannst, von des Mannes Reichtum, wie andere unglückliche Frauen, die die Bedingungen ihrer Gefangenschaft nicht länger ertragen und ihre Gatten fliehen. Wäre es Zoe, und Zoe allein, sie würde sich solche Liebhaber nehmen wie Angus Markham, ohne Bedenken, ohne Zögern, ohne Reue. ›Appetit‹, sagt Er, ›ist alles, was da ist.‹«

Tristram zog mit dem Zeigefinger kühn eine verknäulte Schlangenlinie nach, ein Muster aus Blumen, Ranken, Kletterpflanzen und kleinen starrenden türkisblauen Augen, die Zoes ganzen Rücken hinunterlief; beginnend an ihrer linken Schulter, schlängelte sie sich bis zu ihrer rechten Hinterbacke. Er dachte, nichts, was er je gesehen hatte, sei grauenvoller und zugleich herrlicher gewesen. Und das, obwohl einige der Tätowierungen eindeutig das Werk eines Amateurs waren, ausgeführt mit unsicherer Hand. »Wieviel hast du gelitten«, sagte er leise und küßte Zoes Rücken, »– diese Nadeln müssen furchtbar weh tun.« »*Sie* ist dazu da, verletzt zu werden«, sagte Zoe verächtlich. Tristram schloß seine Arme um sie, schwankend stand er über ihr. Sie war soviel kleiner als er! Soviel zarter, als gehöre sie einer anderen Art an! Schnell und schimmernd schoß ihm der Gedanke durch den Kopf, daß sie unter seinem soviel größeren Gewicht noch viel zarter scheinen würde: und daß eben dies eine der Freuden an ihrem Körper wäre.

Schaudernd vergrub er das Gesicht an ihrem Hals. Zoe entwand sich ihm, ohne ihn direkt zurückzustoßen; lachend machte sie sich frei, gewandt wie eine Tänzerin. Das aschbraune Haar fiel ihr lose ins Gesicht; die Wangen waren reizvoll gerötet. Tristram wagte keinen vollen Blick auf ihren ganzen Körper, ihre strahlende Nacktheit; denn er fürchtete, die scharfsichtige junge Frau würde die Begierde in seinem Gesicht erkennen (aber natürlich sah sie sie ohnehin).

»Fleur, mein Liebling –

»Ich bin nicht sie«, versetzte Zoe scharf. »Ich bin ich.«

»Zoe –«

»Ich *bin* Zoe: sieh mich an!«

»Du bist so schön, obwohl –«

»Obwohl ich so entstellt bin? Sag es!«

Doch Tristram konnte nicht hinschauen. Er wischte sich mit einem Taschentuch die Stirn, blinzelte, zog die Augenbrauen zusammen und sagte mit fast normaler Stimme, als sei dies ein ganz normales, wenn auch angeregtes Gespräch: »Zoe, sag mir bitte, wenn du kannst, warum blieb Fleur so viele Jahre bei Grunwald? – oder, da sie schon blieb, warum beschloß sie gerade jetzt, vor ihm zu fliehen?«

Zoes Antwort war spöttisch und direkt. »Weil Grunwald drohte, endlich das wirklich zu tun, was er sich seit langer Zeit im Scherz zu tun wünschte.«

»Und das war –?«

»*Ist.* Denn Grunwald will es jetzt tun, wenn die kleine Närrin zu ihm zurückkehrt.«

»*Wenn* sie zurückkehrt –? Du willst doch nicht sagen, daß du – daß Fleur – zu Grunwald zurückkehrt, nach allem, was geschehen ist?«

»Sie wird. Ich kenne sie. Diese Flucht, dieser ›Ausbruch‹

in die Freiheit, ist von kurzer Dauer. Er wird sie hier ausfindig machen und heimbringen. Und aus lauter Angst und Feigheit wird sie zustimmen.«

»Sie wird freiwillig heimgehen, zurück zu diesem Horror?«

»Für sie ist es kein Horror, sondern ihr Leben«, gab Zoe ungerührt zurück. »Der ›Zauber‹, wie Grunwald es nennt, läßt sie im schlimmsten Fall aufschreien vor Schmerz – sie ist auch körperlich ein Feigling, wie die meisten hübschen Frauen –, aber die meiste Zeit ist ihr Schicksal nur ein leichtes Unbehagen, eine Malaise, die sie unter ihren teuren Kleidern und ihrem zickigen, dummen, ›damenhaften‹ Benehmen verbirgt. Sie wird, ich prophezeie es, ihr Heil noch einmal in Gott dem Vater finden; der bei allen Seinen Fehlern sie nicht ›verzaubern‹ wird, solange sie auf Erden lebt.«

»›Verzaubern‹?«

»Das Eingravieren von Zauber.«

»Die Tätowierungen sind Zauber?«

»Die Tätowierungen enthalten Zauber.«

»Welche Art von Zauber?«

»›Ich allein kenne den Zauber‹, spricht Er.«

»Ist es Magie? Okkultes? Ist Grunwald eine Art Teufelsanbeter?«

Zoe schüttelte den Kopf und antwortete mit höhnischem Lächeln: »Das, Angus, fragst du ihn am besten selbst.«

»Der Mann ist ein Sadist; der Mann ist verrückt!«

»Du mußt ihn selbst fragen.«

»Aber was war es denn, das dich –«

»*Fleur.*«

»– das Fleur schließlich forttrieb?«

Zoe ringelte sich wieder in ihren Polsterstuhl zusammen, die Seidenrobe nachlässig um sich ziehend. Ihre Beine blieben bis zu den Oberschenkeln sichtbar, und noch weiter; wunderbar geformt, ziemlich lang im Verhältnis zu ihrem Körper, waren auch sie bedeckt von den feenhaft unheimlichen Zeichnungen. Im weichen Licht der Lampe leuchtete ein Kaleidoskop von Farben wie Edelsteine: tiefes Karmesinrot, Smaragdgrün, Gold, Purpur, Blau in allen Tönen ... Die winzigen Augen blinzelten und starrten; starrten, wie ihm schien, ihn an, der davorstand wie verhext. Da Zoe, schamlos und verführerisch in ihrem Lächeln wie in ihrer Haltung, ihn dazu aufzufordern schien, wiederholte er seine Frage: »Aber was hat sie letzten Endes fortgetrieben?«

»›Um der Keuschheit willen‹, spricht Er.«

»Ja?«

»›Um zu reinigen, zu sühnen, auszureißen‹, spricht Er.«

»Ja? Was?«

»Mit seinen liebsten chirurgischen Instrumenten: ›Instrumenten der Heiligkeit‹.«

»Aber was?«

Zoe winkte ihn zu sich. »Zoe wird es dir ins Ohr flüstern. Auch Zoe würde erröten, müßte sie solche Dinge laut sagen.«

Tristram beugte sich über sie, sein Atem ging heiß, stoßweise. Er spürte, wie sich ihre Arme um seinen Hals schlossen wie im köstlichsten aller Träume; er lachte auf vor reinem erschrockenem Vergnügen und vor Erregung, als Zoe ihm mit der Zunge ins Ohr fuhr. Wie konnte er es ertragen! Er konnte es nicht ertragen!

Doch dann flüsterte Zoe ihm ihr Geheimnis ins Ohr, und er erstarrte vor Grauen. So gewunden drückte sie sich aus, so ungenau, daß er anfangs nicht verstand, nicht verstehen wollte. Dann sagte er, vor Übelkeit über ihr schwankend: »So etwas habe ich noch nie gehört. Nie – nie habe ich so etwas gehört.«

Zoe gab ihm einen ungeduldigen kleinen Schubs, schob ihn weg, wie man ein Tier wegschiebt, ohne es richtig zurückzustoßen. »Ach nein?« fragte sie geziert. »Dann frag doch *ihn*. Verschaff dir Zutritt zur Höhle des Meisters, und frag *ihn*.«

Tristrams Gesicht brannte. »Der Mann ist verrückt. Du – sie – darf nie mehr zu ihm zurück, nie mehr auch nur ein Wort mit ihm wechseln. Grunwald ist ein Monster und wird sich vor dem Gesetz zu verantworten haben.«

Zoe gähnte theatralisch und ließ dabei ihre schattigen Achselhöhlen sehen. In ihrem merkwürdigen Singsang sagte sie: »›Ich bin das Gesetz. Ich bin alles, was ist.‹«

»Auch Grunwald steht nicht über dem Gesetz!«

»›Ich bin das Gesetz. Ich bin alles, was ist.‹«

»Das werden wir noch sehen. Der Hund.«

Zoe lachte. »Wer hat gesprochen?«

»– Der Mann muß sterben.«

Sie zog die Robe enger um sich, als sei ihr kalt. »Wer hat gesprochen?« wiederholte sie, drängender.

»Ich habe gesprochen.«

»Und ›Ich‹ ist –?«

Tristram zögerte kaum. »Angus Markham.«

»Und ›Ich‹ ist mutig genug, stark genug, hart genug für eine solche Aufgabe?«

Zoe klang zweifelnd, doch hoffnungsvoll. Sie lag in dem Fauteuil, den Kopf schiefgelegt, und beobachtete Tristram über die Kurve ihrer Wangenknochen hinweg. Wieder winkte sie ihn zu sich, und wieder kniete Tristram vor ihr, zitternd vor Begierde, und nahm sie in die Arme (wie zart sie war! wie leicht! wie leicht zu unterwerfen!) und bedeckte ihr Gesicht, ihre Augen, ihren Hals, ihren Busen mit leidenschaftlichen Küssen. Ihre Arme schlossen sich fest um seinen Hals; das Gefühl durchschoß ihn wie eine Woge. Sie murmelte: »›Ich benenne die Liebe‹, spricht Er.«

Tristram schloß halb die Augen, er fühlte sich einer Ohnmacht nahe. Leise sagte er: »Liebe.«

Er küßte Zoes feuchte, halb geöffnete Lippen; preßte sein drängendes Gewicht gegen sie; und Zoe bog sich gegen ihn, wie plötzlich von seiner Begierde selbst überwältigt. Dann stieß sie zu Tristrams Entsetzen plötzlich einen gellenden Schmerzensschrei aus. »Oh! Angus! Ich bin von der Nadel noch ganz wund –«

»Nadel?«

»*Seine* Nadel«, sagte Zoe zurückzuckend und rieb vorsichtig mit den Fingerspitzen über eine leicht gerötete Stelle auf ihrem Bauch, die in den aschgoldenen Schein des Schamhaars darunter überging, wo die Tätowierungen – Keilschrift-Verse in flammendem Orange – noch ganz frisch wirkten. Die Tinte schimmerte, fast glühte sie.

»Des Ungeheuers jüngster ›Zauber‹, erst letzte Woche ziseliert!«

Tristram, inzwischen schwach vor Leidenschaft, gleichzeitig aber auch von rasender Energie beflügelt, wußte nicht, was er tun sollte. Das Blut pochte ihm heiß im Gesicht und in seinem Penis, der so steif war, daß es schmerzte, angeschwollen fast bis zum Platzen. Er sagte sich, du darfst der Armen deine Lust nicht aufzwingen ... du darfst nicht.

Er stand also auf, richtete seine Kleidung und bemühte sich, ruhig zu bleiben. »Wirst du mir erlauben, dich zu einem Arzt zu bringen?«

Zoe schüttelte den Kopf, schien ihn gar nicht zu hören. Sie untersuchte immer noch die Tätowierung, kniff ihr Fleisch ungeduldig, fast grob zusammen, und sagte bitter: »Es ist nicht verheilt. Wie würde er jetzt über mich lachen, über mich und über dich, wenn er uns sähe!«

Auch sie stand auf und zog die Robe eng um sich, weinte zornig und sagte: »Es ist nicht verheilt. Es ist nicht verheilt. Ich war sicher, es wäre verheilt, *aber es ist nicht verheilt.*«

Tristram sagte: »Ich liebe dich, Zoe. Ich würde alles für dich tun. Laß mich dich doch jetzt zu einem –«

»Geh fort! Du mußt fortgehen, jetzt! Wenn du mich liebst – wenn du sie liebst – mußt du jetzt gehen, bevor *sie* zurückkommt. Schmerz und Selbstmitleid bringen sie zurück; sie ist immer ganz nahe und wartet; ich spüre schon, wie sie zurückkommt; die arme jämmerliche verlorene Frau! Du mußt fort, Angus, wenn du mich liebst, bevor *sie* alles zerstört, was wir erreicht haben und dich auf immer fortschickt.«

Bevor Tristram protestieren konnte, rannte Zoe aus dem Zimmer, und Tristram blieb allein zurück. Im offenen Marmorkamin hinter ihm brannte das Feuer; draußen auf der Delancy Street fuhr ein einzelnes Automobil langsam vorbei. Tristram flüsterte laut: »So etwas ist nicht zu glauben.« Dann sah er etwas auf dem Teppich schimmern und hob es auf; es war ein altmodischer Perlmuttkamm, geformt wie ein Bogen.

Er drehte den Kamm zwischen den Fingern und flüsterte wie unter einem Bann: »Und doch muß man es glauben.«

III

I

Tristram verließ das Haus in der Delancy Street wie in Trance, dennoch erfüllt von Tatendrang. Denn jetzt wußte er, warum er nach Philadelphia gekommen war: um einen Mann namens Otto Grunwald zu töten, einen Mann, den er gar nicht kannte; und um nach Richmond, in das Haus seiner Ahnen eine wunderschöne junge Frau namens Fleur Grunwald heimzuführen... Fleur, oder Zoe... die er allerdings auch nicht wirklich kannte.

Doch jetzt kenne ich mein Schicksal, dachte Tristram mit Leidenschaft. Jetzt weiß ich, wozu ich geboren wurde.

In dieser Nacht wanderte er stundenlang herum, kaum wissend, wo er war, bombardiert von Gedanken, Plänen, aufblitzenden Traumsequenzen – Proben für den Moment, da er die Hand gegen Grunwald heben und ihn töten würde. Mit einem Messer? (Er hatte kein Messer.) Mit einer Pistole? (Er hatte keine Pistole.) Vielleicht würde er, erfüllt von Wut und Haß auf seinen Feind, einfach seine Hände benutzen... seine kräftigen Hände. (Tristram streckte und beugte seine Finger und betrachtete sie überrascht. Seine Finger waren wirklich kräftig; kräftiger, als er sie in Erinnerung hatte. Die Handrücken waren mit weißblonden Haaren bedeckt, die Knöchel kamen ihm größer vor. Sicher waren diese Hände imstande, einen anderen Mann zu erwürgen, und das noch dazu mit Genuß!)

Einen Moment lang bedauerte Tristram, daß er nicht zu Hause in Richmond war, denn dort hätte er in seines Vaters Sachen wühlen können, den Dingen, die dieser ihm vermacht hatte, Fisch- und Jagdmessern... Gewehren...

Schrotflinten ... mehreren Handfeuerwaffen, Sammlerobjekten, darunter eine funktionstüchtige deutsche Luger, ein Andenken aus dem Krieg. Wie die meisten männlichen Heades war auch Tristrams Vater sportlichen Neigungen nachgegangen, mit einer aristokratischen, saisonalen Freude am Töten wilder Tiere; er hatte Tristram nachhaltig ermutigt, ihn doch in die angestammte Jagdhütte der Familie in den Monongahela-Bergen zu begleiten, aber Tristram war dem immer ausgewichen. Zum ersten Mal im Leben bedauerte Tristram jetzt seine einsame, in Büchern vergrabene Knabenzeit. Mit Blut hätte ich getauft werden können, dachte er. Die Stirn benetzt mit Blut von meinem ersten erlegten Hirsch.

Der Gedanke ließ ihn schaudern.

Und doch: war's nicht ganz leicht getan? Schließlich geschieht es doch die ganze Zeit. Als er die Philadelphia-Zeitung durchblätterte, die man ihm in sein Zimmer brachte, war Tristram entsetzt über die Vielzahl der hier begangenen Verbrechen. Die meisten Artikel waren kurz, nicht mehr als ein oder zwei Absätze unter einer lakonischen Überschrift, vergraben im Blattinneren zwischen Reklame für Damenmode und Unterwäsche: Mehrere Tote bei Schießerei auf offener Straße ... Mann tötet entfremdete Ehefrau, vierjähriges Kind und sich selbst ... Drogenhändler nach Banden-Manier hingerichtet ... sechs »stark verweste« Leichen unbestimmbaren Geschlechts in Mietshaus in Süd-Philadelphia entdeckt. Vielleicht lag hier der Wahnsinn schon in der Luft!

Natürlich würde Tristrams »Verbrechen« ja überhaupt kein Verbrechen im gewöhnlichen Sinn des Wortes sein, und ihm galt es auch nicht als solches. Es war vielmehr ein selbstloser Akt der Gerechtigkeit und Notwendigkeit: Grunwald, das wahnsinnige Ungeheuer, mußte sterben, auf daß die reizende Fleur lebe. Eine so einfache Gleichung war das.

Tristram schien auch irgendwoher zu wissen, daß man ihn nie fassen würde. Allein schon die Vorstellung, für eine so selbstlose Tat »gefaßt« zu werden, schien unfaßbar, ja vulgär. Ich werde den Mann töten, bevor er weiß, wer ich bin und was ich will, dachte er erregt. Das Blut pochte in seinem Körper wie in der wilden, zielbewußten Hitze fleischlicher Begierde. Zum ersten Mal in seinem Leben verstand Tristram, warum es Männer gab, die aus Liebe sterben würden. Wenn er an die arme Fleur dachte ... an die arme Zoe ... den liebreizenden Körper, so entstellt ... und die Drohung einer unaussprechlichen Entstellung, ja Verstümmelung, die über ihr hing ... überwältigte ihn die Wut. *Der Mann muß sterben. Der Mann muß sterben. Der Mann muß sterben.* Sein Leben hinzugeben im Dienst der Liebe, das schien ihm gar nicht so extrem ... obgleich man zugeben muß, daß Tristram dieses Motiv bisher nur aus Büchern kannte. Er fragte sich, ob er vielleicht seine Jugend damit zugebracht hatte, Bücher zu sammeln und sie mit beinahe religiöser Inbrunst zu studieren, um dann eines Tages, auf dem Gipfel seiner Männlichkeit, sich als lebendiges atmendes menschliches Wesen *mit dem Motiv und der Leidenschaft* eines imaginären Wesens zu erkennen, das von der Liebe zu einer Frau besessen war wie von einer Furie der Antike.

»Wie glücklich bin ich!«

Überrascht hochblickend, sah er vor sich die Fassade des Hotel Moreau, das Vordach über dem Portiko noch beleuchtet, obgleich schon der Morgen heraufzog; ein herrlicher frischer, golden durchglühter Morgen; die kleinen Knospen der Bäume auf dem Square erhellt von Licht und Feuchtigkeit als ob eine Aura den ganzen Park einhüllte. War er die ganze Nacht hindurch gewandert? Und wo war er gewandert? Der uniformierte Türsteher öffnete ihm eilfertig die Tür und murmelte: »Guten Morgen, Mr. Markham«, und Tristram nickte ihm als Antwort lächelnd zu. Jetzt mußte er schlafen, seine Kräfte sammeln und irgendwann innerhalb der nächsten achtundvierzig Stunden – zwei Tage würde er sich geben, das schien doch praktischer als nur einen – Otto Grunwald ermorden.

2

Tristram schlief; schlief sechs Stunden, einen so tiefen, wunderbar erholsamen Schlaf, daß er beim Erwachen kaum noch wußte, wo er war oder warum.

Nur daß er von sehr weit kam; und noch sehr weit gehen mußte.

Im Bett liegend, vom Schlaf gelähmt, wie erschlagen oder wie in einem Bann, hatte er das Telefon läuten gehört, aber keinen Versuch gemacht, den Hörer abzuheben; und schließlich hatte es natürlich zu läuten aufgehört. War es Fleur? Markham selbst? Jemand aus seinem vergangenen Leben?

»Aber mich darf jetzt niemand stören.«

Tristram fand es nicht merkwürdig, sondern eigentlich ganz natürlich, daß er, da ihm Fleur Grunwalds Liebe zuteil geworden war, mit einem Plan für sein weiteres Vorgehen im Kopf erwacht war, keinem voll ausgearbeiteten Plan, die Details würden sich *in medias res* ergeben, doch immerhin einem Plan, auf dem sich aufbauen ließ. Einer der Antiquare, mit denen er tags zuvor gesprochen hatte, hatte erwähnt, daß auch Otto Grunwald ein Sammler war: nicht so sehr ein Sammler seltener Bücher und Manuskripte, vielmehr antiker medizinischer Paraphernalia – darunter zufällig, nein ganz natürlich, auch ophthalmische Prothesen oder *Glasaugen*.

Tristram überlegte: so wie ein Pferd eine »schlechte« und eine »gute« Seite hat, von der sich ihm ein Mensch nähern kann, so hat auch ein Mann eine »schlechte« und eine »gute« Seite, und Tristram Heade, wohlvertraut mit den

Obsessionen eines Sammlers, zweifelte nicht daran, daß er Grunwalds »gute« Seite kannte.

Obgleich es keine einfache Aufgabe war, an Otto Grunwald persönlich heranzukommen, ja auch nur die Telefonnummer des Millionärs und Philanthropen ausfindig zumachen, ließ Tristram in einem Dutzend oder mehr listiger Anrufe nicht locker. (Gleichzeitig nahm er mit leicht geistesabwesendem Genuß, aber Genuß immerhin, ein üppiges Frühstück zu sich, bestehend aus Rührei Benedict, knusprig gebratenem kanadischem Schinken, Erdbeeren, Honigmelone und Heidelbeeren mit Sahne, alles elegant serviert vom Zimmerservice.) Als ersten rief er den Antiquar an, der behauptete, Grunwalds Privatnummer nicht zu besitzen; er verkehre mit seinem Kunden ausschließlich durch die Post, sagte er, und sende Kataloge und ähnliches an Grunwalds Büro in der City. Mehrere andere Händler, die Tristram als nächstes kontaktierte, behaupteten das gleiche. Dann rief er seinen Anwalts-Cousin an, der überrascht schien, Tristrams Stimme schon so bald wieder zu hören, aber recht freundlich klang in seiner bedauernden Auskunft, die Kanzlei habe zwar Grunwalds private Telefonnummer irgendwo vermerkt, aber er dürfe sie ihm wirklich nicht mitteilen – »auch nicht einem Blutsverwandten – und auch nicht aus sehr gutem Grund.« Tristram entgegnete ruhig: »Das ist ein Schlag ins Gesicht« und legte auf, bevor sein Cousin antworten konnte.

Der nächste, von ihm selbst allerdings für hoffnungslos gehaltene Schritt war ein Anruf bei einer der unter Grunwald & Söhne eingetragenen Telefonnummern, wo er von einer Telefonistin mit mütterlich klingender Stimme den Rat erhielt, er möge, wenn die Situation es tatsächlich, wie Tristram behauptete, »dringend erfordere«, ein Telegramm an Mr. Grunwalds Wohnung am Burlington Boulevard schicken, mit der Bitte, Mr. Grunwald möge sich mit ihm in Verbindung setzen.

»Aber natürlich«, antwortete Tristram. »Das ist es.«

So aufgeregt war er, so inspiriert, daß das Telegramm sich wie von selbst formulierte, noch während er Western Union anrief, um es zu diktieren. *Besitze kostbares Sammlerobjekt ehemals aus Ihrem Besitz. Bin bereit zu verhandeln.* Dann überlegte er, welchen Namen er verwenden sollte: Tristram oder Markham. Fleur kannte ihn als Markham, aber kannte Grunwald Markham? Kannte er überhaupt den Namen? Besser Tristram Heade, ein vollkommen unschuldiger, fleckenloser Name. Aber für das Telegramm würde er einfach nur seine Initialen benutzen und Grunwald ersuchen, ihn im Hotel anzurufen, *Interesse vorausgesetzt.*

So zuversichtlich rechnete Tristrams mit Grunwalds Antwort, so sicher war er, daß Grunwald seinem Charakter gemäß reagieren *mußte,* daß er sein Frühstück in glänzender Laune beendete und dann Toilette machte, um später auszugehen. Beim Rasieren pfiff er laut, eine militärische Weise, deren Titel ihm nicht einfiel.

Und der Anruf, von einem Mann, der sich als Grunwalds Privatsekretär vorstellte, kam bereits innerhalb der nächsten Stunde.

3

Der Besuch war für 18 Uhr 30 in Grunwalds Haus vereinbart. Jetzt war es 15 Uhr 15.

Tristram ließ zwei Dutzend rote Rosen an Fleur in die Delancy Street senden und legte ein Billett dazu, in welchem stand: *Mein teures Herz, verzweifle nicht! Ich liebe Dich, und ich schwöre, jegliches Hindernis für Dein Glück aus Deinem Leben zu entfernen. Wenn Du das nächste Mal von mir hörst, bist Du vielleicht schon frei. Dein Dich liebender –*

Er sah keine andere Möglichkeit, als mit *Angus* zu unterschreiben.

(Dabei dachte er, wenn er und Fleur erst sicher in Richmond waren, in einem anderen, glücklicheren Leben, dann konnte er ihr ja sagen, wer er wirklich war.)

Dann las er das Billett noch einmal durch und strich das *vielleicht*. Seine Finger, die die Füllfeder umschlossen, hatten angefangen zu zittern.

Ganz zufällig fand Tristram in einem mit Reißverschluß verschlossenen Seitenteil von Markhams Koffer, das er beim ersten Mal übersehen hatte, zu seiner Überraschung einen Dolch mit Futteral – eine grausam wirkende Waffe mit zehn Zoll langer Stahlklinge und geschnitztem Holzgriff.

Aber natürlich! Genau das richtige!

Er wog den Dolch in der Hand, stellte sich vor einen Spiegel und schwang ihn, zerschnitt die Luft mit kurzen, schnellen Stößen, zuerst etwas unbeholfen, aber bald schon sicherer. Dann werde ich also doch nicht meine Hände nehmen müssen, dachte er.

Der Dolch sah nicht neu aus, aber die Klinge glänzte sauber und so scharf wie ein Rasiermesser. Tristram hätte gern gewußt, wofür Angus Markham ihn gebraucht hatte, und sein Herz tat einen kleinen erwartungsvollen Sprung.

Im selben Seitenteil fand er auch eine goldene Krawattenspange mit den eingravierten Initialen A. T. M., ein Paar goldene Manschettenknöpfe und drei Damenringe – einen Rubin, einen Opal und einen diamantbesetzten Ehering mit der Gravur *ESF* auf der Innenseite. »Und was soll man davon halten?« fragte sich Tristram laut. »Eines Tages wird es vielleicht ›Angus‹ selbst erklären.«

In Vorbereitung für den Abend probierte Tristram verschiedene Sachen an und entschied sich schließlich für ein leichtes Tweedjackett aus Markhams Besitz mit ledernen Ellbogenflecken, das ihm, so fand er, genau das richtige Flair zwischen intellektuell und lässig verlieh. Dazu ein weißes Baumwollhemd, möglicherweise ihm selbst gehörend, und eine dunkel- und hellgrün gestreifte Krawatte, höchstwahrscheinlich ihm gehörend. Im Spiegel betrachtete er sich mit zurückhaltendem Beifall: ein großer, breitschultriger, gutaussehender Mann, das Haar so hell, daß es fast weiß schien; leicht gerötete Haut, die hellen, harten, klugen Augen von einer eher gelehrtenhaften Brille gerahmt. Ein intelligenter Mann, vielleicht Universitätsprofessor; sicher ein Bücherliebhaber, »sensibel«, ein Mann von Integrität, der von einem einmal gefaßten Vorsatz nicht leicht abzubringen war. Die rechte Hand zu einem Händedruck ausgestreckt, sagte er lächelnd: »Guten Abend. Mein Name ist –«

Schnell schob er den Dolch ins Futteral und ließ es in die Tasche gleiten. Die Ausbuchtung konnte man für eine Pfeife halten oder für ein kleines Buch.

Inzwischen lag das Glasauge immer noch im Marmoraschenbecher auf der Kommode, unbewegt, blind, und dennoch, so kam ihm vor, ihn anstarrend. Tristram war sich dessen unbehaglich bewußt und wickelte es, bevor er ging, sorgfältig in ein Taschentuch und steckte es in eine Innentasche des Jacketts. »Zur Sicherheit.«

Die Zeit schien unnatürlich langsam zu vergehen, daher beschloß Tristram, sich vom Taxi ein paar Meilen von Grunwalds Haus entfernt absetzen zu lassen und die restliche Entfernung geruhsam zu Fuß zurückzulegen. Denn sonst, so fürchtete er, würde er sich in der Delancy Street wiederfinden und zu *ihren* Fenstern emporstarren, wie es schmachtende Verehrer eben tun.

Du darfst dieser Frau nicht mit leeren Händen entgegentreten; das läßt dein männlicher Stolz nicht zu.

Und so schlenderte Tristram durch den Fairmount Park, auf einem Uferweg hoch über dem Fluß Schuylkill, und dachte an Fleur, und an Zoe, und seine Gedanken oszillierten hilflos zwischen den beiden hin und her. Er empfand eine fast unerträgliche Zärtlichkeit ... oder war's Begierde, so schnell und so rasend, daß es ihm die Tränen in die Augen trieb. Wie süß Fleur war, und wie unschuldig! – und Zoe, so schön, so sinnlich, so verführerisch! Wie in einer Vision sah Tristram wieder die arme Fleur zitternd im Eingang zu seinem Hotelzimmer stehen; wie in einem verbotenen Traum spürte er wieder Zoes Arme um seinen Hals und das überraschende Drängen ihrer Lippen auf den seinen ... und nicht zuletzt auch ihren barbarisch tätowierten Körper. Und das war natürlich auch Fleurs Körper. »Das darf ich nicht vergessen.«

Tristram blickte auf seine Uhr und stellte zu seiner Überraschung fest, daß es erst 17 Uhr 08 war. War die Uhr etwa stehengeblieben? Er konnte nicht glauben, daß die Zeit mit derart quälender Langsamkeit verstrich.

Seit dem Anruf von Grunwalds Sekretär waren doch sicher schon viele Stunden vergangen?

Aber ein Passant bestätigte die Zeit: auf seiner Uhr war es überhaupt erst 17 Uhr 03.

Also setzte Tristram sich auf eine Bank an einem Teich, um sich auszuruhen und zu warten; er war keine Meile mehr vom Burlingham Boulevard entfernt und wollte seine Kraft nicht durch sinnloses Herumlaufen vergeuden, so hübsch Fairmount Park auch war. Dies war schließlich kein Vergnügungsausflug: er war hier, um einen Mann zu töten ... einen Mann, dessen Namen er vor ein paar Tagen noch nicht einmal gekannt hatte ... und dessen Gesicht er auch jetzt noch nicht kannte.

Plötzlich kam Tristram seine geradezu kuriose Situation zu Bewußtsein. War er denn nicht nur deshalb nach Philadelphia gekommen, um zwei oder drei antiquarische Bücher zu erwerben? Darunter Mr. Luxens »seltene« Folio-Ausgabe von ... nun, was auch immer. Er hatte diese Reise bereits unzählige Male gemacht, immer mit dem Schlafwagen, und immer war es ihm, wenn man von kleineren Unannehmlichkeiten absah, ein Vergnügen gewesen. Und jetzt!

Mein teures Herz, verzweifle nicht, ich werde alles alles alles für Dich tun ich liebe Dich ich bete Dich an ich schwöre Dich mit meinem Leben zu beschützen ... Tristrams Finger glitten in die Tasche des Jacketts, um Markhams herrlichen Dolch zu berühren, zu streicheln, zu bekräftigen.

Aber wie würde er ihn verwenden? Wie genau?

Es kam ihm der Gedanke, daß die einfachste Methode, einen Mord zu begehen, wahrscheinlich die ist, ihn einfach zu begehen, in einem unerwarteten Moment, einem gar nicht unbedingt geeigneten Moment, unvorsätzlich, wenn der Handelnde (das heißt also, der »Mörder«) selbst nicht damit rechnet, und dann – »Wer sich selbst überrascht, wird auch seine Beute überraschen.« Tristram sprach diese bemerkenswerten Worte laut, obgleich sie ihm neu waren, jedenfalls seines Wissens neu.

Es sei denn, sein Vater hätte ihm vor vielen Jahren diese Weisheit anvertraut, in Tristrams unreifer Jugend, als er sich noch für immun gegen die Liebe hielt und gegen die Pflichten männlicher Ehre.

»Entschuldigen Sie, Sir!«

Tristram blickte auf und sah auf dem Weg vor sich einen weißhaarigen alten Mann mit Panamahut und verschmutzter, abgetragener Kleidung, einem Rucksack auf dem Rücken und so etwas wie Drähten, die aus dem Kragen ragten; er blockierte Tristram den Weg, lächelte ihn freundlich, wenn auch etwas mühsam an und hielt Tristram zur Lektüre oder zum Kauf ein Pamphlet entgegen, darauf in großer roter Blockschrift stand: ARMAGEDDON: BIST DU BEREIT? *Eine Auswahl der Erkenntnisse von Dr. Bruno Love.*

Tristram, zur Höflichkeit gegenüber Älteren erzogen, brachte es nicht fertig, den Mann grob wegzuschieben, wie andere im Park das getan hatten, und so gab er zwar zu erkennen, daß er in Eile war und keine Zeit erübrigen konnte, entging damit aber nicht einer kleinen Ansprache zum Thema Armageddon und den »harmonischen Schnittpunkten des Universums«, die so schnell, knapp und tonlos erfolgte, daß man an eine Roboterstimme denken mußte. Auch die Bewegungen des Alten schienen so mechanisch, als sei er an Drähten befestigt, und wirklich bemerkte Tristram zu seiner grenzenlosen Verblüffung, daß es tatsächlich so war, sein Panamahut war durchzogen von feinen Drähten, und auch in seiner Jacke zeichnete sich ein Netz von Drähten ab wie ein Spinnennetz. Der alte Mann sprach in kurzen rhythmischen Stößen, blinzelte dabei und zwinkerte und runzelte die Stirn und lächelte und hörte auf zu lächeln und lächelte wieder und nickte und streckte ihm das Pamphlet noch einmal entgegen und klopfte Tristram damit aufs Handgelenk, als wäre seine Rede vollkommen durchchoreographiert, ohne jede Möglichkeit der Abweichung. Er war ein großer, spindeldürrer, vor Schmutz starrender Mann, der Tristram jetzt näher rückte, als Tristram für nötig hielt; aber sein Benehmen war exzentrisch, nicht bedrohlich. »Mein Name, Sir, ist Dr. Poins«, erklärte er in seinem mechanischen Singsang, »und dort, Sir, ist Dr. Love, Dr. Bruno Love, Doktor der Philosophie und mein Mentor seit nunmehr neunundzwanzig Jahren, der sich uns nicht aufdrängen möchte.«

Tatsächlich stand in einiger Entfernung, abseits des Wegs, ein scheuer, zwergenhafter, ältlicher Mann; wie Dr. Poins in stark abgetragenen und verschmutzten Kleidern, wenn auch, soweit Tristram sehen konnte, nicht wie Dr. Poins verdrahtet. Er konnte nicht größer als einen Meter fünfundvierzig oder fünfzig sein, hatte ein nußbraunes, leicht mißgebildetes, aber sehr gütiges Gesicht; und einen Ausdruck in den Augen, dachte Tristram, von unendlicher Trauer, Weisheit, Mitgefühl. Irgend etwas an ihm brachte Tristram auf die Idee, er könnte stumm sein; dann wahrscheinlich taub und stumm. Und doch stand er da im träumerisch glasigen Licht des späten Frühlingsnachmittags in Fairmount Park mit einer Art von großartiger Würde, ja stolzem Trotz.

Als Dr. Poins immer weiter über Armageddon und den kosmischen Zyklus der 166 666 Jahre deklamierte, der sich der Vollendung näherte, zückte Tristram, der jetzt schon sehr dringend fortwollte, seine Brieftasche, entnahm ihr eine Banknote und drückte sie Poins in die Hand. ARMAGEDDON kostete, wie er bemerkt hatte, fünfzig Cents. »Sir, warten Sie, oh, Sir, warten Sie!« rief Poins laut, ihm folgend – »das ist ein Fünfdollarschein, Sir, und ich kann nicht herausgeben – Sie müssen wissen, Sir, daß ein Mann wie ich, in meiner Lage, naturgemäß kein Kleingeld hat, Sir, jedenfalls nicht das *korrekte* Wechselgeld, Sir, ebensowenig wie Dr. Love, der alles Materielle und jeglichen Gewinn verachtet, und Sie haben Ihr Pamphlet vergessen, Sir, und damit wohl unabsichtlich mich wie auch Dr. Love beleidigt, obgleich Sie doch freundlich scheinen, Sir, und es gewiß gut meinen! Oder wollen Sie etwa sagen, ich sei zu *bedauern*? Oder gar *Dr. Love* sei zu bedauern? Ist das Ihre Absicht, oder – Sir! Ich spreche mit Ihnen! Wie wagen Sie es, jetzt fortzugehen!«

Wie ein kleiner kläffender Hund heftete sich Poins Tristram an die Fersen, laut keifend und die Arme mit mechanischen Bewegungen wie Sensen schwingend, so daß die Passanten ihn mit amüsierter Aufmerksamkeit betrachteten. »Sir! Mein Fluch über Sie, Sir! Uns zu beleidigen, Sir, wo wir doch Sündern wie Ihnen den Weg zum Heil zeigen! Poins zu beleidigen, Sir, ist menschlich, aber Love zu beleidigen, Sir, das ist das Werk des Teufels! Mein Fluch über Sie, Sir! Mögen Sie diesen Tag und diese Stunde nie vergessen!« Tristram ging immer schneller und rief mit brennendem Gesicht über die Schulter zurück, er habe niemanden beleidigen wollen, er habe eben keinen kleineren Schein als eine Fünfdollarnote bei sich, er sei in Eile – »in furchtbarer Eile« – und könne jetzt nicht mehr bleiben. Endlich blieb der alte Mann zurück, keuchend, nach Atem ringend, die Faust hinter Tristram schüttelnd und immer noch laut schreiend, bis Tristram außer Hörweite war.

Was für eine absurde Begegnung! Und zu dieser Zeit! (Es war jetzt 18 Uhr 22.) Tristram ging einen langen Abhang bis zur Straße hinunter, stolperte, wäre fast gestürzt, und das Gesicht brannte ihm, als hätte er sich tatsächlich, und sei es auch unabsichtlich, einer Beleidigung schuldig gemacht. Er hatte den weißhaarigen Alten für einen harmlosen Sonderling gehalten ... Und jetzt hatte er einen Fluch auf sein Haupt geladen ... und das zu dieser Zeit.

Er fragte sich, was Markham in seiner Lage wohl getan hätte. Aber Markham war zweifellos zu klug, um je in eine solche Lage zu geraten.

4

Leicht verlegen, daß er zu Fuß gekommen war und nicht mit einem Taxi oder, besser noch, mit einer Limousine, betätigte Tristram den Klingelzug am Portal des Grunwaldschen Anwesens, das nach kurzem Warten von einem grauköpfigen Schwarzen in Livree geöffnet wurde. Nach seinem Namen befragt, antwortete Tristram nach kurzem Zögern: »Heade. Tristram Heade«, und fügte hinzu: »Mr. Grunwald erwartet mich doch, wie ich annehme?« Der Schwarze betrachtete ihn mit glanzlosem, ausdruckslosem Blick und antwortete: »Ja, wenn Sie Heade, Tristram sind, wie es auf diesem Papier geschrieben steht, ja, dann werden Sie von Mr. Grunwald erwartet.«

Das Grunwaldsche Haus war aus einem dunklen Stein erbaut, der das Licht einzusaugen und zu absorbieren schien; einem Stein, der außerordentlich schwer und massiv wirkte. Es hatte ein hohes, spitzes Schieferdach, zahlreiche Bleiglasfenster und auf der einen Seite, der schwarze Diener führte Tristram daran vorbei, zwei Glastüren hinaus auf eine Terrasse, die von stilvoll geschnittenen Buchsbäumen umrahmt war. Ein Haus, in dem niemand lebt, dachte Tristram. Die Atmosphäre kannte er.

Tatsächlich sah der ganze Burlingham Boulevard so aus. Wie auf einer Sepia-Fotografie, einer schlecht reproduzierten Daguerreotypie. Die Gehsteige waren ungewöhnlich breit, aber in schlechtem Zustand; Tristram, weit und breit der einzige Fußgänger, hatte beim Passieren der hochherrschaftlichen Gebäude dieser Gegend, alle hinter musterhaft gepflegten Rasenflächen weit von der Straße zurückgesetzt, das Gefühl gehabt, eine entvölkerte Welt zu betreten. Auch der Boulevard selbst war leer; und die hohen Platanen, die ihn säumten, trugen ein melancholisches herbstliches Aussehen zur Schau, als bedeute ihre sich schälende Rinde Tod. Die einzig sichtbare Aktivität ging von verschiedenen Handwerkern und Arbeitern aus – Gärtnern, Rasenpflegern, Dachdeckern. In Grunwalds Auffahrt, ganz hinten geparkt und eben jetzt von einem schwarzen Chauffeur gewaschen und poliert, stand ein langer, geschmeidig eleganter Rolls-Royce.

Und doch wird nichts davon, dachte Tristram, das Monster retten.

Der schwarze Diener führte Tristram durch einen schwach beleuchteten Gang, an dessen Wänden Ölporträts hingen, wahrscheinlich alles Grunwaldsche Vorfahren. Noch ganz erhitzt von seiner Begegnung mit dem Irren Poins, wischte sich Tristram verstohlen das Gesicht mit einem Taschentuch, zupfte an seiner Krawatte, drückte mit dem rechten Ellbogen den Dolch fest in die Jackentasche. *Wer sich selbst überrascht, wird auch seine Beute überraschen.*

Der schwarze Diener, der eben eine Tür öffnen wollte, blickte sich stirnrunzelnd über die Schulter nach Tristram um. »Sagten Sie etwas, Sir?«

Kühl antwortete Tristram: »Durchaus nicht.«

Otto Grunwald glich dem Bild, das Tristram sich von ihm gemacht hatte, so wenig, daß dieser die ersten paar Minuten ihrer Unterhaltung wie benommen war, die Augen zukniff und starrte und heftig schluckte, und mühsam versuchte, sich zurechtzufinden.

Grunwald war ein Mann, eindeutig ein Gentleman, den Tristram auf Anfang Sechzig schätzte, mit hoher, leicht umwölkter Stirn, feinem, seidiggrauem Haar, schmaler Nase, schmalem Kinn, wie gemeißelten Lippen. Seine Augen hatten die Farbe von feuchten Steinen und blickten traurig, besonders das linke. Seine Haut war nicht nur hell, wie Tristrams Haut, sondern auch leicht verfärbt, mit einem kupferfarbenen, leberkranken Unterton. Beim Sprechen wählte er seine Worte sorgfältig und wie mit einem Anflug von Mißtrauen; sein Händedruck vermittelte den Eindruck von rasch heraufbeschworener und rasch schwindender Energie. Tristram dachte: ein kranker Mann, der fest entschlossen ist, wieder gesund zu werden.

Man setzte sich in Grunwalds Bibliothek, die Tristram unangenehm an die seines Großvaters erinnerte, obgleich Grunwald, ein Sammler von, wie er es selber nannte, »buntscheckigem Interesse«, Dinge angehäuft hatte, die Tristrams Großvater wohl verblüfft hätten, darunter nicht nur eines, sondern gleich zwei Skelette aus der Londoner Medizinischen Fakultät. »›Adam‹ und ›Eva‹ nannten sie die Medizinstudenten, obgleich für den Laien das Geschlecht nicht zu unterscheiden ist, es sei denn nach der Größe. Ich muß gestehen, daß man mir dafür eine beträchtliche Summe abknöpfte«, sagte Grunwald seufzend, »– und zweifellos hat man mich betrogen. Damals war ich ein noch sehr unerfahrener Sammler, und meine Sachkenntnis hielt mit meiner Begeisterung noch nicht Schritt.« Tristram nickte und tat aus Höflichkeit so, als würde er das ihm zunächst stehende Skelett genau betrachten: die sehr kleine Eva. Der Schädel, ohne Augen, ohne Nase, mit vielen Zahnlücken, sah so aus, als wäre er recht ungeschickt aus Papiermaché gefertigt; die Knochen, mit deutlich sichtbarem Draht verbunden und an einer Metallstange befestigt, wirkten wie aus Gips. Wie tragisch ist doch unser Leben, dachte Tristram tief berührt, oder vielleicht auch nur komisch: nach soviel Leidenschaft, soviel Schmerz, soviel Freude und gewiß auch vielen Augenblicken ungetrübter Einsicht in die Natur des eigenen Geschicks, *so* zu enden.

Grunwald sagte eben mit vertraulich gesenkter Stimme: »Es macht mir eine Art kindliches Vergnügen, meine Schätze durch die Augen eines anderen Sammlers zu betrachten. Einer, von dem ich Einfühlung und Verständnis erwarten darf.« Dabei zuckte sein rechtes Augenlid, als würde er ihm zuzwinkern.

Trotz Tristrams eher zurückhaltender Reaktion führte Grunwald mit offensichtlichem Stolz seine Sammlung medizinischer Kuriositäten vor: an allen Wänden hingen Lithographien und Stiche medizinischer Szenen, darunter frühe Operationen in England, Deutschland und Holland; dort in der verglasten Vitrine standen ganze Reihen künstlicher Gebisse, die ältesten datiert mit 1723 – »scheußliche hölzerne Hauer, nicht wahr«; in der Vitrine daneben waren alte Spritzen ausgestellt, Injektionsnadeln und Geräte für »Spülungen« und »Einläufe«, in anderen Vitrinen diverse ärztliche Geräte, Schröpf- und Operationsinstrumente, Phiolen zum Aderlassen und Hörtrompeten verschiedenster Art zu bewundern. »Der Stolz meiner Sammlung sind diese ophthalmischen Prothesen oder Glasaugen, wie man sie auch nennt«, erklärte Grunwald beinahe zärtlich; doch da Tristram nur die Stirn runzelte und nichts sagte, wurde das Thema nicht weiter ausgeführt.

(Wie Grunwald da so auf und ab ging, gestikulierte, lächelte, sich manchmal in Begeisterung redete, erschien er Tristram eigentlich ganz normal, sogar recht sympathisch; nur daß in seinem Gesicht etwas Steifes, vielleicht sogar Gelähmtes war. Hatte *er* vielleicht ein künstliches Auge? Das linke Auge schien in seiner Höhle wie fixiert, während das rechte sich flink bewegte ...)

Der schwarze Diener erschien jetzt mit Getränken; Tristram nahm ein Glas Madeira dankend an – er erwies sich als ziemlich süß – und unterhielt sich fast schon freundschaftlich mit Otto Grunwald über das Thema Sammeln ... das Grunwald so intensiv, mit solcher Leidenschaft beschäftigte, daß Tristram beinahe hätte glauben können, dies sei eigentlich der Grund seines Besuchs. Ein paarmal flocht er Bemerkungen ein wie »Wie ich in meinem Telegramm erwähnte –«, doch Grunwald schien ihn nicht zu hören, oder aber er murmelte plötzlich nervös oder beunruhigt: »Ach, später – heben wir uns das für später auf.«

Tristram warf einen Blick auf seine Uhr. Es war schon 19 Uhr 40.

Grunwald sagte: »Mr. Heade, es scheint, wir haben einen gemeinsamen Bekannten: den gestrengen Virgil Lux.«

»Ach ja«, erwiderte Tristram stirnrunzelnd, »– Virgil Lux.«

»Das ist ein wirklich feiner Herr, finden Sie nicht auch?«

»Ich finde ... ich glaube, er ist manchmal nicht ganz ehrlich«, antwortete Tristram vorsichtig.

»Wie – tatsächlich? Das glauben Sie wirklich?« Dabei beugte sich Grunwald derart interessiert und aufgeregt vor, mit so weit aufgerissenen Augen, daß Tristram sich geschmeichelt fühlen mußte, ob er wollte oder nicht.

Darauf folgte eine halbe Stunde oder mehr in lebhaftem Gespräch, in dem Grunwald Tristram mit Fragen nach Lux und anderen Händlern seiner Bekanntschaft in Philadelphia überhäufte, und Tristram antwortete, manchmal sehr ausführlich; dabei war er sich die ganze Zeit über mehr oder weniger bewußt, daß seine Begegnung mit Otto Grunwald nicht so verlief, wie er es sich vorgestellt hatte. Mitten in einer amüsanten Anekdote mußte er sich fast gewaltsam daran erinnern, daß Grunwald Fleurs Gatte war – Zoes Gatte ... jener Mann, jenes Monster, der sie seit Jahren buchstäblich als Gefangene hielt und ihren liebreizenden Körper mit greulichen Schlangenlinien verunziert hatte ... was ihm in dieser eleganten Umgebung, wo rundum alles auf Geschmack, Bildung und Lebensart hindeutete, kaum wahrscheinlich, und schon gar nicht real schien. Er wußte, wozu er gekommen war, und war entschlossen, seine Mission zu erfüllen, und dennoch ... *wozu* war er gekommen, und *was* war seine Mission?

Eine Stimme riet ihm: *Wer sich selbst überrascht, wird auch seine Beute überraschen.*

Ach ja.

Und dann war es 20 Uhr 30, und ein leichtes Klopfen an der Tür kündigte den Herren an, das Abendessen sei serviert; und Tristram, vom Wein erhitzt und ein bißchen schläfrig, fand sich an einer wunderschön gedeckten Tafel gegenüber Otto Grunwald sitzend und mit bedrücktem Vergnügen ein Roastbeef von exquisiter Zartheit genießend und noch mehr Wein trinkend. Als er gegen Ende des Mahles schließlich sagte: »Mr. Grunwald, ich bin hier im Auftrag Ihrer Frau, die zutiefst unglücklich ist mit –«, wischte Grunwald die Bemerkung ungeduldig beiseite und sagte unwirsch: »Von meiner Frau will ich am liebsten gar nichts hören, Tristram – ich darf Sie doch Tristram nennen? –, und auch nichts von den Geschichten, die sie in dieser Stadt über mich verbreitet. Mir ist dieses Thema zuwider; ich habe genug davon, genug bis in die tiefsten Tiefen meiner Seele.«

In der darauffolgenden Stille starrte Tristram seinen Gastgeber verwundert an.

Grunwald fuhr fort: »Diese Frau, Mr. Heade, habe ich aus Liebe und Idealismus geheiratet; und auch, obgleich ich nicht möchte, daß sie das weiß, aus Mitleid. Doch schon nach wenigen Jahren hat sie mich betrogen – da bin ich mir ganz sicher. Ich weiß, daß sie nicht nur eine, sondern mehrere ausdrücklich festgehaltene Bedingungen unseres Ehevertrags gebrochen hat; was aber besonders schändlich ist und eine Quelle größten Kummers nicht nur für mich, sondern für alle Grunwalds, das ist ihr Beharren darauf, einem jeden, der ihr zuhören will, phantastische

Märchen über meine angebliche ›Grausamkeit‹ und ›Barbarei‹ aufzutischen. *Haargenau die gleichen Märchen, die sie mir erzählte, als ich sie kennenlernte.*«

»›Märchen‹?« fragte Tristram schwach. »›Phantastisch‹?«

Grunwald antwortete mit bitterem Lächeln: »Und Philadelphia ist, wenn Sie mir das harte Wort verzeihen, eine wahre Tratsch-Kloake. ›Je gräßlicher, desto lieber glaubt man's‹, schrieb eine Klatschkolumnistin im ›Inquirer‹ neulich. Und sie hielt das offenbar auch noch für eine gute Sache.«

Tristram schluckte wieder heftig und griff nach seinem Weinglas. Seine Stirn umwölkte sich gedankenvoll.

Gemessen, fast widerstrebend, fuhr Grunwald fort: »Ich zweifle nicht daran, daß Fleur an Ihre Ritterlichkeit appelliert hat; Sie wären nicht der erste, der ihr auf den Leim geht. Sie hat ein wahres Talent dafür, andere Menschen, darunter sogar bestimmte weibliche Verwandte von mir, für ihren Feldzug gegen mich zu gewinnen ... das heißt, ihre Drohungen, einen Skandal zu verursachen und, wie sie sagt, ›Schande‹ über meinen Namen zu bringen, und das alles nur, um bei einer Scheidung mehr zu erhalten als ihr von Rechts wegen zusteht. Soviel ich weiß, hat sie einen Liebhaber und plant, sich sofort wiederzuverheiraten, so sehr sie das auch bestreitet ... ein Mann, den sie beim Pferderennen in Saratoga kennenlernte ... mir selbst unbekannt.« Er blickte Tristram an, das rechte Auge scharf auf ihn gerichtet. »Wissen Sie vielleicht, wie er heißt?«

»Nein«, sagte Tristram. »Natürlich nicht.«

»Natürlich hätte sie Sie ohnehin zur Geheimhaltung verpflichtet«, bemerkte Grunwald. Es folgte wieder ein kurzes Schweigen. Die benutzten Teller wurden abgeräumt und neue serviert. »Und doch, Tristram, muß ich zu meiner Schande gestehen, daß ich die Frau selbst jetzt noch anbete und sie wahrscheinlich auf ihren kleinsten Wink wieder zurücknehmen würde. Und ihr ihre ganze Grausamkeit verzeihen. Sie ist so wunderschön, und sie hat, wenn sie ganz sie selbst ist, eine Aura reinster Unschuld!«

Tristram versetzte: »Es fällt mir außerordentlich schwer zu glauben, Mr. Grunwald, daß –«

»Es *ist* auch schwer zu glauben«, fiel ihm Grunwald erregt ins Wort, »– eigentlich ganz unmöglich zu glauben, was diese Frau an grotesken Dingen über mich erzählt. Ihr Arzt versichert mir, es sei dies ein Symptom ihrer Krankheit und nicht so sehr ein moralischer Defekt; das heißt, eigentlich lügt sie nicht, oder nur so wie sechs-, siebenjährige Kinder, wenn sie exotische Geschichten erfinden, in denen sie selbst die Hauptrolle spielen und oft eben die Opfer. Haben Sie davon schon gehört?«

Doch, Tristram hatte schon davon gehört, in bezug auf Kinder, schüttelte aber entschieden den Kopf. Die Richtung, die das Gespräch jetzt nahm, gefiel ihm ganz und gar nicht.

Mit einem Ausdruck träumerischer Wehmut fuhr Grunwald fort: »Als ich Fleur zum ersten Mal begegnete, war sie erst siebzehn ... Ziehtochter des Pastors meiner Pfarrgemeinde ... Ich kannte die Geschichte ihrer unglücklichen Kindheit, und bald erzählte sie mir mehr ... der Vater ein Alkoholiker, der seine Familie mißhandelte und schließlich ganz im Stich ließ; eine emotional labile Mutter mit häufig wechselnden ›Ehemännern‹, vor denen sie ihre Tochter erst gar nicht zu beschützen suchte; ein zudringlicher älterer Bruder ... den sie beschuldigte, sie ›beschmutzt‹ zu haben, als sie erst acht Jahre alt war. Von diesem Bruder, so behauptete sie, wurde sie nicht nur sexuell mißbraucht, sondern auch auf sadistische Art gequält, indem er sie fesselte, ihr brennende Streichhölzer an die Haut hielt, ja sie sogar ›tätowierte‹. (Sie zeigte mir sogar diese ›Tätowierungen‹ auf Armen und Oberkörper;

erst später, nachdem wir schon verheiratet waren, erfuhr ich, daß das einfach Zeichnungen waren, die sie sich mit Pflanzenfarbe selbst aufmalte! Und doch war sie merkwürdig stolz darauf und gleichzeitig auch beschämt darüber, *ganz als wären sie echt!*) Wäre Fleur nur zur Bühne gegangen, dort hätte sie ihr Talent zur Verstellung besser nutzen können! Aber dazu fehlte es ihr an Ernst und Ausdauer. Professionelle Schauspielkunst ist etwas ganz anderes als die Art von Vorstellung, die sie gibt.«

»Tätowierungen? Pflanzenfarbe?« fragte Tristram mit weit aufgerissenen Augen.

»Einmal, als sie mit Fieber im Bett lag, phantasierte sie von einem Baby, das sie angeblich geboren hat ... das bei der Geburt gestorben ist ... oder sonst irgendwie erstickt. Sie ließ durchblicken, dieses Kind wäre die Frucht einer inzestuösen Vergewaltigung gewesen, aber ich kann natürlich überhaupt nicht wissen, ob sie die Wahrheit redete oder ob sie, in ihrem Zustand, überhaupt noch wußte, was die Wahrheit wirklich war. Ihre Begabung zur Selbstdramatisierung ist unheimlich, wie Sie ja vielleicht wissen«, sagte Grunwald seufzend. »Und doch würde ich ihr, ebenso wie Sie, wahrscheinlich glauben, immer noch ... wenigstens bis zu einem gewissen Grad ... wenn sie zu mir zurückkehrt, wie sie es früher schon tat, auf *ihrer* Unschuld beharrend und auf *meiner* Grausamkeit.«

»Was haben Sie gesagt von Tätowierungen? – und von Pflanzenfarbe?« fragte Tristram.

»Ich möchte die arme Fleur nicht weiter bloßstellen«, sagte Grunwald. »Wenn sie und ihr Anwalt es durchfechten wollen, dann werden wir einen Tag, nein, viele Tage bei Gericht verbringen; bis dahin möchte ich dazu nichts mehr sagen. Aber Sie müssen wissen, Tristram, daß Fleur mich nicht zum ersten Mal verlassen hat, und sicherlich auch nicht zum letzten Mal. Außer sie hat wirklich einen Liebhaber, und auch er will die Sache durchfechten ... es ist ihre Gewohnheit, etwa alle achtzehn Monate davonzulaufen und sich bei der einen oder anderen meiner nachsichtigen weiblichen Verwandten zu verstecken (ich zweifle nicht daran, daß sie sich im Moment in der Delancy Street aufhält, aber *ich möchte Sie durch eine Frage nicht in Verlegenheit bringen*), dann kehrt sie zurück, scheinbar aufrichtig in ihrer Reue, behauptet allerdings stets, daß ich es gewesen sei, der sie forttrieb. Ein so hübsches, wankelmütiges, oberflächliches Geschöpf! – und dennoch bete ich sie an! Was soll man tun?«

Tristram starrte auf etwas Schimmerndes, Glitzerndes vor ihm auf dem Tisch, und sagte dumpf: »Ja. Was soll man tun.«

»Es ist etwas märchenhaft Tragisches an ihr«, fuhr Grunwald fort, mit der Zwanghaftigkeit des blind Verliebten, der jedem dankbar ist, der ihm zuhört. »Das findet man bei einem bestimmten Frauentyp, und zwar immer wieder im Lauf der Geschichte. Die Schöne Helena ist wohl ihr Archetyp ... obwohl es ja heißt, sie habe gar nicht existiert, sie sei eben nur ein Symbol. Aber Frauen wie Fleur existieren, Frauen, die uns zu solcher Leidenschaft hinreißen – aber die Macht, die sie über uns haben, können wir nicht ausloten und am allerwenigsten beherrschen. Es scheint, als machten sie uns zu männlicheren Männern, als wir selbst uns kennen ... sie wecken in uns die Begierde, sie zu ›retten‹ ... sie vor ihrem Schicksal zu bewahren ... und das im gleichen Moment, da wir, ihrem Willen folgend, selbst zu ihrem Schicksal werden.« Grunwald lachte hilflos auf. »Es ist teuflisch ... und eine uralte Geschichte. Tristram, Sie sehen aus, als hätten Sie an dem Gehörten keine Freude?«

Tristrams Mund fühlte sich unbehaglich verkrampft an. Er sagte: »Ich dachte eben, Mr. Grunwald, daß Sie Ihrer Gattin eine Art Macht zuschreiben, sie aber trotzdem große Angst vor Ihnen hat.«

»*Sie hat nicht genug Angst*«, antwortete Grunwald ruhig und erhob sich von der Tafel. Dann lächelte er mit Mühe. »Sollen wir uns hinüberbegeben, Tristram? Und würden Sie mich bitte Otto nennen?«

Sie kehrten in Grunwalds Bibliothek zurück und genossen dort eine Flasche portugiesischen Likör und zwei von Grunwalds riesigen Havannas, die Tristram nach dem anfänglichen Schock, so wie wenn plötzlich eine starke Droge in den Blutkreislauf gelangt, sehr gut fand, obwohl er in seinem ganzen Leben noch keine Zigarette geraucht hatte, von einer Zigarre ganz zu schweigen. Das war, so dachte er, wahrscheinlich Markhams Einfluß, und er nahm sich vor, beim nächsten Mal zu widerstehen.

Nun folgte ein merkwürdiges Zwischenspiel, in dem Otto Grunwald, das Patriziergesicht angeregt gerötet, Tristram einige der »gedruckten Schätze« seiner Sammlung zeigte. Das Material in den versperrten Glaskästen war zum größten Teil alt; vieles war schön gebunden, möglicherweise selten, wahrscheinlich auch sehr teuer, aber vor Tristrams Kennerblick wirkte es beliebig zusammengerafft, nach rein inhaltlichen Gesichtspunkten geordnet, anstatt nach Sprache, Zeit, Verlag, oder jenem schwer faßbaren Element, das man als Qualität bezeichnet. Das Motto der Sammlung war, wie Grunwald recht leidenschaftlich erklärte, »Beweismaterial gegen das Weib«, und begonnen hatte er damit Mitte der fünfziger Jahre, nach dem Scheitern seiner ersten Ehe. Bücher von verschiedenem Format, elegante Folio-Ausgaben, Broschüren, dilettantisch gedruckte Pamphlete über die »naturgegebene Minderwertigkeit« des weiblichen Geschlechts: über die weibliche Bosheit, Geilheit, Falschheit, Scheinheiligkeit, Gottlosigkeit, Grausamkeit, Dummheit, Eitelkeit, Unter-Menschlichkeit ... »Diese Vitrine halte ich versperrt«, erklärte er Tristram mit gesenkter Stimme, »damit nicht die Dienerschaft das liest, oder gar *sie*.«

Tristrams fühlte sich angeekelt, aber zugleich auch, gegen seinen Willen, fasziniert: da waren unbeholfene Zeichnungen der weiblichen Anatomie, im ganzen und zerstückelt ... eine Folge von Radierungen, elegant in Leder gebunden, mit dem Titel ›Die Hexenverbrennung von Mora, 1670‹ ... eine illustrierte Ausgabe des ›Ersten Trompetenstoßes gegen das ungeheuerliche Regiment der Weiber‹ von John Knox (1558) ... frauenfeindliche Karikaturen, Cartoons ... illustrierte pornographische Romane ... dazwischen hübsch gebundene Ausgaben von Catull, Augustinus, Thomas von Aquin, Martin Luther ... ›Eine Geschichte von Christentum, Judentum und der Heidnischen Welt‹ ... ›Weisheit des Heiligen Paulus‹ ... ›Gullivers Reisen‹ von Jonathan Swift ... Schopenhauers ›Die Welt als Wille und Vorstellung‹ ... ›Le Diable, Erotologie de Satan‹ (Paris 1861) ... ›Die Verheirateten‹ und ›Der Vater‹ von Strindberg ... Abhandlungen über Hexen und Hexenwesen im Mittelalter ... ein ›Handbuch des Irreseins bei Weibern‹ (London 1854) ... ›Schwachsinn hervorrufende Erkrankungen der weiblichen Organe, ihre Ursachen und chirurgische Behandlung‹ (London 1883) ... ›Unbekannte Erkrankungen von Gehirn, Seele und Gebärmutter‹ (London 1898) ... ›Ursprung, Verlauf und Behandlung der moralischen Unzurechnungsfähigkeit bei Weibern‹ (London 1900) ... ›Klimakterielle Störungen der weiblichen Psyche‹ (London 1903) ... ›Ein Handbuch uteriner Therapien bei Frauenkrankheiten‹ (Boston 1909) ... ›Was die kleine Sadie sah; und Wie sie es büßte‹ ... ›Ein Handbuch nur für Männer‹ ... ›Peitschen, Riemen & Nägel‹ ... ›Hexen in moderner Zeit, und Wie man sie entdeckt, straft und läutert‹ ... ›Der Illustrierte Jack the Ripper‹ ... ›Der Illustrierte Gilles de Rais‹ ... ›Der Illustrierte Marquis de Sade‹ ... ›Les Amours étranges‹ ... ›Les Agents de Lucifer‹ ... ›Kannibalismus und Menschenopfer in der Geschichte der Menschheit: mit 101 Illustrationen‹ ... ›Die Zeichnungen von Aubrey Beardsley‹ ... ›Die Kunst des Tätowierens‹ ... ›Was Ingeborg sah, und wie sie es büßte‹ ... ›Die arische Bestimmung: mit Illustrationen‹ ... ›Das Tier im Menschen: Erkenntnis und Genuß‹ ... ›Hysterie: Erkennen und Heilen‹ ... Tristrams Gesichtsausdruck irrtümlich für intensives Interesse, wenn nicht gar Anteilnahme mißdeutend, sagte Grunwald: »Meine Schätze müßten natürlich dringend geordnet und katalogisiert werden. In der Rage des Kaufens übersieht man solche Details oft. Ach, aber hier: hier ist das Herzstück meiner Sammlung! – obgleich das niemand erraten würde, da bin ich ganz sicher.«

Er zog einen der hübschen, in Leder gebundenen Bände heraus, eine viktorianische Ausgabe von Tennysons ›Idyllen des Königs‹, und schlug das Buch an einer offenbar viel gelesenen Seite auf mit der Bemerkung: »Ich nehme an, Sie kennen die Szene, in der Merlin Vivien den Ursprung seiner magischen Kräfte erklärt? Es ist das eigentlich in sich selbst ein Buch; ein uraltes Werk, wo jeder ›Quadratzoll voll eines schauerlichen Zaubers ist‹. *In einer Sprache, die schon längst vergangen / und jede Seite vollgeschrieben bis an den Rand / mit Kommentaren, schwierigster Verdichtung / den Text begreift keiner, auch nicht ich / den Kommentar auch keiner, außer mir. Doch eben / hier im Kommentar, fand ich den Zauber.* Hier, hier sehen Sie es: *im Kommentar fand ich den Zauber.*«

»›Zauber?‹« fragte Tristram.

»Der ›Zauber‹ ist der Zauberspruch eines Königs aus alter Zeit, mit dem er eine stolze, halsstarrige, widerspenstige Königin unterwarf«, sagte Grunwald. »Er verzauberte sie, sagt der Dichter – *Auf solche Art, daß keiner sie mehr sah / auch sie den König nur, des Zaubers Herren / der kam und ging, doch sie, sie lag wie tot / ohn' Nutzen ihrer Glieder.*« Triumphierend blickte er zu Tristram empor. »Sehen Sie? Wir besitzen diese Macht des ›Zaubers‹, wenn wir nur kühn genug sind, männlich genug, ihn auch anzuwenden.«

»›Zauber‹?«

Tristram starrt auf die Seite, die Grunwald zu ihm emporhielt, war aber nicht imstande, auch nur ein Wort der Verse zu lesen; die verzierte Schrift verschwamm ihm vor den Augen. »An uns liegt es, die Macht des Zaubers zu ergreifen«, sagte Grunwald erregt. »Unsere Knechtschaft zu verwandeln in *ihre* Versklavung. Sehen Sie das?«

»Ich –«

»Ihre Macht steht gegen die unsere; ein Kampf bis zum Tod, wenn nötig«, sagte Grunwald. »›Und verflucht sei der, der als erstes ruft: ›Halt ein!‹«

»Ich bin nicht sicher, ob ich –«

»Waren Sie je verheiratet?«

»Nein.«

»Oder verliebt?«

Tristram zögerte nur einen Augenblick. »Ja. Aber ich –«

»Dann wurden Sie bereits betrogen, oder werden es bald«, bemerkte Grunwald, schlug das Buch zu und stellte es an seinen Platz zurück. »Das ist, mein Freund, nur eine Frage der Zeit. Auch wenn Sie sich vielleicht etwas anderes vormachen.«

Grunwald versperrte den Glasschrank und ließ den Schlüssel in die Tasche gleiten. Sein rechtes Auge schimmerte feucht.

Tristram holte Atem, um zu sprechen, zu protestieren, aber Grunwald fuhr mit grimmigem Lächeln fort: »So wie ich und unzählige andere uns seit Adams Zeiten selbst betrogen haben. Im Namen des hehrsten aller Ideale – der *Liebe*.«

War Otto Grunwald irr? – oder besaß der Mann, *wie vom Schicksal so bestimmt*, eine besondere Weisheit, die Tristram Heade nie vermutet hätte?

Schwerfällig und verwirrt stand Tristram da, sein Gesicht brannte, in den Ohren dröhnte es ihm wie von fernen, höhnischen Stimmen. Er war in Grunwalds Haus gekommen, in einer Mission, an die er sich jetzt nicht mehr genau erinnerte, nur daß es eben wirklich eine Mission war ... und nicht einfach aufgegeben werden durfte. Und ganz im Hintergrund schwebte Fleurs tränenüberströmtes Gesicht, und Zoes tränenüberströmtes Gesicht, und ... noch ein Gesicht, seinem ähnlich, doch nicht seins, und ihm nicht bekannt. *Du Narr, was tust du da! Wie kannst du dich nur so vom Feind einwickeln lassen!*

Grunwald fragte gerade, ob Tristram nicht noch etwas Likör wolle; und wolle er nicht noch mehr von seiner Sammlung sehen? Denn schließlich war die Nacht noch jung.

Tristram erinnerte sich zwar nicht, ja gesagt zu haben, hatte aber bald darauf ein frisch gefülltes Likörglas in der Hand und seine Zigarre, die im Aschenbecher ausgegangen war, neu entzündet. Otto Grunwald, viel gelöster jetzt und offenbar in bester Laune, sperrte eine weitere Vitrine auf und zeigte Tristram eine Ansammlung von medizinischen Instrumenten, englische in der Hauptsache, aber auch niederländische, deutsche und belgische waren dabei, aus der Mitte bis zum Ende des 19. Jahrhunderts. »Schaurige Instrumente, nicht wahr?« sagte er mit leichtem Frösteln. »Beachten Sie nur die Größe dieser Spritze! Stellen Sie sich das einmal vor! Und diese Katheter! Nun, damals wußten sie's nicht besser, die Praktiker nicht, und die Wissenschaftler auch nicht. – Das hier ist ein Gefäß zum Ansetzen von Blutegel: Sie wissen ja, was Blutegel waren? – *sind?*«

Tristram nickte, die Augen weit aufgerissen.

»Und das hier sind Skalpelle, mit verschiedenen Klingen, die hineinpassen, sehen Sie? – so.«

Scheu hob Tristram eines der Instrumente hoch, und legte es gleich wieder hin.

»Ich bin nicht sicher, wozu diese häßliche kleine Kelle diente, aber diese merkwürdig geformte Zange wurde, so hat man mir erklärt, bei Beckenuntersuchungen verwendet. An weiblichen Patienten, natürlich.«

Tristram biß hart auf seine Zigarre. »Natürlich.«

»Diese Instrumente hier, in diesem schwarzen Samtkästchen«, fuhr Grunwald fort, »– ich habe das Wort meines Londoner Händlers dafür, daß sie aus dem Besitz des berühmten Dr. Isaac Baker Brown stammen, jenes Engländers, der zuerst eine Art Modearzt war, aber dann später, gegen 1870, leider fast zum Märtyrer wurde, als die Kollegenschaft ihn aus der Gynäkologischen Gesellschaft ausschloß, und zwar wegen seiner Pionierleistungen auf dem Gebiet der Sexualchirurgie in England. Ich nehme an, Tristram, Sie sind vertraut mit der Tradition der Klitoridektomie?«

»Klitoridektomie –?«

»Die Entfernung bestimmter Teile der weiblichen Geschlechtsorgane, im Interesse der Gesundheit«, erklärte Grunwald.

»Gesundheit –?«

Grunwald ging nun daran, im Detail und mit aufreizender Begeisterung das klinische Phänomen der *Klitoridektomie* zu beschreiben, von dem Tristram tatsächlich noch nie gehört hatte. (Oder *hatte* er davon gehört, und das erst kürzlich?) Tristrams erste Reaktion war Schock; dann Verlegenheit; dann eine Art diffuser Scham; und dann empfand er zu seinem eigenen Abscheu eine unbestimmte Erregung. Grunwald schloß: »Es gibt in unserer Mitte Frauen, die gewissermaßen einen Mißgriff der Natur darstellen; Ungeheuer an Kraft, Egoismus, Niedertracht, Berechnung und, was das Absurdeste ist: an physischem Appetit: *kurz gesagt, Frauen, die wie Männer sind.* Doch es lag immer in der Hand des Mannes, die physische Quelle ihrer Unbeherrschbarkeit zu verändern ... auszuschneiden ... zu reinigen ... und zwar durch einen chirurgischen Eingriff. Dafür finden wir historische Vorbilder in fast allen Ländern der Welt.«

Tristram runzelte die Stirn, es fiel ihm keine Antwort ein.

Nach einer etwas steifen Pause fuhr Grunwald beiläufig fort: »In den sogenannten zivilisierten Ländern ist dieser Eingriff natürlich seit mehreren Jahrzehnten offiziell verboten. In bestimmten Kreisen erklärte man ihn nämlich für ... barbarisch.«

Grunwald schloß die Vitrine und sperrte sie ab, als nächstes bot er Tristram eine eingehende Untersuchung von »Adam« und »Eva«, deren Anwesenheit sich Tristram seit ihrer Rückkehr in Grunwalds Arbeitszimmer unangenehm bewußt gewesen war. (Denn die Skelette schienen, wenn auch augenlos, die beiden Männer mit einer gewissen ironischen Intensität zu beobachten.) Mit dem Aplomb eines Professors der Medizin, in dem sich Ehrfurcht vor und Vertrautheit mit seinem Gegenstand merkwürdig mischten, sprach Grunwald eine Weile über die Skelette, einerseits als Sammlerobjekte, andererseits als Musterexemplare einer Gattung. Ausdrücke wie »Maxilla«, »Humerus«, »Ulna«, »Scapula«, »Sacrum«, »Fibula« glitten ihm so gewandt von der Zunge, daß Tristram ihn schließlich fragte, ob er je Medizin studiert hätte. Grunwald antwortete mit stirnrunzelndem Lächeln, ja, er habe in der Tat Medizin studiert ... die Sache aber nicht ganz nach seinem Geschmack gefunden und daher im zweiten Studienjahr die Universität verlassen, um sich dem Familienunternehmen zu widmen, und diesen Entschluß habe er nie bereut, er müsse allerdings bekennen, er fühle sich zur medizinischen Disziplin auf unerklärliche Weise hingezogen ... zu ihrer Atmosphäre, ihren Paraphernalia, den historischen Gegebenheiten ihrer Ausübung. »Ich bin wahrscheinlich doch ein verhinderter

Arzt«, sagte Grunwald, strich dabei zärtlich über den bleichen Schädel des weiblichen Skeletts und steckte mit scherzhaftem Nachdruck einen Zeigefinger in eine leere Augenhöhle. »*Sie* hat sich zweifellos bei Ihnen, wie bei jedem, der ihren Verleumdungen ein williges Ohr leiht, über meine ausgeprägte Gewissenhaftigkeit hinsichtlich ihrer körperlichen Person beschwert ...?«

»In gewisser Weise«, antwortete Tristram vorsichtig.

Grunwald lächelte ihm zu, er blinzelte dabei. »Was Sie hierhergeführt hat, ist doch, wie soll ich sagen, eine Mission des Mitleids, oder sollte ich mich da irren?«

»Ich bin selbst nicht so sicher«, versetzte Tristram, »wie ich es nennen soll.«

Ironisch antwortete Grunwald: »Ach, die Frauen sind so launisch, nicht wahr! Und doch so willensstark! Und sie rufen in uns eine entsprechende Launenhaftigkeit und Willensstärke wach! – denn auf andere Art wird man ja nicht mit ihnen fertig. Wissen Sie, es geht immer darum – und jeder Reiter weiß das –, wer der Herr ist: Pferd oder Reiter. In der Natur gibt es da nie einen Zweifel; der Schwache unterliegt dem Starken, und wer überleben will, muß sich dem Stärkeren klug, ja schlau ergeben. Ich verlange von keiner meiner Frauen, und ganz gewiß nicht von der kleinen Fleur, daß sie mir in jeder Hinsicht nachgibt, sondern nur dort, wo man mir billigerweise größeres Wissen zugestehen muß. Und dennoch«, fuhr Grunwald fort, Tristram mit einem intensiven, leuchtenden Blick fixierend, »dennoch bin ich nicht gegen den Anspruch, den bestimmte Frauen auf Gleichheit vor dem Gesetz erheben, gemäß unserer Verfassung, und für soviel ›finanzielle Gleichheit‹, wie sie uns auf dem freien Markte eben abluchsen können. In solchen Fragen bin ich liberal, wie ich doch hoffen will. Aber die Geschichte lehrt uns, daß es lächerlich ist, wenn das andere Geschlecht auch Anspruch auf moralische und intellektuelle Gleichheit erhebt. Auf den Gebieten von Handel, Finanzen, Politik, Militär ... Medizin, Jura, Naturwissenschaften, Mathematik ... bei Erfindungen ... in Musik und Kunst ... Architektur ... Literatur ... sogar in angeblich so ›weiblichen‹ Bereichen wie Kochen oder Mode ... man könnte sagen, im gesamten Unternehmen der Zivilisation ... war die Leistung der Frau eine höchst jämmerliche. Natürlich kommen sie uns mit den vielfältigsten Gründen, reden sich auf die historische Unterdrückung durch den Mann heraus; reden sich auf die ›Natur‹ selbst heraus, während sie gleichzeitig behaupten, die ›Natur‹ sei nicht ihr Schicksal und sie ließen sich durch sie nicht einschränken. Gewiß, hin und wieder stößt man auch beim anderen Geschlecht auf Ausnahmegestalten, die die Regel scheinbar widerlegen, indem sie sie brechen oder transzendieren; so wie man auch in unserem Geschlecht dem einen oder anderen begegnet, dessen Talente und Neigungen ihn als einen Auserwählten zeigen. Doch was besagt das schon? Frauen *sind* Natur, wie Schopenhauer beweist; die verführerischsten aller Fallen, aber dennoch Fallen. Ihre Fähigkeit zur Entwicklung eines körperlichen Daseins unabhängig von der Fortpflanzung, manchmal unabhängig von *uns*, das ist eine höllische moderne Tendenz, die im Keim erstickt werden muß. Frauen sich Gefäße für das Vergnügen des Mannes und für den Trost seines Gemüts. Vehikel, könnte man sagen, der Erlösung – *ihrer* und *unserer*.« Grunwald hatte sich in Hitze geredet; jetzt hielt er inne, um sich den Mund mit einem Taschentuch abzuwischen. »Ich sehe an Ihrem Gesichtsausdruck, Tristram, daß Sie mir nicht völlig zustimmen –?«

Tristram stand stirnrunzelnd da; fühlte sich jetzt mehr denn je groß und tapsig, ganz wie ein Bär auf den Hinterbeinen. Er vermied Grunwalds hellen, leidenschaftlichen Blick, als er antwortete: »Ich – ich weiß nicht, Mr. Grunwald, ob ich Ihnen zustimme oder nicht.«

»Aber ich habe Sie doch gebeten, mich ›Otto‹ zu nennen, Tristram«, sagte Grunwald warm. »Können Sie mich nicht ›Otto‹ nennen?«

»Otto.«

»Aber mit Gefühl, nicht nur als gesellschaftliche Pflicht?«

»*Otto.*«

»Ah, ich danke Ihnen! Ich bin so froh, daß *sie* Sie nicht gänzlich gegen mich vergiftet hat, Tristram! Wirklich sehr froh.«

Grunwald ließ seine Hand auf Tristrams Schulter fallen und führte ihn endlich fort von den Skeletten und zu einem anderen versperrten Schaukasten mit Glastüren, in welchem auf Glasborden ei- oder steinförmige Objekte glänzten wie Juwelen. Tristram fühlte Übelkeit und Spannung zugleich, Schwäche und Erregung. Er verstand nicht ganz, was ihm geschah ... warum er sich in Grunwalds Gegenwart so undeutlich vorkam, so steuerlos ... so *seltsam*. Seine Entschlossenheit schien ihm gänzlich abhanden gekommen zu sein; ebenso Kraft, Wille, Überzeugung. Wo war jetzt nur Angus Markhams energische, zielbewußte, kluge Stimme? Wo sein Kampfesmut? *Sein* Mittelpunkt der Schwerkraft? Vielleicht lag es an der späten Stunde oder an der Alkoholmenge, die Tristram hatte trinken müssen, oder an der Zigarre oder, noch heimtückischer, an der starken Persönlichkeit seines Gastgebers, aber Tristram hatte das Gefühl, Markham habe sich von ihm zurückgezogen, sei ihm, vorübergehend wenigstens, verloren ... wie etwa ein Radiosender an Deutlichkeit verliert und vielleicht ganz verlischt, auch wenn niemand die Einstellung verändert.

Grunwald schloß eben den Schrank auf und sagte dabei leutselig: »Das hier sind eigentlich die besonderen Schätze meiner Sammlung. Sie haben für mich eine ganz persönliche Bedeutung ... die über das reine Interesse weit hinausgeht.«

»Glasaugen!« murmelte Tristram.

»Ja«, antwortete Grunwald, »– und die meisten echte alte Glasaugen, oder Kryolith-Glas, keine gewöhnlichen modernen Augen.«

Eine Vitrine voll künstlicher Augen: teils in Kästchen nebeneinander aufgereiht, teils auf winzigen Kissen einzeln ausgestellt. Tristram sah sie an, mit echter Verwunderung. Das Auge, das er auf der Straße gefunden hatte ... das jetzt in seiner Tasche lag ... diese Augen, von denen Otto Grunwald so leidenschaftlich sprach ... was hatte das alles zu bedeuten? Es konnte ja nur Zufall sein, natürlich, aber was hatte es zu bedeuten?

»Nur wenigen Menschen fällt es auf, da heute künstliche Augen so überaus geschickt gemacht werden, aus Plastik und weiß Gott was noch«, sagte Grunwald gerade, »aber ich habe selbst ein künstliches Auge: das linke. Sehen Sie? *Haben* Sie's gesehen?« Er klopfte mit dem Zeigefinger leicht gegen das Auge; Tristram, der nicht unhöflich erscheinen wollte, täuschte Überraschung vor. »Mein Auge verlor ich mit zehn bei einem Unfall«, sagte Grunwald, »aber bitte bedauern Sie mich nicht – ich habe mich an das Leben mit nur einem Auge vollkommen gewöhnt, wie die meisten Menschen in meiner Lage. Denn schließlich«, fuhr er mit tapferem Lächeln fort, »ist der Unterschied zwischen zwei Augen und einem Auge, und einem Auge und keinem Auge doch ein sehr beträchtlicher.«

Die Augenherstellung, erklärte Grunwald Tristram, war jahrhundertelang ein Präzisionshandwerk gewesen. Die ersten, die Augen für ihre Götterbilder und Statuen fertigten, waren bereits um 500 v. Chr. die alten Ägypter; doch erst im 18. Jahrhundert wurde ihr Gebrauch für Menschen allgemein üblich. »Diese eigenartigen kleinen Schätze hier«, sagte Grunwald und deutete, ohne sie zu berühren, auf mehrere besonders künstlich aussehende Augen auf Kissen hin, »entstanden um 1750, und zwar in den

Niederlanden. Heute beinahe unbezahlbar.« Schon zahlreicher waren Kryolith-Augen aus dem 19. Jahrhundert vorhanden, sie machten den Großteil von Grunwalds Sammlung aus; als erster entwickelte sie 1835 der deutsche Puppenmacher Ludwig Müller-Uri, der sie ursprünglich natürlich für seine Puppen verwendete. »Diese Art von Glas – hier, auf diesem Bord, gibt es einige vorzügliche Exemplare – ist eine sehr harte und gleichzeitig leichte Substanz, die dem Auge den lebensechten weißlich-grauen Sklera-Ton verleiht. Denn der menschliche Augapfel ist ja schließlich nicht weiß, so wie auch die ›weiße Rasse‹ in Wirklichkeit nicht weiß ist. Die Farbe entsteht aus der Verbindung von Kryolith-Glas mit Arsenoxyd, was Natriumaluminiumfluorid ergibt. Sind sie nicht faszinierend! Man fragt sich, wem sie gehörten, in wessen leeren Augenhöhlen sie einst saßen! – Diese Augen hier, kaum weniger lebensecht, bestehen aus Vulkanit und stammen aus dem Jahr 1869; diese hier, aus Zelluloid, sind etwa aus der gleichen Zeit. Aus Belgien, wie man mir gesagt hat. Und diese prachtvollen Exemplare, das heißt die ganze Reihe hier, wurden von dem Amerikaner James T. Davis geschaffen, einem der größten Künstler in der Geschichte der Augenherstellung. Aber ich nehme nicht an, daß Sie von ihm gehört haben ... Was haben Sie denn *da*?«

Wortlos, von einem unklaren Impuls geleitet, hatte Tristram das künstliche Auge aus der Rocktasche geholt und hielt es seinem Gastgeber jetzt zum Anschauen hin. Es glich sehr stark einigen Augen aus Grunwalds Sammlung, bis hin zu der lohbraun-blauen Farbe der Iris.

Grunwald sagte ungläubig: »Aber das ist ja *mein* Auge! Eines meiner Müller-Uri-Augen, vor mehr als einem Dutzend Jahren aus eben dieser Vitrine hier gestohlen!«

Tristram fragte: »*Ihr* Auge?«

»War es das, worauf Sie in Ihrem Telegramm anspielten? Während ich dachte, Sie bezögen sich auf – eine andere Angelegenheit?« fragte Grunwald starr vor Staunen. Er hatte Tristram das Auge aus der Hand genommen und untersuchte es jetzt im Licht der Lampe. »Es ist eindeutig mein Auge«, wiederholte er und sah Tristram mißtrauisch an. »Wie um alles in der Welt ist es in Ihre Hände geraten?«

»Ich fand es«, erwiderte er defensiv, »auf einer Straße in Philadelphia.«

»Sie *fanden* es? Auf der Straße? Wann?«

»Vor ein paar Tagen.«

»Vor ein paar Tagen? Nach so vielen Jahren?«

»Soll das ein Verhör sein?« fragte Tristram, mühsam ein steifes Lächeln aufsetzend. »Ich fand es, wie ich schon sagte, auf einer Straße in Philadelphia; an den Namen erinnere ich mich nicht. Es lag auf dem Gehsteig, und ich hob es auf und steckte es in die Tasche. Durch einen äußerst merkwürdigen Zufall –«

Grunwald unterbrach ihn aufgeregt. »Aber woher wußten Sie, daß es meines war?«

Tristram lief rot an. Grunwalds gebieterischer Ton gefiel ihm nicht. »Weiß ich denn, daß es wirklich Ihres ist, Mr. Grunwald?«

Grunwald erwiderte: »Natürlich ist es meines. Ich habe den Diebstahl der Polizei von Philadelphia gemeldet, zusammen mit einer Reihe anderer Objekte, das war 1966. Ich bin im Besitz der Rechnung, und zwar von einem Londoner Händler; und davon ganz abgesehen – wem sonst in Philadelphia könnte ein derartiges Sammlerobjekt gehören? Haben Sie es mitgebracht, um es mir noch einmal zu verkaufen? Mir quasi ein Lösegeld abzupressen?« Er starrte Tristram an, als sei Tristram tatsächlich ein Dieb; innerhalb weniger Sekunden schien sich die bisherige Kameraderie zwischen ihnen in Nichts aufgelöst zu haben.

Tristram entgegnete mit Würde: »Selbstverständlich nicht.«

»Ah, aber in Ihrem Telegramm –«

»Ich bezog mich nicht auf –«

»– sprachen Sie von einem Sammlerobjekt –«

»Sie wissen, worauf – *auf wen* – ich mich dabei bezog.«

Grunwald versetzte schweratmend: »Dann sagen Sie mir: haben Sie oder hat *sie* den Text verfaßt?«

Tristram antwortete steif: »Ich war es.«

»Unter wessen Einfluß, wenn ich fragen darf?«

Grunwald hatte das künstliche Auge inzwischen auf seinen Schreibtisch gelegt, wo es im Schein der Lampe schimmerte und glitzerte wie ein echtes; in der leicht abgeflachten Form und der hellen Schärfe seiner gelbbraun-blauen Iris lag etwas zutiefst Abstoßendes. Es beobachtet uns, dachte Tristram – es wird Zeuge sein. Die Männer stritten um das Telegramm, und um Fleur, und um den rechtmäßigen Besitz des Auges; Grunwald trat an seinen Aktenschrank und holte die Rechnung eines Londoner Händlers hervor, datiert vom 20. August 1956, in der ein Kryolith-Auge aus der Werkstatt von Müller-Uri beschrieben wurde, am heutigen Tag erworben; worauf Tristram dickköpfig entgegnete, die Rechnung sei keineswegs ein Beweis dafür, daß das erworbene Auge identisch sei mit jenem auf dem Schreibtisch; und der jetzt heftig erregte Grunwald, der sich jedoch bemühte, beherrscht zu sprechen, erwiderte, sie könnten ja, falls Tristram darauf bestand, einen Experten zuziehen, der es zu identifizieren hätte. Oder die Polizei rufen: schließlich ging es ja um *Diebesgut.*

Tristram sagte darauf, von »Diebesgut« könne in seinen Augen keine Rede sein; was ihn betraf, so gehörte dieses Auge ihm, denn er hatte es rein zufällig auf der Straße gefunden und es ebenso zufällig heute mitgebracht, um es Grunwald zu zeigen. Grunwald starrte Tristram an, als hielte er ihn für verrückt, schüttelte den Kopf, nahm hinter seinem Schreibtisch Platz, müde, wie ein alter Mann, und drückte die Hände gegen die Augen mit einer Geste, in der so viel Unverständnis und Erschöpfung lagen, daß Tristram weich wurde ... denn die Leidenschaft des Sammlers für eines seiner hochgeschätzten Objekte war ihm ja nicht fremd. Und er dachte, ich *will* dieses Glasauge doch gar nicht; warum gebe ich mich plötzlich denn so kämpferisch?

Nach einem langen qualvollen Moment blickte Grunwald durch seine Finger Tristram an, das rechte Auge gerötet und feucht, und sagte mit dumpfer Stimme: »Ich habe anscheinend ganz vergessen, daß für die Rückgabe des Auges ein Finderlohn ausgesetzt war. Der Finderlohn ist noch nicht ausbezahlt. Über seine Höhe ist noch zu verhandeln ... In meiner Überraschung und ... Aufregung ... habe ich offenbar jede Vernunft vermissen lassen. Die Angelegenheit mit meiner Frau geht mir sehr nahe, aber das ist natürlich keine Entschuldigung. Wenn Sie erlauben, werde ich ...«

Tristram fiel ihm schnell ins Wort. »Aber keineswegs, Mr. Grunwald. Bitte nehmen Sie das Auge. Ich selbst habe keine Verwendung dafür, mein Sammlerinteresse geht nicht in diese Richtung, Ihre Lage hat durchaus mein Mitgefühl, und ich bedaure, daß Sie ...«

»Ach, ich danke Ihnen! Ich danke Ihnen von ganzem Herzen!«

Die Worte kamen geflüstert heraus. Einen Moment sah es so aus, als würde Grunwald vor lauter Dankbarkeit in Tränen ausbrechen; oder war sein Ausdruck, dachte Tristram, der der Gier, und konnte er es nicht fassen, daß die Gier befriedigt wurde ...?

Er wischte sich das Gesicht mit einem Taschentuch ab und sagte mit einem bemühten Lächeln hinauf zu Tristram, der sehr groß über ihm aufragte: »Aber wollen Sie mir nicht erlauben, Ihnen etwas zu geben? Ein Honorarium in irgend einer Form?«

»Mr. Grunwald, das kommt nicht in Frage«, sagte Tristram.

Grunwald versank in Betrachtung seines Auges, umfaßte es schützend mit den Händen, als sei es ein seltenes, köstliches Juwel. »Ach, wie schön es ist! Und wie erstaunlich, daß es zu mir zurückkehrt, nach so vielen Jahren!« Er winkte Tristram näher, und Tristram trat heran, beugte sich über den Schreibtisch und starrte auf das schimmernde Objekt, das ein erkennbar »menschliches« Auge war, und doch zugleich auch nicht; sein Blick wanderte weiter auf Grunwalds Scheitel – ein wirklich gutaussehender, ja edler Kopf – mit silbrigfeinem Haar, oben etwas schütter, so daß man die rosafarbene verletzliche Kopfhaut darunter sah. Als Grunwald sich vorbeugte, schob sich der Kragen seines samtenen Smoking-Jacketts zurück und gab den Nacken frei; einen blassen, von feinen Falten durchzogenen, aber recht kräftigen Nacken, darauf wuchsen kurze Locken und Haarbüschel, die etwas dunkler waren als der Rest. »Wie geschickt der Künstler die Iris nachzubilden weiß, nicht wahr?« fragte Grunwald, mehr sich selbst als Tristram, und zeigte auf das schimmernde Glas, ohne es aber zu berühren. »Wie unfaßbar, und welch ein Zufall, das dies alles sich gefügt hat ...« Mit der Gewandtheit eines Schauspielers, der seine Rolle so oft gespielt hat, daß die ›Kunst‹ ihm bereits zur ›Natur‹ geworden ist, griff Tristram in die rechte Jackentasche, und –

In diesem Moment kam von der Tür ein lautes Klopfen. Grunwald blickte irritiert hoch, und Tristram trat schnell zur Seite, und was auch immer geschehen sollte, würde, zumindest vorläufig, nicht geschehen.

5

»Das ist mein Neffe Hans«, erklärte Grunwald bemüht freundlich, »– und das, Hans, ist Tristram Heade, ein Sammler-Kollege –«

»Hallo, wie geht's«, sagte Hans, so obenhin und mit einem derart flüchtigen Händedruck, daß Tristram unter anderen Umständen beleidigt gewesen wäre. Aber Grunwalds Neffe – fast so groß wie Tristram, breitschultrig, mit einem Schopf rötlichen, gelockten Haars, das wie geölt aussah, und einem Knabengesicht, das engelhaft, aber zugleich schmollend wirkte – zählte nicht zu jenen jungen Männern, von denen man Höflichkeit erwarten durfte; seine Unmanierlichkeit gehörte einfach zu seiner Person, ebenso wie sein schnelles, blendendes, sofort wieder verschwindendes Grübchen-Lächeln, und der gut geübte direkte Blick seiner braunen Augen. Ein Frauenheld, dachte Tristram. In seinen jüngeren Jahren in Virginia war Tristram diesem Typ Mann so oft begegnet – eitel, verwöhnt, »charismatisch« – außergewöhnlich draufgängerischer, mutiger Taten fähig (wie im Football: denn solche Männer waren im College sehr oft Football-Spieler), und ebenso bereit zu jeder Grausamkeit und Roheit (im Umgang mit Frauen oder als schwach eingeschätzten Männern) –, daß er sich bereits ein bestimmtes Verhalten im Umgang mit ihnen zugelegt hatte: dieses bestand einfach darin, daß er kaum den Mund aufmachte und nach dem protokollarischen Handschlag sofort das Feld räumte. Denn außer einer raschen instinktiven Musterung bezüglich Tristrams zu vermutender körperlicher Tapferkeit und jener ungreifbaren Qualität, die man »Männlichkeit« nennt, hatten solche Männer an ihm nur wenig Interesse. Gut, er war groß und sicher auch stark, aber da war andererseits sein Gesicht, seine Augen, sein so offenkundig »sensibler« Gesichtsausdruck ...

Hans Grunwald allerdings starrte Tristram tatsächlich eine geraume Weile an; beinahe hatte Tristram den äußerst unangenehmen Eindruck, er sei ihm bekannt. Die braunen Augen verengten sich; der Mund zuckte; dann aber schaute Hans weg und würdigte Tristram keines weiteren Blickes, ganz als hätte dieser aufgehört zu existieren. Falls er sich die Mühe machte, das künstliche Auge auf Grunwalds Schreibtisch überhaupt zu bemerken, so schob er dies ebenso gedankenlos, ja verächtlich fast beiseite.

Grunwald hatte sich erhoben, forderte von seinem Neffen überraschend zornig Auskunft, warum er gekommen sei, zu dieser Stunde, ungeladen, den Frieden seines Hauses störend, nur um über eine Sache zu sprechen, die, wie sie beide wußten, schon erledigt war.

Mürrisch erwiderte Hans, er sei gekommen, weil er keine Wahl habe: »Du beantwortest ja meine Anrufe nicht, Onkel.« Seine Lippen kräuselten sich bei dem Wort »Onkel«, als wäre es eine spielerische Obszönität.

Schnell machte Tristram sich erbötig, die beiden Männer alleinzulassen, und es war ja auch schon spät; aber davon wollte Grunwald nichts hören. »Hans und ich werden uns anderswo unterhalten, und zwar kurz«, sagte er, nahm den jungen Mann am Arm und führte ihn fast mit Gewalt aus dem Raum.

Grunwalds Neffe war einen halben Kopf größer als Grunwald selbst und sehr viel kräftiger, aber er gehorchte mit dem Eifer eines Killerhundes, der sich von der Hand des Herrn sofort zügeln läßt.

Zumindest, dachte Tristram, für den Augenblick.

Sie stritten in der Diele, dann in einem Nebenzimmer, und zwar, soviel Tristram hören konnte, über Geld; die Worte *Spieler, Kredit, Zinsen, Schulden, Monatswechsel, Widersetzlichkeit* drangen durch die Wand. Zumindest am Anfang des Streitgesprächs war die Stimme des älteren Mannes lauter; Tristram konnte nur den leisen, gedämpften, wütenden Ton von Hans' Stimme hören, aber keine einzelnen Worte.

Allein in Grunwalds Bibliothek! Die Aussicht war ungeheuer aufregend, als hätte Tristram, ohne es zu wissen, den ganzen Abend nur auf diesen Moment gewartet.

(Von der Auseinandersetzung um das künstliche Auge war ihm immer noch heiß; sein Herzschlag blieb angenehm schnell. Dieser Augenblick, als Grunwald an seinem Schreibtisch gesessen hatte, das Auge in der hohlen Hand haltend, vorgebeugt ... was war das für ein köstlicher Moment gewesen! Tristrams Finger waren ganz aus eigenem Antrieb in seine Rocktasche gewandert, an den Griff von Markhams Dolch, und der Befehl: *Stich zu! Stich zu! Stich zu!* dröhnte ihm in den Ohren.)

Natürlich war jetzt nicht genügend Zeit, um den Raum oder gar das Haus zu durchsuchen, aber rasch und mutig handelnd, trat er an eines der Fenster, packte Markhams Messer und schnitt mit schnellen, forschen, geübten Hieben den Draht des Alarmsystems durch. Das hatte die Wirkung – erschreckend, aber nicht überraschend –, daß der Alarm losging und recht viel Lärm veranstaltete. Tristram dachte, nun gut. Das hätten wir.

Denn obgleich der ganze Haushalt minutenlang Kopf stand, so wurde doch die scheinbare Ursache des Alarms – Tristram, der ganz unschuldig ein Fenster öffnete – schnell entdeckt und das Alarmsystem ausgeschaltet. Tristram entschuldigte sich bei Grunwald, erklärte er hätte nur ein bißchen frische Luft schnappen wollen, und Grunwald, dessen gutes Auge jetzt schon ganz mit blutigen Äderchen durchzogen war (und seinem so viel gesünder wirkenden Zwilling ein bedauernswerter Widerpart), antwortete gereizt: »Natürlich macht das nichts, ich bitte Sie, machen Sie sich keine Sorgen, diese unselige Alarmanlage geht ja ständig los, ich habe bis obenhin genug davon und möchte sie ohnehin am liebsten ganz abmachen lassen.« Dabei blickte er Tristram an wie einen alten Freund, dessen Name ihm im Moment nicht einfiel, entschuldigte sich noch einmal und erklärte, er und sein Neffe hätten ihr Gespräch noch nicht beendet.

Tristram fühlte sich wunderbar erstarkt – denn immer weckt ein Stück Erfolg die Energie nicht weniger als den Willen zu einem anderen – und suchte jetzt ganz bewußt einen Ort, wo er die beiden Männer belauschen konnte. Sie hielten sich im Nebenraum zur Linken auf; Tristram schlich einfach auf Zehenspitzen durch den Gang, den Kopf geneigt, bis er vor der geschlossenen Tür stand, hinter der die Stimmen ganz klar zu vernehmen waren. Falls der schwarze Butler ihn entdeckte, würde er sich eben etwas einfallen lassen, aber der schwarze Butler entdeckte ihn nicht, auch nicht Grunwald und sein Neffe, die sich hinter der Tür in den Haaren lagen.

Es ging jetzt nicht mehr um den ursprünglichen Anlaß, der offenbar die Frage gewesen war, ob Grunwald Hans Geld zur Bezahlung seiner Spielschulden borgen würde; jetzt war eine heftige Auseinandersetzung über Fleur Grunwald im Gange. Grunwald fragte, ob Hans etwas mit Fleurs Verschwinden zu tun hätte, und Hans erwiderte, er sei ja wohl klug genug, sich aus einem Ehezwist herauszuhalten. Dabei lachte er roh und höhnisch auf und traf Tristram damit bis ins Innerste. »Ich hoffe doch, ich bin noch nicht derart am Ende, daß ich mich mit dem abgelegten Besitz eines anderen Mannes begnügen müßte«, sagte er.

Wütend antwortete Grunwald: »Wenn du's bis jetzt versäumt hast, Fleur mit deinen Aufmerksamkeiten zu belästigen, so nur deshalb, weil du nicht loskommst von der übergeschnappten Clique, mit der du dich herumtreibst, und von den abscheulichen Weibern, die dabei sind. Und vor allem wegen deiner unvergleichlichen, deiner wirklich ganz unerhörten Selbstverliebtheit –«

»Hör zu, Onkel, ich bin nicht *du*. Ich achte dich als Geschäftsmann, teile aber, wie du wissen wirst, keineswegs deinen Geschmack bei Frauen. Versklavte, masochistische, kränkelnde, in Ohnmacht fallende, jammernde, die Hände ringende, schlecht behandelte Frauen ... Nicht für mich: ich mag meine Weiber lustvoll und prall und *gesund*.«

»Ich gestatte nicht, daß du meine Frau beleidigst! Meine arme Fleur!«

»›Arme‹ Fleur, daß ich nicht lache! So ein Witz! Weshalb ist sie denn ›arm‹, wenn nicht wegen dir, du –«

»Du weißt nichts von meiner Ehe! Wie kannst du es wagen! Du weißt nichts, gar nichts von den glücklichen Jahren, die Fleur und ich zusammen verbracht –«

»Teufel noch eins, Onkel, ich bin nicht gekommen, um mit dir über *Fleur* zu diskutieren, ich wußte gar nicht, daß sie dich wieder einmal verlassen hat – was in Gottes Namen hab' denn ich damit zu tun? Der Zweck meines Hierseins ist –«

»Ist reine Geldgier.«

»– ist *rein*, aber nicht Geldgier. Ich habe gewisse Schulden, die mit den Zinsen immer größer werden, die müssen bezahlt werden, und das werden sie auch, ob du nun –«

»Hinaus! Wie kannst du es wagen! Mir ins Gesicht meine Frau beleidigen, und dann noch um Geld betteln! Du verdienst es nicht zu leben, du elender –«

»Aber du, Onkel, du verdienst zu leben? Willst du das behaupten? Zum Totlachen! Wie wagst eigentlich *du* es –?«

»*Hinaus, sofort hinaus, sonst rufe ich die Polizei!*«

Aber auch jetzt hörte der Streit noch nicht auf; sondern

setzte sich fort; weit ausholend, bitter, zog er sich noch fünfzehn oder zwanzig Minuten hin. Tristram hatte sich klugerweise wieder in Grunwalds Arbeitszimmer zurückgezogen und war eben dabei, seinem Gastgeber eine Nachricht zu hinterlassen – *Ich hoffe, Sie werden mich entschuldigen, aber ich halte es für das beste, wenn ich mich jetzt verabschiede: vielleicht können wir uns ein andermal weiter unterhalten* –, als Grunwald endlich zurückkehrte. Er war weiß im Gesicht, zitterte und war noch immer aufgebracht.

»Mein Neffe will mich mit seiner Verschwendungssucht ruinieren«, bemerkte er bitter; »aber was kann ich tun? – Er hat die Jugend auf seiner Seite.«

Inzwischen war es so spät geworden – Tristram bemerkte zu seinem Erstaunen, daß es fast schon zwei Uhr früh war: an die sieben Stunden hielt er sich schon in Grunwalds Haus auf –, daß Grunwald schließlich doch beschloß, den Besuch abzubrechen. Er sei zu erschöpft und zu verstört, um weiterzumachen.

»Aber ich hoffe doch, daß wir uns wiedersehen, bald, und unter angenehmeren Umständen?« sagte er, als sie sich an der Tür verabschiedeten. »Denn ich meine, wir haben noch sehr viel zu besprechen.«

Tristram empfand Erleichterung und zugleich Enttäuschung. Aber sein Händedruck war fest, sein Lächeln beinahe glücklich. »Ja, Mr. Grunwald«, sagte er. »Bald.«

6

Das Telefon läutete. Es läutete ganz nah an seinem Kopf. Und obgleich er in einem Schlaf, so schwer und dicht wie ein Block Eis gefangen war, konnte Tristram dennoch die leise sanfte melodische Frauenstimme hören, bittend und beschwörend. *Warum lebt das Monster noch? Warum, da du ihm doch schon ganz nahe warst? Warum, da du doch behauptest, mich anzubeten?*

Mit ungeheurer Anstrengung, wie jemand, der eine Barriere durchbricht, gelang es Tristram zu erwachen, und schließlich hatte er den Telefonhörer ertastet.

»Ja? Hallo? Wer ist da? Hallo?«

»Ist dort Tristram? – Tristram Heade?«

Die Stimme klang sehr hoch, aber männlich; eine Altmännerstimme, dachte Tristram; und auf irritierende Weise wohlvertraut. Vorsichtig antwortete Tristram: »Aber wer ist dort?« Noch schlafverstört lag er in dem lichtdurchfluteten Hotelzimmer; seine Augen tränten, in seinem Kopf begann ein Pochen, langsam erst, dann mit steigender Heftigkeit. Er hatte nur eine ganz dunkle, verschwommene Erinnerung an letzte Nacht, in Otto Grunwalds Haus ...

»Ist das mein Neffe Tristram Heade?«

»Aber wer – wer spricht dort?«

»Tristram, bist du's? Das bist du doch, nicht wahr?«

»Aber wer sind *Sie* denn?«

»Tristram?«

Im gleichen Moment, da der ältere Mann am anderen Ende sich als »Morris Heade« identifizierte – Tristrams

Großonkel, den er seit Tagen hatte anrufen wollen –, erkannte Tristram seine Stimme und wand sich vor Gewissensbissen. Dennoch erwiderte er ruhig: »Es tut mir leid, aber Sie sind falsch verbunden, Sir. Hier gibt es keinen Tristram Heade.«

»Wie, was? Kein Tristram? Aber von der Vermittlung wurde mir versichert –«

»Es gibt in diesem Raum keinen Tristram Heade.«

»Aber Sie klingen ganz genau wie er. Ich könnte darauf schwören, Sie klingen ganz genau wie er.« Es folgte eine kurze Stille. Tristram konnte den alten Mann angestrengt atmen hören. »Tristram, bist du's denn nicht? Die ganze Zeit warte ich schon auf deinen Anruf, wie du versprochen hast. Was um Himmels willen ist geschehen?«

»Es tut mir wirklich sehr leid, Sir«, sagte Tristram langsam und deutlich, »aber Sie sind falsch verbunden. Mein Name ist – also, jedenfalls nicht ›Tristram Heade‹.«

»Aber das ist doch das Hotel Moreau, nicht? Zimmer 608 im Hotel Moreau, Rittenhouse Square? In der Vermittlung hat man mir versichert, daß ein Gast namens Tristram Heade aus Richmond, Virginia, tatsächlich für diesen Raum eingetragen ist«, entgegnete der alte Mann verwirrt. »Und Sie klingen wirklich ganz genau so wie mein Neffe! Du hättest doch im Sussex absteigen sollen und mich gleich am ersten Abend anrufen, damit wir ein ruhiges Dinner bei mir zu Haus vereinbaren. Du hast mich doch erst letzte Woche von Richmond aus angerufen und schienst dich doch auf den Besuch zu freuen! Was um Himmels willen ist denn seither geschehen? Bist du krank? Bist du da in einer Art Geiselhaft?«

Heftig schwitzend, saß Tristram jetzt aufrecht wie ein Stock in seinem riesigen Bett, in seinem (oder Markhams? – das Etikett verkündete stolz ›Harrods‹) Pyjama, vom Morgenlicht geblendet. Wo war seine Brille? Warum befand sie sich nicht in Reichweite auf dem Nachtkästchen?

Er hatte gestern nacht zu viel getrunken, und jetzt fing sein Kopf ernstlich zu schmerzen an. Der arme Onkel Morris! Tristram hatte den alten Mann seit mehreren Jahren nicht gesehen, hatte ihn eigentlich immer recht gern gehabt, und konnte nicht verstehen, warum er jetzt so verzweifelt wünschte, ihm auszuweichen; doch war es so. Möglicherweise hatte er in der ersten Verwirrung des Erwachens gedacht, wenn der alte Mann das Telefon in Beschlag nimmt, dann kann Fleur Grunwald mich nicht erreichen ...

Eben sagte Onkel Morris: »Tristram? Bist du da? Warum antwortest du nicht? Dein Vetter Beaumont war ganz sicher, dich neulich am Rittenhouse Square gesehen zu haben, in ein Hotel namens Moreau gehend, und da du nicht im Sussex warst, und sie dort auch nichts von dir wußten –«

Tristram schloß die Augen. »Bedaure, Sir, wie ich schon sagte –«

»Mein Junge, was ist denn nur mit dir? Bist du irgendwie in Schwierigkeiten? Hast du eine Frau bei dir und machst dir Sorgen, ich könnte dich dafür verurteilen? Ich kann einfach nicht begreifen, warum gerade du, Tristram, du, mein Lieblingsneffe, wie du ja weißt, dich so roh und grausam gegen mich verhältst!«

»Ich kenne niemand mit dem Namen ›Heade‹.«

Tristram rettete sich in Ungezogenheit und legte ohne ein weiteres Wort den Hörer auf. Vielleicht könnte er ja eines Tages seinem Onkel die Situation erklären, vielleicht würden er und Fleur, glücklich verheiratet, eines Tages mit dem alten Onkel speisen, und alles wäre dann – wenn schon nicht verzeihlich, so doch wenigstens erklärlich.

Dann wählte er die Hotel-Vermittlung und wies die Telefonistin an, keine weiteren Anrufe für Tristram Heade durchzustellen. »Und was ist mit ›Angus Markham‹?« fragte sie.

Tristram zögerte. »›Angus Markham‹ schon«, erwiderte er. »Aber sonst niemand.«

Und dann fiel ihm quälend ein, daß er beim Fundbüro am Bahnhof von Philadelphia Namen und Adresse hinterlassen hatte ... und sollte dann der »echte« Angus Markham auftauchen und sein Gepäck einfordern wollen, dann würde er Tristram nicht kontaktieren können.

Doch bei dem Tempo, mit dem sich die Dinge jetzt entwickelten, war Tristram auf die Begegnung mit Markham gar nicht mehr so wild.

Soweit er sehen konnte, waren keine neuen Gepäckstücke mehr in sein Hotelzimmer gelangt; keine neuen Markham-Kleider hingen mehr in seinem Schrank. (Tristram hatte sich angewöhnt, seine eigenen und Markhams Sachen unterschiedslos zu tragen, gab Markhams Kleidern allerdings den Vorzug, ausgenommen dessen Maßschuhe, die vorne ziemlich spitz waren und für Tristrams Geschmack allzu modisch). Seit seiner ersten Untersuchung von des anderen Koffer hatte Tristram zu keiner weiteren Zeit gehabt, aber ein rascher Blick bewies ihm, daß alles so war, wie es sein sollte – die Briefe wie zuvor in unordentlichen Päckchen, die bekritzelten Rennpapiere, die Immobilien-Broschüren. Ein melancholischer Geruch wie von verschiedenen Parfüms stieg ihm in die Nase ... Und Tristram fiel plötzlich ein, daß dieser Markham, da mochte sein Charakter noch so mysteriös sein, jedenfalls ein Mann war, mit dem man rechnen mußte; nicht der Typ Mann, der sich, um dem Rivalen das Feld zu räumen, rechtzeitig in Luft auflöst.

»Nein. Das sieht ihm nicht ähnlich. Es sähe auch *mir* nicht ähnlich, wäre ich er.«

Gleichsam von der Seite traf Tristram plötzlich der Gedanke, Angus Markham könnte nicht mehr am Leben sein. In diesem Fall würde er nie mehr auftauchen und Anspruch erheben ... auf die Wertsachen in seinem Hotelzimmer, oder auf Fleur Grunwald.

Diese Vorstellung erregte ihn und beunruhigte ihn zugleich. War der Mann tot, dann mußte es eine Leiche geben; und wo war die Leiche? Tristram kannte sich im Strafgesetz nicht so gut aus, das war nicht sein Gebiet gewesen, aber er wußte jedenfalls soviel, daß ohne Leiche, ohne diesen hieb- und stichfesten Beweis eines Todesfalls, die Ermittlung für die Polizei sich äußerst schwierig gestaltete; wenn es dann auch noch keine Augenzeugen gab, konnte ein Verbrechen ja nur angenommen werden. Verurteilungen wegen vorsätzlichen Mordes waren in solchen Fällen äußerst selten, selbst bei überwältigenden Indizienbeweisen. Und vermißte Erwachsene gelten in den Vereinigten Staaten ebensowenig automatisch als Opfer eines Verbrechens wie als Verbrecher, denn der Tatbestand des Vermißtseins bedeutet ja an und für sich nicht, daß ein Verbrechen stattgefunden hat. Dieser Tatbestand bedeutet nur, daß ein Mensch aus irgendwelchen Gründen für bestimmte andere unsichtbar geworden ist – nicht unbedingt für alle anderen.

Dunkel konnte Tristram sich erinnern – als wäre es nicht Tage, sondern Jahre her –, Angus Markham (oder den Mann, den er für Markham hielt) im Zug gesehen zu haben ... aber Einzelheiten wußte er so gut wie gar nicht mehr. Der Kategorie *Mann* zuzuordnen; *erwachsener Mann;* von ähnlicher Figur wie Tristram, vielleicht auch in seinem Alter; konventionell gut gekleidet; wahrscheinlich allein. War er im Zug ermordet und die Leiche hinausgeworfen worden? Hätte Tristram ihm doch nur ins Gesicht geschaut ... wären ihre Augen einander nur begegnet.

Tristram bewahrte Markhams Foto in seiner Brieftasche auf, zusammen mit seinem eigenen; jetzt holte er es heraus und untersuchte es nachdenklich. Das gutaussehende, arrogante Gesicht, das dichte blonde Haar, der gerade Blick, die entschlossene Linie von Mund und Kinn. Vielleicht bildete es sich Tristram nur ein, aber die Ähnlichkeit war gar nicht mehr so ausgeprägt: das helle Haar war jetzt noch heller, wie eine Art von Nimbus, und vermischte sich mit dem undeutlichen Bildhintergrund; der Fokus seiner Augen war nicht mehr so klar wie vorher. In der unteren rechten Ecke war ein verschmierter Fleck, wie ein geisterhafter Daumenabdruck.

»Ist er jetzt, in diesem Moment, noch am Leben? Oder ist er tot?«

Ganz plötzlich erschien Tristram diese Frage ungeheuer und drängend wichtig. Ebenso wichtig, auf ihre Art, wie die Frage, was er im Hinblick auf Otto Grunwald zu tun hatte ...

Er konnte nicht zur Polizei gehen, klarerweise; er würde einen Privatdetektiv anheuern müssen.

Kaum nahm der Gedanke Gestalt an, war Tristram auch schon am Telefon. Rasch schlug er die Rubrik »Detekteien« im örtlichen Telefonbuch auf, war überrascht über die vielen Eintragungen, und wählte beliebig eine davon: Ermittlungs-Dienst Achilles (»Ermittlungen in Zivil-, Straf- und Familiensachen – Unsere Spezialität: fotografische Dokumentation in jeder Phase – Professionelle Reports – Diskretion – Undercover-Aktionen – Übermittlung von Vorladungen – Bewaffnete Leibwächter – Lügendetektor Service – Detektiv-Büro mit staatl. Lizenz – günstige Honorare – Erste Konsultation gratis – Tag und Nacht zu Ihren Diensten«). Also rief Tristram an und vereinbarte einen Termin noch für diesen Vormittag, mit einem Mr. Handelman von der Detektei. Dann fiel ihm auf, daß sich durch einen glücklichen Zufall die Agentur in der Innenstadt von Philadelphia befand, vom Rittenhouse Square leicht zu Fuß erreichbar.

Bevor er sich auf den Weg machte, versuchte Tristram, Fleur unter der Adresse in der Delancy Street zu erreichen; kam aber nicht an einem Frauenzimmer vorbei, das er für ihre Beschützerin hielt, Otto Grunwalds Cousine, und die ihm mitteilte, hier wohne niemand außer ihr, und wo Fleur Grunwald sich aufhalte, sei ihr unbekannt. »Ich habe mit Otto Grunwald nicht das geringste zu tun«, sagte Tristram vorsichtig, »ich bin Fleurs Freund Angus Markham und war erst gestern da. Sie hat Ihnen doch gewiß von mir erzählt? Angus Markham?«

Aber die Person sagte nur: »Es tut mir leid, Mr. Markham, Mrs. Grunwald ist nicht hier. Ich habe auch keine Ahnung, wo sie ist.«

»Es ist absurd, in diesem Ton mit mir zu sprechen«, erwiderte Tristram pikiert. »Wie ich schon sagte, ich war erst gestern da; ich habe Ihre Telefonnummer; ich bin – ich liebe Fleur und habe geschworen, ihr zu helfen, das hat sie Ihnen doch sicherlich erzählt? Ist das Grauen erst vorbei, dann wollen wir beide –«

»Mr. Markham, ich bedaure, ich werde jetzt auflegen müssen.«

»Holen Sie sie ans Telefon! Ich bestehe darauf, daß Sie sie ans Telefon holen! Ich habe eine Nachricht für sie – holen Sie sie ans Telefon!«

Ein Moment des Zögerns, dann sagte die Frau, etwas freundlicher vielleicht, aber immer noch mißtrauisch: »Wenn Mrs. Grunwald hier wäre – und ich Ihnen vertrauen könnte, daß Sie wirklich ihr Freund sind, wie Sie behaupten – wie würde denn diese Nachricht lauten?«

Verzweifelt sagte Tristram: »Daß ich sie liebe.«

Als darauf keine Antwort kam, fügte er hinzu: »Daß ich sie *anbete*.«

Als noch immer keine Antwort kam, fuhr er fort: »Daß sich heute nacht eine Lösung finden wird. Ich gelobe, daß ich auf die eine oder andere Art die Lösung finde.«

Aber die Verbindung war unterbrochen.

»Aber ich hatte eben keine Beweise«, verteidigte sich Tristram, »– ob die Tätowierungen echt waren oder doch nur vorgetäuscht. Unauslöschliche Tinte, ins lebendige Fleisch geätzt, oder nichts als Pflanzenfarbe. Wie soll man das als normaler Mensch unterscheiden? Und wie soll man, wenn man es nicht weiß, handeln?«

Und er fragte sich im klaren Licht des Tages – denn es war ungewöhnlich hell an diesem Frühlingsmittag, so hell, daß ihn sein gequälter Kopf schmerzte –, ob man den recht daran tat, *blind* und *rückhaltlos* der Stimme des Unbewußten zu vertrauen; ob er, kurz gesagt, Zoes Worten glauben, sie als buchstäbliche Wahrheit nehmen durfte. Denn abgesehen von einem einzelnen Band über die Kunst des Tätowierens in Otto Grunwalds reichhaltiger Sammlung von frauenfeindlicher Literatur gab es nichts, was Grunwald mit derart barbarischen Bräuchen in Verbindung brächte. Und obgleich Grunwald ein bestimmtes »reinigendes« operatives Verfahren erwähnt hatte, das an Frauen vorzunehmen wäre – an die genaue Bezeichnung konnte Tristram sich nicht mehr erinnern, nur daß es sehr häßlich klang –, gab es keinen Anhaltspunkt für die Vermutung, Grunwald selber plane eine derartige Verstümmelung seiner eigenen Gattin.

Aber: warum hatte Tristram auch so viel getrunken! so viel gegessen! so widerspruchslos Grunwalds Predigten gelauscht! Und warum hatte er dem Mann das Glasauge so bereitwillig ausgehändigt? – wo er es doch für ein Omen hielt für Tristram Heades eigenem Glück?

»Vielleicht bekomme ich es zurück, heute nacht.«

7

Der »Ermittlungs-Dienst Achilles« hatte seine Räume ganz hinten im sechsten Stock eines gesichtslosen Bürogebäudes an der belebten Ecke der Elften Straße und der Broad Street, eine wenig reizvolle Adresse, ganz wie das kleine Büro selbst, das Tristram mit seiner nüchternen, ja schäbigen Schmucklosigkeit enttäuschend fand. Nichts Romantisches an den farblosen Wänden, der abgenutzten Büroeinrichtung, den staubbeschatteten Jalousien; auch nicht in dem überraschenden Umstand, daß Mr. Handelman ungeachtet seines energischen, enthusiastischen, entschiedenen Auftretens offenbar ganz allein hier war, ohne Empfangsdame oder Sekretärin. Kaum stand Tristram unentschlossen vor der Tür, innerlich mit sich kämpfend, ob er nun an das Milchglasfenster klopfen oder gleich hineingehen sollte (ERMITTLUNGS-DIENST ACHILLES – TRETEN SIE BITTE EIN! stand auf dem Glas geschrieben) oder sich auf Zehenspitzen wieder fortschleichen, rief von drinnen eine Stimme munter: »Kommen Sie doch herein!«

Er muß meinen Schatten hinter dem Glas gesehen haben, dachte Tristram.

»Bud« Handelman, wie er sich vorstellte, vermittelte den Eindruck, als eile ihm sein schnelles, schmales, krampfhaftes Lächeln voraus; dann erst kam sein schneller, harter, krampfhafter Händedruck. Zart gebaut und mit knabenhaftem Gesicht, die Art von Mann, die man unweigerlich ›drahtig‹ nennt, bildete Handelman auf der Skala männlicher Persönlichkeiten den äußersten Gegensatz zu Grunwalds Neffen Hans; aber Tristram fühlte sich in seiner Gegenwart auch nicht sehr viel wohler. »Nehmen Sie Platz! Nehmen Sie doch Platz! So nehmen Sie doch bitte Platz!« rief Handelman, als Tristram ohnehin schon in einen ungefederten Ledersessel glitt, dem Detektiv gegenüber, der hinter einem Aluminiumschreibtisch, übersät mit Papieren, schmutzigen Kaffeebechern aus Styropor und leeren Schokoladehüllen saß. Handelman wirkte geradezu unpassend jung, Mitte oder Ende Zwanzig vielleicht, aber sein Auftreten war auf geschäftige Weise onkelhaft, umtriebig, bestimmt. Er trug ein rot-grün-kariertes Sportjackett, ein rosarotes offenes Hemd, und ein Paar Manschettenknöpfe, die auf den ersten Blick künstlichen lohbraun-goldenen Augen glichen. Sein Gesicht war klein, kompakt, mondförmig; seine Nase war eine Baby-Stupsnase; und obwohl seine Brille dicke Linsen hatte, was auf extreme Kurzsichtigkeit schließen ließ, waren sie modisch violett-bernsteinfarben getönt. Hinter ihm an der Wand hingen deutlich sichtbar mehrere gerahmte Diplome, ein Dokument mit dem staatlichen Siegel von Philadelphia, Urkunden, Plaketten, Fotos von Handelman in Gesellschaft anderer Männer, wahrscheinlich zufriedener Kunden, die in die Kamera lächelten. Über einer Kochplatte hinter Handelmans Stuhl hingen billig lackierte Holzbrettchen mit den Sprüchen ES GIBT KEINE GEHEIMNISSE – SONDERN NUR UNWISSENHEIT und KEIN LASTER SO ›ÜBEL‹, DASS MAN IHM NICHT FRÖNTE – UND AUF DIE SPUR KÄME! Beide Sinnsprüche wurden Benjamin Franklin zugeschrieben.

»Sie sind der Gentleman, der eben anrief? Wegen einer vermißten Person? Und wer ist diese vermißte Person, und wann und wo haben Sie sie zuletzt gesehen?« fing Handelman eifrig an, bevor Tristram noch Luft holen konnte. Es war bemerkenswert: dieser Detektiv, klein, wie er war, höchstens einen Meter fünfundsechzig, und mit seinem Babygesicht strahlte eine Autorität aus wie ein Mann von Tristrams Größe.

»– und haben Sie ein Foto mitgebracht?« fügte Handelman hinzu.

»Ja. Ja gewiß«, sagte Tristram und empfand plötzlich ein Gefühl der Verlegenheit und Unsicherheit. Warum um alles in der Welt war er hierhergekommen? Welche Macht hatte ihn hierhergezogen, in das Büro dieses merkwürdigen kleinen Mannes, so weit von zu Hause?

Als könne Handelman Tristrams Gedanken lesen, drang er jetzt in ihn, doch offen zu sprechen, klar, ohne Hemmungen, zu bedenken, daß diese erste Konsultation ja gratis war, ohne Verpflichtungen, ohne Folgen. »Ich kann Ihnen versichern, daß wir in diesen Räumen gänzlich unter uns sind und alles, was Sie mir mitteilen, natürlich mit größter Diskretion behandelt wird«, murmelte er mit gesenkter Stimme

Tristram starrte den eifrigen kleinen Mann an, der ihn so hoffnungsvoll anlächelte und dabei einen irgendwie schalen Geruch verströmte, wie von bei vielen anderen Gelegenheiten ausgestrahlter Hoffnung, die nicht gründlich genug abgewaschen war, und fragte sich, warum Angus Markham ihn nicht zu einem besseren Detektiv geführt hatte, wenn das Ziel der Transaktion doch war, *ihn* ausfindig zu machen?

Endlich gelang es Tristram – nach zahlreichen Unterbrechungen, darunter auch störendes Telefongeklingel an Handelmans Ellbogen, auf welches dieser schmeichelhafterweise nicht reagierte – doch noch, die Situation und seinen Wunsch zu erklären, bis zu jenem Punkt jedenfalls, zu dem er seine Erklärung führen wollte. (Von Fleur Grunwald erwähnte er natürlich kein Wort. Auch nicht von Otto Grunwald.) Ja, es gab eine vermißte Person, der Name war »Angus Markham«, und ja, Tristram hatte ein Foto von ihm mitgebracht, aber außer dem Namen wußte Tristram über den anderen Mann so gut wie nichts, nur vage etwas über sein Aussehen – »angeblich sieht er mir recht ähnlich« – und den Umstand, daß er offenbar in Immobiliengeschäfte in Florida verwickelt schien, häufig zu Pferderennen ging und dem schönen Geschlecht recht zugetan war. Tristram informierte Handelman auch über den Zug, mit welchem sowohl er wie Markham gereist waren, und schließlich schloß er mit einem eher ungenauen Bericht darüber, wie seit diesem Tage er, Tristram Heade, einer »mysteriösen Verwechslung« mit Angus Markham ausgesetzt sei.

Unter viel Nicken und begeistertem Gemurmel, wie um Tristram in seinem Vortrag zu ermutigen, so wie man ein leicht zurückgebliebenes Kind ermutigt, machte sich Handelman ausführlich Notizen und bedeckte ein Blatt Papier nach dem anderen mit großer, unordentlicher Schrift. Es irritierte Tristrams Sinn für Sparsamkeit, daß nur drei oder vier Zeilen dieses Gekrakels auf einem einzigen Blatt Papier Platz fanden: gewiß war das ein böses Omen für die Spesenrechnung dieses Detektivs, für die selbstredend der Kunde aufzukommen hatte?

Tristram schloß mit der zurückhaltenden Feststellung: »Ich möchte einzig und allein wissen, was Markham zugestoßen ist; ich möchte seinen Wohnort, seine Adresse, Telefonnummer, alle diese Dinge, auch ein paar Fotos von ihm, wenn Ihnen das möglich ist.« (Handelman nickte mit einer Art seliger Ungeduld: selbstverständlich war ihm dies möglich.) »Eine persönliche Kontaktaufnahme ist nicht unbedingt geplant; und ich möchte *keinesfalls*, daß er weiß, daß jemand –«

»Aber unter keinen Umständen, Sir!« rief Handelman, tief Luft holend, als wäre Tristrams Bemerkung nicht nur unsinnig, sondern auch kränkend.

»Wie gesagt, mir geht es nur um Information. Vor allem hoffe ich, dieses Rätsel ein für alle Mal aufzuklären und einfach zu *wissen* –«

Handelman machte noch immer seine Notizen. »›Einfach zu *wissen*‹ – ›einfach zu *wissen*‹ – als wäre«, fuhr er fort, Tristram plötzlich zuzwinkernd mit seinem von dem dicken Brillenglas stark vergrößerten Auge, das aussah wie ein Fisch, der dicht an die Wand seines Aquariums schwimmt, »– *als wäre Wissen nicht ohnehin alles.*«

Tristram verstand nicht, was das Zwinkern bedeuten sollte, ließ es aber hingehen. Dann fiel ihm ein, was er schon früher hatte fragen wollen. »Bezüglich Ihres Honorars, Mr. Handelman –?«

»Ah ja, mein Honorar! Mein Pauschalbetrag und mein – Honorar!« rief Handelman plötzlich mit ganz hoher Stimme. Seine kindlichen Augen schossen kreuz und quer über den Teil von Tristrams Person, den er sehen konnte, da ja beide Männer saßen; wahrscheinlich, dachte Tristram, überschlägt er jetzt, wieviel mein Kammgarnanzug kostet, das elegante Seidenhemd, die Liberty-Krawatte. Ganz unbewußt hatte sich Tristram heute ausschließlich in Markhams Garderobe gekleidet; und aus irgendeinem Grund auch noch den Spazierstock aus Ebenholz mitgenommen. Er wird mich für einen wohlhabenden Mann halten und ein phantastisches Honorar verlangen, dachte Tristram, und dann fiel ihm ein, daß er ja tatsächlich ein wohlhabender Mann war. (Seit dem Tod der Eltern hatte Tristram immer sparsam gelebt, eigentlich ohne besondere Ausgaben, ausgenommen seine antiquarische Sammlung, und sich dadurch über die Jahre von den Zinsen seines Erbes eine ansehnliche Summe zurücklegen können. Aber mit seinem bisherigen Richmonder Lebensstil – diesem mönchischen, verklemmten Junggesellenleben – war es jetzt ja wohl vorbei.)

Handelman nannte tatsächlich eine Summe, die Tristram ziemlich hoch erschien, wie ein Pokerspieler, der durch Bluff ein schlechtes Blatt verbirgt (denn Tristram hatte den Eindruck, daß der Detektiv den Fall unbedingt haben wollte), aber der Gedanke, jetzt noch einmal eine andere Agentur aufzusuchen, ging ihm sehr gegen den Strich. Und schließlich hatte Tristram wenig Zeit: da war die Sache mit Grunwald heute abend, die vielleicht mit Grunwalds Tod enden würde ... wenn Tristram nicht der Mut verließ. Also stimmte Tristram zu und zückte gleich sein Scheckbuch, um den ersten Scheck auszustellen.

»Ich glaube nicht, daß Sie enttäuscht sein werden, Mr. Heade!« rief Handelman und leckte sich die Lippen.

Dann nahm Handelman das Foto von Markham auf, das Tristram ihm auf den Tisch gelegt hatte, und nahm es intensiv in Augenschein. Er war so kurzsichtig, daß er es sich bis auf ein oder zwei Zoll vors Gesicht hielt. Sein Lächeln gefror; dann erlosch es. Irgend etwas an Markhams Foto erschütterte ihn derart, daß er nicht einmal den Scheck bemerkte, den Tristram ihm hinhielt. »Was ist los? Stimmt etwas nicht? Kennen Sie den Mann?« fragte Tristram. »Oder ist das Foto nicht scharf genug? Es scheint etwas verblaßt, seit ...«

Handelman, dessen kindliche Züge sich jetzt in Mißtrauen oder Furcht zusammenkniffen, blickte vergleichend von dem Foto zu Tristram. Tristram durchfuhr es eisig. Hält er mich für diesen Mann? Glaubt er, ich will ihn hereinlegen? fragte er sich. Oder kennt er Angus Markham und fürchtet ihn?

»Was ist, Mr. Handelman?« fragte Tristram plötzlich voller Angst. »Wollen Sie den Fall etwa doch nicht übernehmen?«

Aber noch immer bewahrte Handelman sein unbegreifliches Schweigen! In der peinlichen Stille nahm Tristram plötzlich den Verkehrslärm wahr, der von der Straße heraufdrang, und das Geklapper hoher Damenabsätze im Korridor hinter Handelmans Tür, und hinter der Wand direkt neben ihm ein leises, aber heftiges Kratzen wie von einem gefangenen Tier ... Sorgfältig legte Handelman

Markhams Foto wieder zurück, nahm Tristrams Scheck und starrte ihn an, leckte sich die Lippen. Auf seinem Gesicht malte sich der Ausdruck von Gier, überlagert von Bedauern – oder möglicherweise Bedauern, überlagert von Gier. Einen langen, schrecklichen Moment war Tristram überzeugt, Handelman würde den Scheck zerreißen. »Was *ist* denn?« fragte Tristram. »Möchten Sie mehr Geld?«

Beinahe gereizt schüttelte Handelman den Kopf, als sei die Frage eine Beleidigung. »Keineswegs«, sagte er und schluckte, »ich stehe immer zu meinen Vereinbarungen.« In diesem Augenblick war es entschieden: er lächelte wieder sein rasches, strahlendes, tapferes Lächeln und erhob sich, um Tristram die Hand zu reichen. »Mr. Heade, in der Sache ›Markham‹ sind Sie mein Klient, und ich bin Ihr Mann. *Unbesiegbar und unbestechlich* – das Motto von Achilles!«

Tristram, einen Kopf größer als der Detektiv und mindestens hundert Pfund schwerer, zuckte schmerzlich zusammen – so rabiat drückte der kleine Mann seine Hand.

Einige Minuten später wartete Tristram auf den Lift, ganz in Gedanken versunken – obwohl er nicht hätte sagen können, woran er dachte, sein Hirn war so durcheinander – als eine schrille Stimme vom Korridor her ihn ganz gehörig erschreckte. Es war Handelman, der ihm hinkend (hinkend!) nacheilte, Markhams glänzenden schwarzen Stock schwingend wie ein Spielzeugschwert.

Der Detektiv hatte seine Überschwenglichkeit zur Gänze wiedergefunden. »*Das* dürfen Sie doch nicht vergessen, Mr. Heade!« rief er, das linke Auge zu einem Zwinkern zugekniffen.

IV

1

Die Wildnis ist uns Paradies genug.

Diese Worte Omar Khayyáms gingen Tristram durch den Kopf, während er über den schmiedeeisernen Zaun an der Rückseite von Grunwalds Anwesen kletterte und sich durch die Schatten zum Haus schlich, mit angenehm rasch klopfendem Herzen und geschärften Sinnen. Die Nacht war phasenweise von Mondlicht erhellt, von Wind durchweht, von hoch oben dahinjagenden Wolken, Atemlosigkeit. Tristram hätte nicht sagen können, ob es Schlauheit war oder Instinkt oder eine Mischung von beidem, was ihn in der schattengefleckten Dunkelheit zum Fenster von Otto Grunwalds Arbeitszimmer führte, *seinem* Fenster, jenem Fenster, das er selbst für den Einstieg gesichert hatte.

Stunden zuvor, in der Dämmerung, hatte Tristram ein Taxi zum Fairmount Park genommen, zur nördlichsten Ecke des Parks, in diskreter Entfernung vom Burlingham Boulevard. Er war unauffällig gekleidet, in Anzug und Krawatte, trug aber in einem Seesack das Kostüm mit sich, mit dem er sich in einer der öffentlichen Toiletten des Parks dann rasch verkleidete: dunkelgraue Gabardinehosen, schwarzen Rollkragenpullover, schwarze Tennisschuhe, schwarze Baskenmütze. Alle diese Kleidungsstücke – mit Ausnahme der Baskenmütze – hatte Tristram in Markhams großem Koffer vorgefunden. (Die Baskenmütze, in einer teuren Herrenboutique im Hotel Meridian erstanden – *nicht* im Moreau, wo der Kauf später leicht zurückverfolgt werden konnte –, war Tristrams eigene Idee, zumindest glaubte er das, da nämlich sein Haar jetzt länger war und er daher im Dunkeln auffallen konnte.) Außerdem hatte er eine Seilrolle bei sich, eine Taschenlampe, ein Paar Handschuhe aus Ziegenleder, die seine Hände so eng umschlossen wie die Gummihandschuhe eines Chirurgen, und natürlich Markhams scharfgeschliffenen Dolch.

(Vielleicht bildet es sich Tristram ja nur ein, aber der Dolch schien schärfer und sogar etwas größer als am Anfang. Schon sein Gewicht in seiner Hand, seine Körperlichkeit, seine *Präsenz* half ihm bei der Bezähmung seiner Angst, denn, so überlegte er, eine Waffe, die ihrem Besitzer schon früher gute Dienste geleistet hatte, würde auch jetzt ihren Besitzer nicht im Stich lassen.)

Es fiel Tristram nicht schwer, das Fenster zu Grunwalds Arbeitszimmer aufzustoßen und hineinzuklettern, obgleich ihm das Manöver neu war und ihm sicher höchst schwierig erschienen wäre, hätte er innegehalten und darüber nachgedacht, anstatt seinem Instinkt zu vertrauen. Er hätte sich vielleicht für zu groß und zu unbeholfen gehalten, um durch die ziemlich schmale Öffnung zu gelangen; wahrscheinlich hätte er auch den Aufwärtsschwung seines Körpers vermasselt, der der Schwerkraft zu trotzen schien, während sein Gewicht mehrere erstaunliche Sekunden lang nur auf den Unterarmen ruhte, die auf dem Fensterbrett lagen. Aber die Muskeln seiner Arme und Schultern, ja selbst das Muskelgewebe seiner Hände war kräftiger, als er gedacht hätte, und während er noch vor ein paar Tagen in Richmond bei soviel Anstrengung nach Luft gerungen hätte, fühlte er sich jetzt davon gestärkt.

»Und darum wurde ich bis jetzt betrogen, fast mein ganzes Leben lang!«

Und jetzt fand er sich wie im Traum in Otto Grunwalds Bibliothek; in seinem Haus. *Und niemand wußte, daß er hier war.*

Er machte die Taschenlampe an und richtete den Strahl schnell aufzuckend in alle Ecken, beleuchtete der Reihe nach den Kamin mit dem Marmorsims ... die Bücherschränke ... die verschiedenen Vitrinen ... die beiden mit Drähten an ihren Stangen befestigten Skelette ... Schreibtisch, Stühle, Lampen, Teppich ... die zum Korridor führende geschlossene Tür. (Obgleich er wußte, daß sie da waren, war Tristram momentan so erschrocken bei dem Anblick von »Adam« und »Eva«, daß ihm fast die Taschenlampe aus der Hand fiel. Wie grausig, diese augenlos grinsenden Gesichter! – wenn man bei Skeletten überhaupt von Gesichtern reden konnte.)

So schnell er konnte, aber nicht in achtloser Hast durchsuchte Tristram die Schubladen von Grunwalds Schreibtisch und fand dabei eigentlich nichts von Interesse; eine Menge geschäftlicher Aufstellungen und Listen, Briefe zu Geschäften, öffentlichen und karitativen Tätigkeiten, Sammlerzeitschriften und Kataloge, wie auch Tristram sie in seinem Schreibtisch in Richmond aufbewahrte, und eine Mappe mit Ausschnitten aus Zeitungen und Magazinen, die bis in die frühen sechziger Jahre zurückgingen – Artikel über elegante Wohltätigkeitsdinners in Philadelphia, Cocktailempfänge, Brunches und ähnliches. Manchmal gemeinsam mit anderen Paaren aufgenommen, manchmal allein waren »Mr. und Mrs. Otto Grunwald« darauf zu sehen: eine wunderschöne Fleur, sehr jung wirkend, mit einem hauchzarten, einstudierten Lächeln ... Ihr Anblick traf Tristram mitten ins Herz. Wie liebte er sie! Wie betete er sie an! *Mr. und Mrs. Grunwald bei der Premiere von ›La Traviata‹, einer Wohltätigkeitsveranstaltung für die Amerikanische Gesellschaft zur Förderung der Geistigen Gesundheit ... Mr. und Mrs. Otto Grunwald bei der Eröffnung einer Van-Gogh-Ausstellung im Kunstmuseum von Philadelphia ...* Etwas später machte Tristram allerdings die höchst unwillkommene Entdeckung, daß »Mrs. Otto Grunwald« nicht unbedingt Fleur Grunwald bedeutete, vor ihr gab es eine andere Gattin, und vor dieser noch eine andere; beide sahen jung aus und waren wunderbar gekleidet, aber, so fand er, nicht so schön wie Fleur.

Die armen Dinger! dachte er voll Mitleid. Ihr hattet keinen »Angus Markham«, um euch zu retten.

Als nächstes entfernte Tristram, in der Vorstellung, dahinter einen Safe zu finden, von der Wand direkt hinter Grunwalds Schreibtisch ein Gemälde und entdeckte dabei einen merkwürdigen kleinen Hebel, den er nach kurzem Zögern drehte, und zu seiner Überraschung – oder vielleicht doch *nicht* zu seiner Überraschung – glitt ein Wandstück lautlos beiseite, und dahinter zeigte sich ein zweiter Raum. »Das ist es«, sagte Tristram, scharf Luft holend. »›Die Höhle des Meisters‹.«

Es war völlig still. Nur die Wanduhr tickte leise, und Tristram klang das eigene, warme, rhythmische Atmen in seinen Ohren.

Der geheime Raum war fensterlos, im Unterschied zur Bibliothek, deren Spiegelbild er sonst war – er hatte in etwa die gleiche Größe und war im gleichen Stil möbliert und ausgestattet. Aber wie verschieden war doch dieser Raum! – wie schauderhaft, wie widerlich in Tristrams Augen!

Die Wände waren fast vollständig mit obszönen Kunstwerken bedeckt: Bildern, Zeichnungen, Radierungen, Fotografien; alle zeigten Frauen, nackt oder spärlich gekleidete Frauen in verschiedenen Posen der Unzucht, Schamlosigkeit, Verführung, Demütigung, Schmerz, Ekstase, Fesselung. Soviel Fleisch, soviel fleischliche Nacktheit! In einer Ecke des Raumes, diskret verborgen hinter einem japanischen Wandschirm aus schwerem Seidenbrokat, stand ein Ledertisch, wie in der Ordination eines Arztes, aber ausgerüstet mit Steigbügeln, Riemen und Schnallen; und eine Stellage voll mit Dingen, die offenbar der Tätowierung dienten. »So sagte Zoe doch die Wahrheit!« rief

Tristram laut, und richtete das Licht mit fasziniertem Schauder auf Borde voll mit glitzernden Nadeln, grellbunt gefüllten Flaschen und verschiedenem klinischen und pharmazeutischen Zubehör. Ein unangenehmer Geruch nach Chloroform, vermischt mit dem Geruch nach Tabak, drang in seine Nasenlöcher.

»So ist er also doch ein Monster.«

Doch die in Tristrams Hand zitternde Taschenlampe enthüllte immer neue Schrecken: eine Reitpeitsche, von Blut verfärbt ... mehrere Paar Handschellen ... ein Seil ... Fußeisen ... Ketten in verschiedener Größe ... ein Regal mit bösartig glitzernden Skalpellen, Spritzen, Messern. Ein durchsichtiger Plastikbehälter mit Wattetupfern, zu denen achtlos gebrauchte Tupfer geworfen worden waren, die Blutflecken daran so braun wie Herbstlaub. Auf einem Regal standen Bücher mit Titeln wie ›Die alte Kunst des Tätowierens‹, ›1001 leichte Muster für den Tätowierungs-Amateur‹, ›Verbotene Tätowierungen der Südsee-Inseln‹. Tristram schlug das letztere auf, das sich von selbst bei einer Seite mit einem prachtvollem Pfauenschwanzmuster öffnete, alles in leuchtendem Blau, Grün und Violett, eine Tapisserie aus winzigen Augen, wollüstig auf einen Frauenkörper tätowiert. Die Frau kniete, das Gesicht von der Kamera abgewandt, den Kopf so außerordentlich tief gesenkt, daß es beim ersten Blick schien, als hätte sie keinen.

»Monster. *Bestie.*«

Der Strahl der Taschenlampe glitt die Wände hoch und fiel der Reihe nach auf eine gerahmte Reproduktion von Peter Paul Rubens' ›Angelica und der Mönch‹ ... einen japanischen Holzschnitt mit nackten Frauen, vertieft in eine lesbische Orgie ... die schaurig kolorierte Fotografie eines ausgepeitschten schwarzen Mädchens, das an den gefesselten Handgelenken von einem Balken hing, aus Dutzenden von langen, schlangenartig gewundenen, feuchtschimmernden Wunden blutend ... Zeichnungen und Bilder von unzüchtigen Nymphen, schamhaften Madonnen, verführerisch lockenden Odalisken, hochmütig erotischen »Chimären« ... Sphinxen, Hexen, Venussen, *femmes fatales* von der üppigen und der mageren Art, zotig oder scheinbar fromm, schön oder abstoßend ... Reproduktionen der Nackten von Goya, Boucher, Toulouse-Lautrec, Aubrey Beardsley, Gustav Klimt, Egon Schiele, Picasso, Salvador Dalí ... Tristrams Wangen brannten. Er empfand pubertären puritanischen Zorn und fast unbeherrschbare pubertäre sexuelle Erregung.

Und dann dachte er an Fleur, und an Zoe. Wie die Frau ihre nackten Arme um seinen Hals geschlungen hatte und ihren drängend heißen Körper gegen seinen gepreßt; wie sie ihm erlaubte, sein Gesicht an ihrem Hals zu bergen, ihre Lippen zu küssen, mit den Händen über ihren glatten nackten Körper zu gleiten ... ihre Hüften, ihre Schenkel, ihre Brüste, ihren Bauch ... über die barbarischen Tätowierungen, unauslöschlich in ihr Fleisch geätzt! Ah, Tristram war ganz wild nach ihr gewesen! Irr, verrückt, rasend vor Begierde!

Natürlich, dachte Tristram und bemühte sich, seiner Erregung Herr zu werden, natürlich konnte sie nichts dafür.

Sie konnte nichts dafür, daß sie ihn verführen wollte, ihm mit Lust Qualen bereiten.

Kein vernünftiger Mann konnte Otto Grunwalds Gattin ihr bizarres Benehmen vorwerfen, und wenn es noch so unnatürlich war. Fast noch als Kind den ekelhaften Lüsten dieser Bestie unterworfen, systematisch terrorisiert, entstellt, gedemütigt, erniedrigt ... Aber ah, wie machte ihn dieser Singsang verrückt! – Zoes laszives *Wissen* klang durch die glockenhafte Reinheit von Fleurs *Unschuld*.

Halt still, sagt Er, dann geschieht dir nichts.

Schauderhaft. Schmutzig. Unsäglich.

Und dennoch ...

In Tristram stieg die unangenehme Erinnerung hoch,

wie Zoe angedeutet hatte (mehr als nur angedeutet), daß Fleur in diesen perversen Praktiken durchaus eine Art Komplizin sei; und hatte nicht Grunwald mehr oder weniger das gleiche angedeutet, ja sie bezichtigt? Grunwald hatte Fleur auch beschuldigt, in ganz Philadelphia Verleumdungen über ihn zu verbreiten, um damit bei einer Scheidung mehr herauszuschlagen, als ihr ein Gericht normalerweise zuerkennen würde, und einen Liebhaber zu haben. *Einen Mann, dem sie beim Pferderennen in Saratoga begegnet war.*

»Aber ich bin doch dieser Mann«, sagte Tristram laut. »Bin ich nicht dieser Mann?«

Er starrte auf das Spiegelbild eines blassen, zornig aussehenden Fremden in einem Spiegel über dem Untersuchungstisch, eines Mannes, der ihm ähnlich sah, aber eine schwarze Baskenmütze trug, die sein halblanges blondes Haar fast ganz verdeckte, der sichtbar schwitzte und das Kinn eines Raubtiers hatte.

Der Fremde grinste ihn an. Er hatte den Beweis gefunden, nicht wahr! Die Frau hatte die Wahrheit gesagt. Weiterer Beweise bedurfte es nicht: der nächste Schritt war, die Treppe in den zweiten Stock hochzusteigen, Otto Grunwald in seinem Bett zu finden und ihn im Schlaf zu ermorden. Oder sollte man das Monster erst wecken und dann ermorden? *Wer sich selbst überrascht, wird auch seine Beute überraschen.*

Außer, wenn ...

Und dennoch ...

Angenommen, es stimmte, daß Fleur Grunwald in ihrer Unschuld den Wünschen ihres Gatten nachgegeben hatte? Daß die junge Frau, nachdem sie diesen viel älteren und sehr reichen Mann geheiratet hatte, und das wahrscheinlich nicht aus Liebe (Tristram zuckte bei der Vorstellung zusammen) ... daß sie an ihrem Schicksal nicht gerade selbst schuld war, aber es doch irgendwie herausgefordert hatte? Kollaboriert? Fairerweise mußte man schließlich zugeben, daß Fleurs ausgeprägt weibliche Passivität durchaus provozierend war für Grunwalds »maskulinen« Sadismus. War Grunwald dann eigentlich überhaupt schuldig? Oder nicht doch, auf seine Weise, unschuldig? Schuldig zwar unsäglicher, grauenhafter Perversionen, aber doch auch unschuldig ... irgendwie?

Oder waren vielleicht beide schuldig und beide unschuldig?

Allerdings wußte Tristram noch von seiner juristischen Ausbildung her, daß bestimmte Verbrechen auch dann Verbrechen bleiben, wenn das Opfer angeblich seine Zustimmung gibt. So fällt zum Beispiel auch Mithilfe zum Selbstmord unter den Totschlag-Paragraphen, und es bleibt auch Mord, wenn man jemanden tötet, der darum bittet.

Tristram wagte nicht, seinem eigenen ungeduldigen Blick im Spiegel zu begegnen. »Wenn ich nur wüßte. Wenn ich nur ... sicher sein könnte.«

So gingen die Minuten in Unentschlossenheit dahin. Je mehr Tristram über die Vieldeutigkeit der Situation nachdachte, über die Feinheiten und Widersprüche der dabei auftauchenden moralischen Fragen, desto abgelenkter wurde er, bis er seine Umgebung und die Gefahren seiner gegenwärtigen Lage ganz vergessen hatte. Er stand mit dem Rücken zur Tür, die Augen halb geschlossen; ängstlicher, unruhiger als während seines Einbruchs in Grunwalds Haus. Wie ein Mann, der rittlings auf einer Mauer sitzt und nicht mehr weiß, in welche Richtung er hinunterspringen soll, war er jetzt wirklich ratlos, was er als nächstes tun sollte. Da war Fleur, die er zu heiraten hoffte; aber da war auch Zoe, die er vielleicht sogar fürchtete. Und da war Otto Grunwald, ein Monster, zugegeben, nicht wert, am Leben zu bleiben, aber wenn man die Sache fair betrachtete, dann war vielleicht auch er ein »Opfer« ... ein

»Opfer seiner eigenen Begierden«, wie die populäre Phrase besagte.

Und war Grunwald Tristram nicht freundlich, ja herzlich begegnet? Wie ein Onkel oder ein älterer Bruder? Wie ein Vater? *Nennen Sie mich Otto, bitte nennen Sie mich Otto, können Sie mich nicht Otto nennen?*

Der arme Tristram war völlig in diese Gedanken vertieft, als er, ohne weitere Vorwarnung als nur ein kurzes Rascheln hinter ihm, von einem Hieb am Hinterkopf getroffen wurde, taumelte und schwankte und – und doch nicht ganz das Bewußtsein verlor, sondern gerade noch seinen Angreifer wegstoßen konnte, der (so schien es jedenfalls; bei dem Kampf war die Taschenlampe fortgeschleudert worden) kein anderer war als Otto Grunwald selbst.

Es folgte eine der kurzen und doch endlosen Episoden von jener Art, die über ein Leben entscheiden; verzweifelt, rasend, aber trotzdem auf eine träumerische Art fast kühl und distanziert. Es gab kein Licht bis auf einen schwachen, kaum zu erahnenden Schimmer, da Tristrams Taschenlampe in eine entfernte Zimmerecke gerollt war und ihren gebündelten Strahl nur gegen eine Wand warf; und das Ringen, so heftig es auch war, fand ohne Worte statt.

Obgleich der größere der beiden, und mit seinen neu gestählten Muskeln sicher auch der stärkere, war Tristram durch den Schlag auf den Hinterkopf so beeinträchtigt, daß er seinen Gegner nicht von sich fortschieben konnte, um ihn zu schlagen, noch Markhams Dolch aus der Tasche ziehen. Grunwald (oder der Mann, den Tristram für Grunwald hielt) hatte im Kampfgewühl seine Waffe fallenlassen, war aber so rasend im Angriff, so fest entschlossen, Tristram bewußtlos zu schlagen, daß es anfangs so aussah, als würde er die Oberhand gewinnen ...

und dann das Privileg haben (daran hegte Tristram gar keinen Zweifel), seinem Gegner den Garaus zu machen.

(Ich habe sein innerstes Heiligtum geschändet, dachte Tristram. Sicher würde er eher sterben, auf jeden Fall lieber einen Mord begehen, als daß das bekannt wird.)

Hinter sich tastend, riß Grunwald die Reitpeitsche an sich und versetzte damit Tristram einen brennenden Hieb gegen die Schläfe; und Tristram packte Grunwald mit der Kraft der Verzweiflung um die Hüften und schleuderte ihn gegen den Untersuchungstisch. Grunwald stöhnte auf vor Schmerz und Überraschung: einer der Steigbügel mußte ihn im Kreuz getroffen haben. Aber im nächsten Moment stürzte er sich wieder auf Tristram ... umschlang ihn und drückte ihn zu Boden ... wo sie übereinander rollten und wild mit Fäusten und Ellbogen um sich schlugen, prügelnd, tretend, quetschend, drückend; rabiat, aber unkoordiniert wie Kinder. Die beiden Männer rangen endlos lange, wie es schien, aber in Wirklichkeit waren es nicht mehr als zwei oder drei Minuten. Den Dolch in seiner Tasche hatte Tristram inzwischen ganz vergessen, ebenso wie seine heilige Mission und wer er war, welche Macht ihn an diesen seltsamen Ort getrieben hatte, zu einem Kampf auf Leben und Tod mit einem Mann, dessen Gesicht er nicht richtig sehen konnte und der ihn offenbar töten wollte. Wie war das möglich? *War* es möglich? – Laut polternd fiel der japanische Wandschirm um, und ein Metallgestell mit Tabletts für Tätowierungsinstrumente schoß krachend gegen eine Wand, und die Glastüren eines Schranks zerbrachen mit Geklirr – in einem normalen Haushalt hätte das alles längst die Dienerschaft alarmiert, dachte Tristram. Aber Grunwalds Leute waren offenbar darauf gedrillt, merkwürdige Geräusche, die aus der Höhle des Meisters aufstiegen, nicht zu beachten, vielleicht nicht einmal zu hören ...

Langsam machte sich Tristrams Überlegenheit an Kraft

und Gewicht doch bemerkbar. Grunwald wurde müde, atmete so mühsam, strömte eine solche verzweifelte Hitze aus, daß Tristram schon Angst hatte, er würde einen Herz- oder Schlaganfall erleiden: sollte er daran sterben, so würde das in diesem Fall wohl Mord bedeuten. Tristram keuchte: »Lassen Sie mich gehen! Und ich verspreche, ich werde Ihnen nichts tun!« Aber der Ältere sprang ihn wieder wie rasend an und hätte seine Finger um Tristrams Hals geschlossen, hätte Tristram ihn nicht an den Handgelenken gepackt und zurückgestoßen. Dabei schlug sein Kopf gegen etwas an der Wand, Glas flog Tristram ins Gesicht und blendete ihn. In der Verwirrung des Augenblicks dachte Tristram, das ist das Glasauge des Verrückten, und jetzt hört er wohl auf.

Der Kampf hörte tatsächlich gleich danach auf, denn Grunwald lag am Boden, zu erschöpft, um weiterzumachen, und Tristram hatte endlich Gelegenheit, sich zurückzuziehen. Ohne jeden Gedanken an das ursprüngliche Ziel seines Hierseins riß er seine Taschenlampe an sich und rannte blindlings fort: rannte, so schien ihm, um sein Leben.

2

Rannte um seine Leben durch den verlassenen Burlingham Boulevard, wo die riesigen, mausoleumartigen Anwesen von Grunwalds Nachbarn in der Finsternis verborgen lagen ... durch die mondgefleckten Schatten im Fairmount Park, der bei Nacht eine unheimliche, doch träumerische Atmosphäre hatte, lautlos war bis auf den fernen Schrei einer Eule ... rannte in einem Geistes- oder Nervenzustand, wie er ihn bisher in seinem Leben nicht erlebt hatte. Wie nahe dran war er gewesen, ein anderes menschliches Wesen zu töten! Und doch, wie würde er doch binnen kurzer Zeit seine eigene Feigheit betrachten, krank vor Abscheu, wenn ihm erst aufging, was er da in Wirklichkeit getan – oder nicht getan hatte. Ich habe das Monster leben lassen, dachte er. Jetzt wird Fleur mich nie heiraten: nicht einmal ansehen wird sie mich mehr.

Also rannte er und ging und rannte; hörte das Geräusch von Schritten irgendwo hinter sich, die aber, wenn er lauschte, plötzlich aufzuhören schienen. Hatte ihm Grunwald jemand nachgeschickt? Verfolgte ihn Grunwald selbst? Tristrams Herz warf sich gegen seine Rippen. Sein Körper war in Schweiß gebadet.

Ursprünglich hatte er geplant, sich wieder umzuziehen, per Taxi ins Hotel Moreau zurückzufahren, so wie er von dort abgefahren war, und in demselben Anzug, nachdem er erst seine anderen Kleider und ebenso den Seesack, das Seil, die Taschenlampe und die »Mordwaffe« irgendwo beseitigt hätte. Der Seesack war irgendwo im Park hinter Gebüsch versteckt, er wußte aber jetzt nicht mehr, wo, und ebensowenig wußte er, wie er denn jetzt um diese nächtliche Stunde und in diesem Teil der Stadt ein Taxi auftreiben sollte ...

Selbst seine Baskenmütze hatte er verloren. Er betete, daß er sie nicht in Grunwalds Haus verloren hatte.

Gab es hier Parkwächter, die in der Nacht ihre Runden drehten? Wurde er beobachtet? Obgleich bei Sonnenuntergang offiziell geschlossen, war dieser riesige Park doch sicher ein Ort, der vielen Unterschlupf gewährte ... Obdachlosen, Kriminellen ... Wahnsinnigen. Die leblose Stille erinnerte ihn an den Schwarzwald, wo er als junger Mann auf einer Reise durch Deutschland gewandert war. Oder war das Angus Markham gewesen?

Die Schritte hinter ihm waren jetzt deutlicher. Irgend jemand folgte ihm, das war sicher. Ein Polizist hätte ihn angeleuchtet und ihm befohlen, stehenzubleiben, aber sein Verfolger folgte ihm in absoluter Stille, so wortlos wie Grunwald bei seinem zähnefletschenden Angriff.

Diesmal, dachte Tristram grimmig, geht es um Leben und Tod.

Instinkt führte ihn zu einer Fußgängerunterführung unter einer Parkstraße; solche Orte, von Abfall verschmutzt, voller Pfützen, stinkend nach verfaultem Laub und menschlichem Urin, gewährten manchmal Vagabunden Unterschlupf. Tristrams heikle Nasenlöcher zogen sich gegen den Gestank zusammen. Der Tunnel war lang ... länger, als überhaupt möglich schien ... ein Horror von hallenden Schritten und dem Geräusch tropfenden Wassers. In der Ferne konnte Tristram den schaurigen, aber dennoch melodischen Schrei der Eule hören und mußte mit einem Stich an sein Zuhause denken; an das Zuhause, das er jetzt verloren hatte; das ihm so grausam entrissen worden war wie Wertsachen dem Opfer eines Überfalls. Auch daran war Otto Grunwald schuld.

Lauernd preßte Tristram sich gegen die Wand des Tunnels und wartete. Das andere Ende des Tunnels war so weit entfernt, die Öffnung vom Mondlicht so schwach erhellt, daß sein Verfolger unmöglich seine Silhouette davor ausmachen konnte. Der Mann hatte den Tunnel betreten, er tastete sich jetzt vorsichtig voran; sein Atem kam in kurzen Stößen. Es war Grunwald, natürlich, denn wer sonst konnte es sein? Er will mein Herz, dachte Tristram. Er wird sich mit nichts geringerem begnügen.

Doch diesmal war Tristram bereit, die Finger fest um Markhams Dolch geschlossen. Als sein Verfolger dicht an ihm vorüberkam, sprang ihn Tristram mit der Wut eines freigelassenen Raubtiers an; und ohne dem verblüfften Mann Zeit zu lassen, sich zu wehren, geschweige denn anzugreifen, stach er unzählige Male mit dem Messer auf ihn ein: in die Brust, in den Hals, in die Arme, Schultern, Bauch, Lenden. Er achtete nicht auf die entsetzten Schreie und Hilferufe des Mannes – »Nein! Nein! Bitte nicht! Lassen Sie mich leben!« Scherte sich auch nicht um das warme Blut, das wie durch grausame Magie bei jedem Stich des Messers emporquoll.

Dann lag der Mann still und reglos zu Tristrams Füßen, in einem Rinnsal stinkenden Wassers. »So. Das hätten wir«, sagte Tristram mit Genugtuung.

Er wischte die Klinge an ein paar herumliegenden Blättern sauber; tat ein paar Schritte, blieb stehen, lauschte, den Kopf leicht geneigt, bevor er den schützenden Tunnel verließ. Doch nein: es war kein weiterer Laut zu hören.

Nicht einmal die Eule.

3

Und am Morgen bekam Tristram einen der größten Schocks seines Lebens.

Der ›Philadelphia Inquirer‹, in sein Hotelzimmer geliefert, bog sich unter Schlagzeilen, die den Tod von »Otto S. Grunwald, Philadelphia – Geschäftsmann und Philanthrop aus Philadelphia« verkündeten: aber das Foto eines freundlich lächelnden älteren Gentleman hatte nur flüchtige Ähnlichkeit mit dem Mann, den Tristram kannte; und dem Artikel selbst war zu entnehmen, man habe Grunwald tot in seiner Bibliothek aufgefunden, *in seinem Heim am Burlingham Boulevard,* aller Wahrscheinlichkeit nach das Opfer eines Einbruchs oder Einbruchsversuchs. »Aber er starb doch im Park, im Tunnel«, sagte Tristram ungläubig. »Wenn er überhaupt starb, dann nicht *dort.*« Mit zitternden Fingern hielt Tristram die Zeitung hoch, dicht vor sein Gesicht, und las und las immer wieder alles, was sich auf Grunwald bezog. Auf einer Innenseite fand sich sogar ein Bild von Fleur, aufgenommen im vergangenen Herbst bei einem Wohltätigkeitsdinner für das amerikanische Rote Kreuz. In ein hochgeschlossenes, langärmliges Kleid gehüllt, Arm in Arm mit ihrem in einen Smoking gekleideten Gatten, blickte die reizende Fleur so seltsam in die Kamera, lächelte ein so kleines, enges, geheimes Lächeln, daß Tristram sie fast nicht erkannte.

»Wenn er überhaupt gestorben ist ... dann nicht *dort.*«

Und auf Seite neunundvierzig fand sich eine sehr kleine Nachricht des Inhalts, daß ein Obdachloser namens Poins

– »allen Besuchern von Fairmount Park wohlbekannt wegen seiner unermüdlichen Verkündigung eines ›Propheten‹ namens Bruno Love« – in einer Fußgängerunterführung im Park früh am Morgen von einem Jogger tot aufgefunden worden sei. Außerdem hieß es noch, Poins sei früher ein angesehener Mathematiker gewesen und habe fünfundzwanzig Jahre lang an der Universität von Pennsylvania unterrichtet; die letzten zehn Jahre oder noch länger habe er im Park gelebt; für den Mord, bei dem das Opfer »über dreißig Stichwunden« am ganzen Körper erlitten habe, gebe es »kein erkennbares Motiv«. Der Artikel war von keinem Foto begleitet.

»Poins! Der Irre! *Der!* Habe ich denn *ihn* getötet?«

Tristram ließ die Zeitung zu Boden sinken und fuhr sich mit der Hand über die Augen. Er konnte es nicht verstehen. Er war wie ein Feigling aus Otto Grunwalds Heim geflohen, *ohne* ihn dort getötet zu haben; und doch war der Mann tot, aufgefunden von der Dienerschaft in einem Raum, der taktvoll als »Nebenraum seiner Bibliothek« beschrieben wurde, wie Poins das Opfer »zahlloser Stichwunden«.

Hatte er Grunwald doch getötet, ohne es zu wollen? ohne sich daran zu erinnern? Oder hatte jemand anders Grunwald getötet? – Aber ein solcher Zufall wäre denn doch zu unwahrscheinlich: ein zweiter Eindringling, ein zweiter Einbruch, und das zur selben Stunde.

Nein. Ein derartiger Zufall war nicht möglich.

Aber Poins hatte er offenbar wirklich getötet. Er erinnerte sich genau daran, wie er im Tunnel kauerte, auf seinen Verfolger lauernd, den Dolch hoch erhoben, dann noch höher ... »Hab' ich wirklich so etwas getan? *Ich?* Tristram Heade?« Ein heftiger Schauder überlief ihn. *»Aber warum hab' ich das getan?«*

Das Telefon läutete; läutete vielleicht schon eine ganze Weile; wie im Halbschlaf streckte Tristram den Arm aus, um den Hörer abzuheben, und hörte eine Frauenstimme seinen Namen sagen.

Nämlich »Angus! Angus!«

Es war Fleur Grunwald, schluchzend, so schien es, vor Kummer – oder war es Freude –, ihre Worte klangen so unzusammenhängend, daß Tristram anfangs kaum etwas verstand. Im wesentlichen, soweit er das beurteilen konnte, sagte sie, sie sei ihm »ewig dankbar« und würde ihn »ewig lieben und verehren« – und jetzt sofort per Taxi zu ihm ins Hotel kommen.

Tristram hatte ganz starr dagestanden, fast wie gelähmt, in seinem – oder Markhams – Morgenrock, mit schmerzendem Kopf und brennenden Augäpfeln, als hätte er zulange in einen grellen Lichtstrahl gestarrt. Etwa fünfundvierzig Minuten zuvor war er mit ungeheurer Anstrengung aus dem Bett gestiegen, hatte sich keine Zeit genommen, zu duschen oder sich zu rasieren; seine Finger waren von einer rötlichbraunen Substanz verklebt (die unter den gegebenen Umständen, so nahm er an, nur Blut sein konnte); er fühlte sich überhaupt so unwohl, unsicher, demoralisiert, deprimiert wie nie zuvor in seinem Leben; wie ein erfahrener Wetter – der Vergleich flog Tristram zu, woher, wußte er nicht –, der beim ersten Rennen gewonnen hat und seinen Gewinn nimmt und weiter setzt, und gewinnt, und diesen Gewinn nimmt und noch einmal setzt, und wieder gewinnt, und dann auch diesen Gewinn (inzwischen eine unvorstellbar große Summe) nimmt und noch einmal alles zu setzen wagt ... allen Vorahnungen zum Trotz, daß vom Glück, diesem rasch verbrauchten Stoff, für ihn schon genug aufgewendet worden ist. Und jetzt Fleur Grunwalds Anruf, und, so intim in seinem Ohr, ihre Stimme, und das Versprechen, daß sie sofort zu ihm käme, das Versprechen, oder jedenfalls die stillschweigende Folgerung, jetzt sei sie endlich *sein*.

»Und das ist doch immerhin ein Trost«, hörte sich Tristram nachdenklich sagen.

Erst beinahe im Morgengrauen war er ins Hotel Moreau zurückgekehrt und in die Geborgenheit seiner Suite. Und zwar zu Fuß, und von wahrscheinlich ziemlich abgerissenem Aussehen, die Hosen zerfetzt, voll Erde, fleckig von getrocknetem Blut, auch die Hände schmutzig; das Haar wirr, schwankend und unsicher auf den Beinen wie ein Streuner. Der uniformierte Türsteher, den er sich durch häufiges, großzügiges Trinkgeld zum loyalen Freund gemacht hatte, hob kaum die Augenbrauen in mitfühlender Überraschung über seinen Anblick und machte sich sofort daran, ihn, soweit das möglich war, mit seinen behandschuhten Händen abzubürsten. In Tristrams Kleidern und Haar fanden sich Reste von getrocknetem Laub; erst oben in seinem Zimmer entdeckte er dann in seinem Haar sogar auch die Konfetti-artige Substanz, durchsichtig, aber bunt, wie man sie in den Osterkörben der Kinder findet. Als er in der Tasche griff, um dem Türsteher ein Trinkgeld zu geben, schlossen sich seine Finger um ein hartes, steinähnliches Objekt, das er instinktiv gleich wieder losließ: Es mußte Otto Grunwalds künstliches Auge sein.

Das war es wirklich, wie er im Aufzug feststellte.

»Auge um Auge«, flüsterte er.

Dabei war er aber doch ziemlich erschüttert, denn er hatte in jenem Moment nicht ernstlich geglaubt, daß das künstliche Auge wirklich aus Grunwalds Kopf gesprungen war, als er ihn gegen die Wand geschleudert hatte, der Gedanke hatte ihn nur gestreift, aus Panik geboren, Folge seiner extremen Gefühlsanspannung ... Doch hier war das Auge, leicht bebend in Tristrams hohler Hand! Das linke Auge des besiegten Feindes, nicht aus altmodischem Glas gemacht, sondern aus irgendeinem besonders leichten synthetischen Material, einer Art von Plastik, wie er annahm.

Das »Weiße« des Auges war in gelblichem Elfenbein getönt, das haargenau dem leicht trüben Aussehen des menschlichen Auges entsprach; die Iris war ein verwaschenes Braun, haselnußbraun gefleckt wie Katzengold. *Das genaue Gegenstück zum lebenden Auge des Toten.* Und was soll ich jetzt damit tun? fragte sich Tristram schaudernd. Ich kann es nicht behalten, aber es wäre zu grausam, es ... es wegzuwerfen. Er schien zu spüren, daß selbst Angus Markham, dieser rationalste und unsentimentalste aller Menschen, nicht so weit gehen würde, das Auge »wegzuwerfen«.

Oben in seiner Suite stieß Tristram einen tiefen Seufzer der Erleichterung aus. Er war lang und weit gereist, um seine Rache zu vollstrecken, und hatte – ob aus Schwäche, ob aus übergroßer Sensibilität, das stand dahin – diese Rache letzten Endes doch nicht vollstreckt außer (zumindest erklärte er es im Moment dafür) in Selbstverteidigung. Und so hatte er die arme Fleur aus ihrer Ehe gerettet, aber nicht um den Preis (zumindest erklärte er es im Moment so) einer willkürlich grausamen Tat. »Sie ließen mir keine Wahl«, sagte Tristram und plazierte das Auge sorgfältig in den Aschenbecher auf der Kommode, wo auch das andere künstliche Auge gelegen hatte.

Dann entledigte sich Tristram seiner besudelten Kleider und stürzte fast besinnungslos aufs Bett; er schlief jene Art von tiefem, schwerem, seelenstärkendem Schlaf, den er inzwischen mit diesem besonderen Bett verband.

(In einem seiner Träume, an den er sich aber erst nach Fleurs Kommen und Gehen an diesem Vormittag erinnerte, sah Tristram sich mit ausgestreckter rechter Hand dem eigenen Spiegelbild entgegengehen ... und sah das Spiegelbild ihm die rechte Hand entgegenstrecken ... so daß die beiden Männer, oder vielmehr Tristram und sein Spiegel-Selbst, sich die Hand schüttelten. »Ich bin so glücklich«, flüsterte Tristram – »warum hat mir niemand je in meinem bisherigen Leben gesagt, daß es soviel Glück überhaupt gibt?« Aber das Spiegel-Selbst war, wie er bei genauerem Hinsehen erkannte, nicht Tristram Heade; es war ein anderer Mann, ein Fremder – ein kaum merklich älterer, stärkerer, geröteter, leicht verlebter Angus Markham. Markham deutete auf sein linkes Auge und sagte lautlos: *Es ist der Umstand, daß die Iris von Weiß umgeben ist, der den entsetzten Blick erklärt;* und dann, bevor Tristram etwas darauf sagen konnte, lief *Du hättest mir nicht diesen bezahlten Spion auf die Fersen setzen sollen* – das rann in der gleichen quecksilbrigen Art durch Tristrams Bewußtsein wie kleine Wellen lautlos durchs Wasser laufen. Und dann löste sich der Traum schnell auf und Tristram blieb wieder allein, das Herz erfüllt von tiefer Melancholie.)

»Ich kann es nicht glauben. *Endlich, endlich bin ich wirklich frei.*«

Fleur warf sich Tristram nicht in die Arme, wie er eigentlich gehofft hatte, sondern umfaßte, sichtbar zitternd, Tränen in den liebreizenden Augen, seine Hand mit ihren beiden behandschuhten Händen und kam ihm so nahe, daß er, ihren Duft einatmend, schon dachte, sie würde sich vielleicht auf den Zehenspitzen vorbeugen und ihn in kindlicher Dankbarkeit küssen. Ihre Haut war blaß und leuchtend, die Wangen leicht gerötet wie im Fieber, die Pupillen ihrer Augen so geweitet, daß sie schwarz erschienen. Eine Strähne ihres goldbraunen Haares fiel ihr lose in die Stirn, Tristram hätte sie gern zurückgestrichen ... Wie ihr Anblick ihn doch erschütterte, bis in die Grundfesten seiner Seele! In ihrer Erregung war Fleur noch schöner, als er sie in Erinnerung hatte. Und obgleich sie Schwarz trug, mehrere Schichten Schwarz, eine elegante schwarze Wolljacke über einer plissierten schwarzen Seidenbluse, einen schwarzen Rock fast bis zu den Knöcheln, schwarze gemusterte Strümpfe und glänzende schwarze Lackschuhe – und obwohl der Körper dieser Frau von den Knöcheln bis zum Hals und vom Hals bis zu den Handgelenken bedeckt und verhüllt war, konnte Tristram sich, schwindlig vor Begierde, gut vorstellen, was darunterlag. Hier vor mir steht mein Schicksal, dachte er.

Das war es wert, das Blut vieler Männer dafür zu vergießen.

Aber Tristram wagte nicht, Fleur schon jetzt in die Arme zu nehmen, wagte nicht, seine Leidenschaft allzu heftig zu zeigen. (Und es war Leidenschaft, wahrhaftig: jäh aufflammend, wild, *männlich*.) Sein Händedruck ließ sie zusammenzucken, ja selbst der Ausdruck in seinem Gesicht schien sie zu erschrecken. Heute morgen könne sie nur ein paar Minuten bei ihm bleiben, sagte sie; ihr Leben – ihr »frisch verwitwetes Leben« – sei noch für eine Weile auf höchst lästige Art öffentlich. Denn über Nacht, innerhalb einer Stunde, war sie zu einer sehr reichen Frau geworden.

»Das war eine der Bedingungen unserer ... Übereinkunft«, sagte Fleur leise und blickte mit geweiteten Augen zu Tristram empor. Ihre Lippen entblößten immer wieder in einem zuckenden Lächeln ihre kleinen, regelmäßigen, weißen Zähne. »Otto willigte ein, mir den größten Teil seines Vermögens zu vermachen, wenn ich nur bereit wäre, ihn zu heiraten; keinen Penny, sagte er, für die Verwandten, die ihm seiner Meinung nach immer nachspionierten, ständig hinter seinem Rücken über ihn redeten und nur auf seinen Tod lauerten. Sein widerwärtiger Neffe Hans war der aufdringlichste von allen! Natürlich sind beträchtliche Summen – Millionen – für karitative Zwecke gebunden – für jene karitativen Organisationen, deren Leiter es verstanden, Otto um den Bart zu gehen – aber keinen Penny, keinen einzigen Penny«, rief sie, zu Tristram emporlachend, »– für die Grunwalds. Für diese Menschen, die so viele Jahre *mich* von oben herab behandelt haben.«

Tristram erwiderte: »Das ist nicht mehr, als dir zusteht.«

»Es ist nicht mehr, als ich *verdient* habe«, rief Fleur heftig. »Natürlich hatte Otto die Absicht, sein Testament zu ändern, mich gänzlich auszuschließen, da ich ihn verlassen und diesmal geschworen hatte, nicht zu ihm zurückzukehren; natürlich war er wütend, in seinem Stolz getroffen, und hätte alles in seiner Macht Stehende getan, über mich zu triumphieren, aber mit *dir* hatte er nicht gerechnet. Daß *du* wieder in mein Leben treten würdest und es so vollkommen verändern. Ich weiß, ich weiß, Angus«, sagte sie schnell und legte beruhigend eine Hand auf Tristrams Arm, »– daß es nichts als Zufall ist, deine Ankunft hier in Philadelphia und mein verzweifelter Appell an dich – an alles, was anständig, gütig, edel, tapfer, großzügig und männlich ist in dir! – und das, was heute nacht dem armen Otto zugestoßen ist. Von einem Dieb überfallen, wie es aussieht, oder mehreren, und in der ›*Höhle*‹ *seiner eigenen Untaten* erstochen. Das ist alles Zufall, weiter nichts, und wir wollen nicht mehr darüber sprechen. Wir werden nie mehr davon sprechen, lieber Angus! Nie mehr!« Und mit einer impulsiven kindlichen Geste legte sie den behandschuhten Zeigefinger an die Lippen.

Tristram fand sich von Freude durchströmt, und von Dankbarkeit für *ihre* Dankbarkeit, sagte jedoch: »Eines macht mir aber Sorgen, Liebe – du sagst, die Grunwalds sind vom Erbe gänzlich ausgeschlossen? Auch dieser ziemlich arrogante junge Neffe –«

Fleur schauderte, sie mußte sich abwenden. »Hans. Kein geringeres Monster als sein Onkel. Ich bedaure, daß du ihm begegnen mußtest.«

»Glaubst du nicht« – Tristram machte eine zartfühlende Pause – »daß er Schwierigkeiten machen könnte, wegen des Testaments? *Uns* Schwierigkeiten machen?«

Mit deutlich zitternder Hand bedeckte Fleur ihre Augen

und konnte offenbar einen Moment lang nicht sprechen. Dann sagte sie schwach: »Bitte zwinge mich nicht, jetzt an solche Möglichkeiten auch nur zu denken, Angus. Nicht jetzt. Bitte, verdirb mir jetzt nicht die Freude an meiner Befreiung, meiner *Freiheit,* lieber Angus, wenn du mich liebst!«

»Aber natürlich liebe ich dich«, schwor Tristram hingerissen. Sämtliche Gedanken an Hans flohen aus seinem Gehirn, auch die an Otto Grunwalds Wut und seinen geheimnisvollen Tod, an den unglücklichen Poins, von dem diese unschuldige junge Frau ja gar nichts wußte. Tristram rückte ihr etwas näher, er sehnte sich so danach, sie in die Arme zu nehmen. Aber durfte er es wagen? Bei dem Zustand ihrer Nerven? Würde es selbst Markham wagen? »Ich liebe dich, meine teure Fleur, wie du ja wissen mußt, da ich es bewiesen habe. Nein, wir werden nie mehr darüber sprechen – aber ich habe es bewiesen. Ich möchte dich heiraten und aus dieser Stadt fortbringen, dann werden wir einen neuen Anfang machen, in einem anderen Teil der Welt, als Mann und Frau, in denen alles neu geschaffen wird.« Tristram hielt inne und schluckte mühsam, als er den plötzlichen Ausdruck einer jungfräulichen Angst in Fleurs Gesicht erkannte. »Ich meine, sobald der Anstand es gestattet.«

Fleur starrte noch immer zu Boden oder auf die grausam spitze Zehe ihrer Lackpumps. Tristram schien es, als nicke sie ... oder als nicke sie doch nicht ganz.

»Wir *werden* doch heiraten, Fleur – nicht wahr?«

Wieder war das Nicken ihres reizenden Kopfs kaum wahrnehmbar. Ihre Wangen glänzten heiß, ihre Augen schimmerten allzu hell. Sie ist ebenso wie ich von Freude überwältigt, dachte Tristram, aber sie weiß nicht, wie sie's ausdrücken soll. Die Strähne ihres goldbraunen Haares war noch tiefer ins Gesicht gerutscht, Fleur schob sie jetzt mit einer nervösen Geste weg. »Sobald der Anstand es erlaubt«, flüsterte sie errötend.

Tristrams hungriger Blick verschlang die elegante, schwarzgekleidete Gestalt der jungen Frau; fiel auf die schlanken Fesseln, wanderte langsam aufwärts zu ihren Hüften, ihrer Taille, ihren Brüsten ... mit aufschießender Begierde dachte er an Zoes leidenschaftliche Umarmung, wie sie ihre Arme um seinen Nacken schlang, spürte das Drängen ihres warm keuchenden Atems. Er wußte, daß unter der kunstvollen Tarnung ihrer Kleider Fleur Grunwald fast unfaßbar schön war, so schön wie nur irgendeines der üppigen Gemälde an Otto Grunwalds verborgenen Wänden, und daß ihre Schönheit von der Tapisserie der bunten Tätowierungen, die sie bedeckten, nicht etwa beeinträchtigt, sondern vielmehr betont wurde. Und es schien Tristrams Begierde nur noch zu verstärken, daß er *wußte*, daß er *gesehen* hatte; und daß Fleur (wenn Zoe die Wahrheit sprach) von diesem seinem Wissen gar nichts wußte.

Als könne sie seine Gedanken lesen, trat Fleur jetzt einen Schritt zurück, mit verwirrtem Gesichtsausdruck, einem verkrampften Lächeln um die Lippen. Mit kaum hörbarer Stimme sagte sie: »Ich – ich bin nicht würdig. Ich glaube, daß du – wenn du – wenn die Dinge nur – ich glaube, Angus«, sagte sie mit tapfer erhobener Stimme, »– ich glaube, du siehst mich geschändet.«

»Ich sehe dich –?«

»*Geschändet.*«

Abrupt drehte Fleur sich weg und barg das Gesicht in den Händen. Ein blasser Sonnenstrahl, gefiltert durch den inneren Spitzenvorhang des hohen Fensters, tauchte die goldschimmernden Strähnen in ihrem Haar und die Tropfen, die ihr wie Perlen aus den Augen fielen, in ein warmes Leuchten, wie auf einem seltenen Kunstwerk.

Tristram konnte sich nicht mehr beherrschen. Er trat zu ihr und umarmte sie, drückte seine Lippen auf ihren Mund, und Fleur stieß einen kleinen Schrei aus, hoch und durchdringend wie ein Kind; und schien fast aus seinen Armen zu hüpfen. »Nein!« rief sie. »O bitte!«

»Fleur, aber um Gottes willen!« sagte Tristram, es kam schärfer heraus, als er es wollte.

Der Instinkt riet ihm, sie an den Handgelenken zu packen und zu beruhigen, aber sie wich verschreckt vor ihm zurück, die Arme zu schwacher Selbstverteidigung erhoben, und ihre aufgerissenen Augen leuchteten weiß rund um die Iris. Tristram blieb wie angenagelt stehen und starrte sie an.

Schnell sagte Fleur: »Es tut mir so leid! Lieber Angus! Ich – ich kann mir selbst nicht helfen – es muß etwas mit *ihm* zu tun haben. Bitte glaub mir, wenn ich sage, daß ich dich liebe; ich liebe niemand außer dir; ich stehe ewig in deiner Schuld, aus Gründen, über die wir nicht sprechen dürfen. Ich möchte dich heiraten, ich *werde* dich heiraten, aber –«

»Aber du hältst dich für ›geschändet‹!« warf Tristram ein.

»– und so viel ist geschehen in so kurzer Zeit«, fuhr Fleur bittend fort, »– du kannst mich doch verstehen? Ich mußte so schnell vor Otto fliehen, und solange ich mich in der Delancy Street versteckte, wußte ich stets, daß der Irre alles, alles tun würde, um mich zurückzuholen und sich an mir zu rächen.« Mit Tränen in den Augen blickte sie zu Tristram hoch, sich auf die Unterlippe beißend wie ein reumütiges Kind. »Aber bitte glaub mir – ja, ich liebe dich.«

Tristram fuhr sich mit dem Unterarm heftig übers Gesicht und murmelte zu sich, so daß Fleur ihn nicht verstehen konnte: »Natürlich, natürlich.«

»Du – du glaubst mir doch?«

»Natürlich!«

Und er warf der verängstigten Frau einen so wilden Blick zu, daß sie ihn einen langen Moment verständnislos anstarrte ... und dann bewußtlos zur Seite sank, völlig lautlos, als wäre der Geist in ihr erloschen.

Und wenige Minuten später erschien Zoe.

»*Sie* schläft. Auf daß ich spreche.«
»Zoe –?«
Fleurs schimmerndes Haar lag aufgelöst in losen Wellen über der Armlehne der Couch, wohin Tristram sie getragen hatte; an ihrer linken Schläfe schlug der Puls ganz deutlich, auch in der flachen Mulde an ihrer Kehle, wo Tristram den hohen, engen Kragen aufgeknöpft hatte. Sein Zorn war augenblicks verraucht; jetzt erfüllte ihn ein derart starkes Schamgefühl, daß er sich fast vorkam wie als kleiner Junge, wenn man ihn wegen irgendeiner kleinen Übertretung der von seinem Vater aufgestellten Haushaltsregeln schalt.

»›Es gilt, die Frau zu verherrlichen‹, – *sie* kann nicht vergessen.«
»Was meinst du damit?«
»Zoe meint, was Zoe sagt. Zoe kann nur die Wahrheit sagen.«
»Aber Fleur –«
»Ich bin *Zoe*.«
»– mein armer Liebling –«
»Zoe ist nicht ›arm‹, Zoe ist frei«, flüsterte sie. »*Sie* ist die Arme, während sie sich doch für frei hält.«
»Aber jetzt ist das Monster tot.«
»*Sie* weiß, wie; und weiß es nicht.«
»Was meinst du denn?«
»Sie wird dich lieben – auf ihre Weise.«
»Auf ihre Weise –?«
»Auf der Art der – falschen Ehre.«
»Der falschen Ehre?«
»In Schwäche, List, böser Keuschheit, reizender Täuschung!«

Die Worte kamen gezischt heraus und überraschten Tristram durch ihre Heftigkeit.

Er kniete dicht neben Fleur, oder Zoe, die in einer Verkörperung der Hilflosigkeit auf der Couch lag, hatte einen seiner Arme um ihren Kopf gelegt, das Gesicht so nah an ihrem, daß sein Atem, der stoßweise ging, die feinen Haare an ihren Schläfen bewegte. Er fühlte sich einer Ohnmacht gefährlich nahe, oder dem Zerspringen, zerknirscht, aber auch erregt bis zum Wahnsinn, so wie zuletzt bei seiner ersten Begegnung mit Zoe in der Delancy Street. Ihm schien, daß zwischen ihm und dieser Frau – *dieser* Frau, und nicht der anderen – immer schon ein geheimes Einverständnis bestanden habe, das den Rest der Welt gänzlich ausschloß.

»Ich habe sie in Schlaf versetzt – damit wir allein sind. Ich sehnte mich so danach.«

»Meine geliebte Fleur –«

»Ich bin Zoe. Deine Zoe.«

»Meine Zoe.«

Tristram küßte sie; küßte ihre halb geöffneten Lippen, und drang noch weiter ein; spürte ihre heiße, züngelnde, erstaunliche Zunge und fürchtete, daß ihn die Beherrschung verließe. Aber sie schlug spielerisch nach ihm und entzog sich ihm, dabei nahm sie sein Gesicht in ihre Hände und sagte in mahnendem Ton: »Aber wir haben vieles zu besprechen, du und ich. ›Angus‹ und ›Zoe‹.«

Dumm sagte Tristram: »Ich bin Angus.«

»Und ich bin Zoe.«

»– Sie weiß nichts von dir?«

»Und nichts, oder sehr wenig, von *dir*.«

»Sie argwöhnt nichts?«

Zoe lachte laut auf und ließ dabei den Kopf gegen die Lehne der Couch sinken; so daß Tristram noch deutlicher das kleine Pulsieren an ihrer Kehle klopfen sah, das er dringend küssen wollte. »Sie argwöhnt alles«, sagte Zoe. »Wenn es ihr so paßt.«

»Aber du – sie – behauptet, mich zu lieben.«
»Ah, sie tut's, sie tut's! Sie ›behauptet‹ es.«
»Und mich heiraten zu wollen.«
»Zu ›wollen‹.«

Als bewegten sich ihre Finger ganz ohne ihren Willen, öffnete Zoe jetzt langsam, lasziv, lockend noch die letzten Knöpfe ihrer Bluse, nach und nach vor Tristrams verlangendem Blick einen Teil der skandalösen Tätowierungen enthüllend – die Miniatur-Augen, irisierend blau, grün, violett, schwarz, des Pfauenschwanzes; und das gezackte Ziegelrot einer, wie es schien, orientalischen Drachenzunge, an das Tristram sich nicht erinnerte. Er hätte den Kopf an ihre Brust gelegt, hätte sie ihn nicht wieder gepackt, mit beiden Händen in spöttisch mütterlicher Mahnung hochgezogen. »Das ist nicht der Moment!« sagte sie. »Bald, bald kommt die Zeit der Liebe – aber das ist nicht der Moment.«

Tristram rief gequält: »Wenn ich dich doch so anbete? Wenn ich doch bewiesen habe –?«

Zoe gurrte in ihrem Singsang: »*Dies*, hier, ist ein Bett und kein Bett, in einem Raum und keinem Raum, mit so vielen, die uns zusehen: *dies darf nicht sein.*«

Tristram begriff nicht, aber die Begierde empfand er fast schon wie Verzweiflung. »Aber sie *wird* mich heiraten – *du* wirst mich heiraten – das wirst du doch?«

»Eines Tages! Zur rechten Stunde! Wenn das Monster endlich unter der Erde ist! Bald!«

»Aber – wann? Ich brauche deine Liebe, Fleur – Zoe –«
»Verwechsle uns nicht, sonst werden wir uns rächen!«
»Aber ich liebe euch beide –«
»Unmöglich!«
»Hat nicht *er* euch beide geliebt?«
»Er! Er! Sicher nicht!« Zoes Nasenlöcher weiteten sich vor Verachtung. »Er kannte uns beide nicht – und das war sein Untergang.«

»Aber Zoe, *wie* ist er gestorben? Ich dachte, ich hätte ihn im Park getötet, aber –«

Zoe schloß fest die Augen und wiegte sich langsam hin und her. »*Sie* schläft, und Zoe wacht; Zoe schläft, und *sie* wacht; doch können beide auch zugleich schlafen, auf daß andere wachen.«

»– ich dachte, ich hätte ihn im Park getötet, im Tunnel, aber das war der Falsche, und es scheint überhaupt ein Unschuldiger gewesen zu sein«, fuhr Tristram fort, »während zur gleichen Zeit – es muß fast zur gleichen Zeit gewesen sein – dein Mann *wirklich* starb, zu Hause erstochen wurde. Aber ich war es nicht, ich könnte schwören, daß ich's nicht getan habe –«

»Schwöre, schwöre: ›Wenn's geschehen, dann aus Liebe; aus Liebe allein‹.«

»Aus Liebe, ja –«

»Zu *ihr*, oder zu mir?«

Diese Frage konnte Tristram nicht beantworten. Verzweifelt sagte er: »Sag mir, Zoe, wenn du kannst –«

»Zoe sagt nur die Wahrheit!«

»– wenn du weißt –«

»Zoe spricht nur die Wahrheit, damit *sie* lügen kann.«

»– warum schreckt Fleur so vor mir zurück, vor der kleinsten Berührung? Warum, wenn sie behauptet, mich zu lieben?«

»*Sie* –! Warum *sie* lieben!«

»Aber ich kann ohne sie nicht leben! Ich habe ihr mein Leben geweiht, wie du sicher weißt –«

»So wie schon andere, zu ihrem eigenen Verderben!«

»Aber warum scheut sie so vor mir zurück? Und sieht mich doch so zärtlich an, und behauptet, daß sie mich liebt? Und daß –«

»Sie fürchtete deinen männlichen Abscheu, wenn du das Geschöpf so siehst, wie es ist, und nicht, wie es erscheinen möchte«, sagte Zoe, plötzlich heftig, »– so entsetzlich, in ihren Augen, so unwiderruflich enblößt.« Sie hatte die plissierte Seidenbluse jetzt geöffnet, so daß ihre kleinen, weichen, runden Brüste frei waren, jede von unten her von leuchtendbunten, ins Fleisch geätzten hieroglyphischen Zeichen umrahmt, die sogar die straffen Brustwarzen umgaben; ein Anblick, eine Vision, die noch viel faszinierender war als in Tristrams Erinnerung. *Geschrieben in einer längst vergangenen Zunge. Den Text kann niemand lesen, auch nicht ich.* Zoe redete in ihrem berückenden Singsang immer weiter; aber Tristram hörte schon nichts mehr. Hatte er vor Grunwalds Werk je Abscheu empfunden? Hatte ihn eine leichte Gänsehaut überlaufen beim Anblick dieses entstellten weiblichen Körpers? Ah, wie ganz anders fühlte er jetzt! »Wunderschön«, flüsterte er mit starrem Blick. »Niemand, niemand ist so schön.« Er hätte Zoe die Kleider vom Leib gerissen, aber sie fiel ihm in den Arm und packte ihn an den Haaren. Mit erstickter Stimme flüsterte er: »Ich will dich retten!«

»Du *hast* mich gerettet – um den Preis deiner eigenen Haut!«

Dann zog sie seinen Kopf wieder zu sich, schloß ihn fest und liebevoll in die Arme, und Tristram verlor sich in seiner Seligkeit, für wie lange, konnte er nicht sagen, im Wahnsinn dieser Seligkeit ... küssend, züngelnd, saugend – sein Gesicht am parfümierten Körper dieser Frau reibend. Bildete er es sich nur ein, oder konnte er die leicht säuerliche Farbe des »Zaubers« schmecken?

4

Und so entschlüpfte ihm Fleur Grunwald: und er sah sie nie wieder.

Oder wenn er sie sah, dann aus solcher Entfernung, und im Zustand einer derartigen Verzweiflung, daß er nicht hätte schwören können, daß wirklich *sie* es war.

Immer wieder rief er die Nummer in der Delancy Street an und mußte immer wieder hören, sie sei nicht dort, würde nicht mehr dort sein, sei ausgezogen, sei fortgezogen, und wenn seine Anrufe nicht bald aufhörten, müsse man die Polizei verständigen, und – aber an diesem Punkt hatte Tristram immer schon den Hörer auf die Gabel geschleudert. »Irgend jemand lügt«, sagte er laut, und sein Herz schlug zornig, »– aber doch sicherlich nicht *sie*.«

Sicher nicht? Fleur sicher nicht? Wer hatte versprochen, ihn zu heiraten? Wer hatte behauptet, ihn zu lieben? Wer hatte ihm »ewige Dankbarkeit« geschworen? Das war unmöglich zu glauben, und daher glaubte es Tristram nicht.

»Sie ist jung verwitwet und muß vorsichtig sein«, schloß er. »Sie muß abwarten, also muß auch ich abwarten.«

Allerdings gefielen ihm die deutlichen Silberfäden in seinem Haar, die seinen Scheitel buchstäblich weiß gemacht hatten, nicht: Wann war das passiert? Und warum? – Und wenn er sich nicht täglich zweimal rasierte (das war in letzter Zeit aus reiner Vergeßlichkeit manchmal vorgekommen), dann glänzte sein Stoppelbart in merkwürdig metallischem Weiß und verlieh Tristram, trotz seines guten

Aussehens, trotz seiner gutgeschnittenen Kleider, ein Aussehen, als zählte er zu den städtischen Obdachlosen: unordentlich, nicht-seßhaft, leicht verrückt, und vielleicht (aber nicht sehr) gefährlich.

Tage vergingen. Und Tage. Und Tage.

Obwohl es eigentlich unsinnig teuer war, und das Hotelpersonal eine Spur weniger aufmerksam als früher, behielt Tristram seine Suite im Hotel Moreau. Denn Fleur hatte keine andere Adresse oder Telefonnummer für den Mann, den sie als Angus Markham kannte, sollte sie mit ihm in Kontakt treten wollen.

Otto Grunwalds Begräbnis ging mit episkopalkirchlichem Prunk vonstatten, Hunderte von Trauergästen nahmen daran teil (wie die Zeitungen respektvoll berichteten), doch Tristram Heade war nicht darunter. Er hielt sich klug im Hintergrund, obwohl ein starker, fast schon sexueller Drang ihn dorthin treiben wollte ... damit er nur einen Blick auf die liebe Fleur werfen und vielleicht sogar ein paar Worte mit ihr wechseln könnte. »Und vielleicht mich auch ein bißchen an der Tatsache weiden, daß es hier eine Leiche gibt«, sagte Tristram nachdenklich, »daß das Monster endlich tot ist. Denn es ist doch auch etwas Erfreuliches an der Gerechtigkeit.« Aber schließlich ging er natürlich doch nicht zu Grunwalds Begräbnis.

Vielleicht flüsterte ihm Markham ins Ohr, es könnten Polizisten in Zivil sich beim Begräbnis herumtreiben und die Trauernden scharf beobachten. Man würde heimlich Fotos machen, Videofilme drehen. Und Grunwalds Neffe Hans hatte an jenem Abend Tristrams Gesicht gesehen ...

Also ging Tristram den Grunwalds aus dem Weg. Wartete ab. Fing an, in kleinen Wettbüros auf Pferderennen zu setzen – zuerst aus einem Impuls heraus, dann mit mehr Methode. (Zu seiner Überraschung und Freude gewann er fast alle seine Wetten.) Er las alles über den ungeklärten

Mord an Otto Grunwald, was ihm in die Finger kam, und verfolgte gierig die lokalen Fernsehberichte. *Schockierend, tragisch ... verabscheuungswürdiges Verbrechen ... bekannter, allseits bewunderter und geachteter Philanthrop aus Philadelphia ... nach unbekanntem Mörder gefahndet.* Die Polizei von Philadelphia war besonders über den Umstand verblüfft, daß in der Nacht des Verbrechens die Alarmanlage in Grunwalds Anwesen offenbar abgeschaltet war.

»Das«, dachte Tristram Heade mit einem kleinen, perplexen Lächeln, »ist allerdings merkwürdig.«

Und was war mit *seinen* Verbrechen? dachte Tristram. Soviel Druckerschwärze, soviel kostbare Fernsehzeit waren dem Lob und der Verherrlichung von Otto Grunwalds Wohltätigkeit gewidmet: und kein Wort, nicht einmal eine Andeutung über die perversen Lüste dieses Monsters ... über die innersten Triebkräfte seiner Seele. Tristram war ernsthaft versucht, dem ›Philadelphia Inquirer‹ eine Liste von Grunwalds Verbrechen gegen Fleur zu senden, und gegen seine früheren Frauen, und damit zugleich gegen die gesamte Menschheit. »Natürlich würde ich jemanden fürs Abtippen bezahlen«, überlegte er schlau. »In meiner eigenen Handschrift würde ich das nicht absenden.«

Und die Tage vergingen.

Poins' Tod fiel dem Vergessen anheim, für immer, wie es schien; als hätte er, im Gegensatz zu Grunwalds Tod, keine Bedeutung. Für diesen Mord plagte Tristram manchmal das Gewissen ... und er fragte sich, ob er sich nicht vielleicht stellen sollte ... mit einer Erklärung, was er getan hatte, und warum; und wie er im tiefsten Sinn eigentlich unschuldig war ... und doch auch schuldig.

Er beschloß jedoch, nicht zu handeln, bevor er nicht mit Fleur gesprochen hatte; denn als ihr Geliebter und künftiger Gatte war er vor allem ihr gegenüber verantwortlich.

Es zerriß ihm das Herz, sich vorzustellen, daß er wegen des Todes eines obdachlosen Vagabunden verhaftet würde, eines Mannes, den er nicht, ah! wirklich nicht hatte töten wollen, daß sein und Fleurs Glück auf ewig zunichte würde.

»Trotzdem, was ich getan habe, tut mir verdammt leid«, sagte er sich täglich mindestens ein Dutzend Mal, »– und ich wünschte wirklich, wenn's nur möglich wäre, der harmlose alte Spinner wäre noch am Leben.«

Und eines Morgens (inzwischen schien der Frühling schon weit fortgeschritten, nach der Wärme zu urteilen, der duftenden Luft, dem von Tulpen gesäumten Rasen am Rittenhouse Square) ereigneten sich zwei sehr mysteriöse Vorfälle.

Erstens las Tristram im ›Inquirer‹ die überraschende Nachricht, daß die Polizei von Philadelphia im Fall Grunwald endlich eine Festnahme verbuchen könne, und daß auf ihren Verdächtigen, einen fünfunddreißigjährigen Schwarzen, bereits vorbestraft wegen Einbruchs, bewaffneten Überfalls und anderer Delikte, die Beschreibungen von einer »verdächtig herumlungernden Person« in der Umgebung des Burlingham Boulevard genau paßten; er hatte kein Alibi für die Nacht von Grunwalds Tod, und es war erwiesen, daß er eine Mütze besessen hatte, die sehr ähnlich oder vielleicht identisch war mit jener, die man unterhalb des aufgebrochenen Fensters auf der Erde gefunden hatte ... eine so auffällige Kopfbedeckung, daß die Polizei zunächst jede Erwähnung oder gar Beschreibung zurückgehalten hatte, in der Hoffnung, man könnte mit ihrer Hilfe bei fortschreitenden Ermittlungen den Killer identifizieren. Und so war es auch: oder so schien es.

Die Kopfbedeckung auf dem Foto war nicht Tristrams Kopfbedeckung.

Es war überhaupt keine Baskenmütze, sondern eine

Schirmmütze, kariert, von der Art, wie man sich den englischen Arbeiter gern damit vorstellt; das Band war mit verschiedenen Ansteckern geschmückt, mit Buttons oder Abzeichen, und das Ding war »seit langem im Besitz« von Rufus S. Smith, dem Verdächtigen, dessen Nachbarn aus Süd-Philadelphia es identifizierten. Und die Gerichtsgutachter waren überzeugt, daß ... und Smith konnte keinen anderweitigen Aufenthalt glaubhaft machen ... und der Katalog seiner Vorstrafen legte nahe ... »Aber das ist nicht meine Mütze«, rief Tristram und griff sich an den Kopf. »Sie haben den Falschen verhaftet.«

Er saß auf der Kante seines zerwühlten Bettes und sog am Stummel einer stinkenden Zigarre, ungeduscht, unrasiert, mit nichts bekleidet als seidener Unterwäsche – die im Schritt unangenehm spannte, und der geblümte Stoff tat dem Auge weh, aber Tristrams eigene, schlichtere Unterwäsche war längst aufgebraucht, und er hatte sich noch nicht aufraffen können, seine Sachen in die Wäscherei zu schicken –, und so blieb er noch lange sitzen, den verblüffenden Artikel im ›Inquirer‹ wieder und wieder lesend. Hätte er nichts über die Umstände von Grunwalds Tod gewußt, so hätte sicherlich auch er, so wie die Polizei, geglaubt, sie hätten ihren Mörder jetzt geschnappt; er hätte nur einen kurzen Blick auf die »belastende« Mütze geworfen, den Namen von Rufus S. Smith gleich wieder vergessen und sich neuen Dingen zugewandt. Aber so saß er kopfschüttelnd da, mit hängendem Unterkiefer und sehr verstört. Der arme Rufus S. Smith! Und der arme Dr. Poins! Es schien ihm eine sehr üble Sache, daß Fleurs und sein künftiges Glück vom tragischen Schicksal von – bisher jedenfalls – zwei unschuldigen Opfern abhängen sollte ...

»Und vielleicht werden es noch mehr«, murmelte er und tippte dicke graue Zigarrenasche in die letzten Tropfen eines Glases Scotch.

Aber der zweite Vorfall dieses Vormittags war noch viel verblüffender.

Mitten im Frühstück (das immer noch sehr reichhaltig war, trotz der Verstimmung der letzten Tage) wurde Tristram von einem Klopfen an der Tür unterbrochen, ging mit einem unangenehmen Vorgefühl öffnen und empfing aus der Hand des Oberpagen ein in Packpapier gewickeltes Paket, das, wie er sagte, unten abgegeben worden sei. ANGUS MARKHAM und BITTE VORSICHTIG BEHANDELN stand in sauberer Blockschrift darauf. Obgleich er fühlte, daß es besser für ihn gewesen wäre, die Tür nicht zu öffnen, gab er dem Pagen ein großzügiges Trinkgeld und schickte ihn fort.

Und das Paket enthielt nichts anderes als die schwarze Baskenmütze ...

Mit zitternden Fingern hob Tristram sie heraus. Es lag kein Brief dabei. »Was ist das? *Warum* das? *Wer macht solche Sachen?*« Einen langen Moment stand er reglos da, wie gelähmt; dann trat er an einen Spiegel und setzte sich die Mütze auf den Kopf, und es schien ihm unbestreitbar, daß das tatsächlich eben die Mütze war (obgleich jetzt verschmutzt und stark verdrückt), die er an jenem Morgen im Hotel Meridian gekauft hatte. Sein Spiegelbild zeigte ihm einen unrasierten Mann von ungesunder Gesichtsfarbe, unrasiert, leicht benommen, nicht mehr jung, wenn auch keineswegs alt; ein Mann mit vagem Blick und Tränensäcken unter den Augen, einem feuchten, schlaffen Mund, und den silbrig-weißen Bartstoppeln, die Tristram so verabscheute.

Er hätte schwören können, er habe sich heute morgen schon rasiert.

5

Es ist, als wäre ich, und durch mich auch du, meine Liebste, im Herzen eines Wirbelsturms, und als könnten wir ihn nicht sehen, ja gar nichts davon wissen. Wenn du mich liebst, dann sprich mit mir – sofort!

Dieses gewagte Telegramm sandte Tristram an Mrs. Fleur Grunwald, Burlingham Boulevard; aber obwohl er den Rest des Tages in seinem Zimmer neben dem Telefon hockte und wartete, und die nächsten paar Tage ebenfalls, rief Fleur nicht an.
 Das Telegramm trug das Datum des 1. Juni.

6

Ich ersticke im Geheimnis Deiner Abwesenheit und Deiner (hypothetischen) Grausamkeit. Du mußt wissen, daß ich Dich anbete (immer noch anbete), denn habe ich es nicht bewiesen? Wenn Du mich liebst, dann sprich mit mir – sofort!

Auch dieses noch gewagtere Telegramm schickte Tristram ab; und wieder antwortete Fleur nicht. Es trug das Datum des 19. Juni.

7

Aber Tristram sagte sich, es könne Fleur nichts geschehen sein, denn das hätte unweigerlich seinen Weg in die Presse gefunden.

Als Otto Grunwalds Witwe und somit eine der reicheren Angehörigen der Gesellschaft von Philadelphia war sie selbstverständlich Ziel der öffentlichen Aufmerksamkeit. Wenn sie die Stadt verlassen hätte, oder wenn sie, zum Beispiel, irgendeine Art von Zusammenbruch erlitten hätte und im Krankenhaus wäre ... darüber hätte man ja gelesen, oder nicht? Täglich verschlang Tristram die Gesellschafts- und Klatschspalten der Zeitungen und suchte nervös nach dem Namen *Grunwald*. Aber wenn seine Augen auf *Grunwald* stießen, so ging es dabei nie um Fleur.

Wenn er jetzt die Nummer in der Delancy Street wählte, dann schaltete sich ein ekelhaftes Band ein und teilte ihm mit, die Nummer sei geändert worden und die neue Nummer »nicht im Telefonbuch eingetragen«. Wenn er zu dem Haus selbst ging und die Klingel drückte und an der Tür klopfte und ein- oder zweimal sogar durch die Fenster im Erdgeschoß spähte, dann schien es ziemlich klar, daß niemand zu Hause war. (Kann die Erde sich geöffnet und sie alle verschlungen haben? Er war verzweifelt.)

Endlich nahm Tristram, obwohl sein Instinkt ihm heftig davon abriet – vielleicht war es die abergläubische Angst vor der Rückkehr an den Ort des Verbrechens –, ein Taxi und fuhr damit zum Burlingham Boulevard; er ließ sich ein paar Häuserblocks von Grunwalds Anwesen entfernt absetzen, damit er, hoffentlich unbeobachtet, den restlichen Weg zu Fuß zurücklegen konnte. Er hatte seine zittrigen Nerven mit einem ordentlichen Schuß Scotch gestärkt und darauf geachtet, sich ganz unauffällig zu kleiden (in seinen eigenen Sachen, nicht in Angus Markhams Kleidern), fühlte sich aber immer noch höchst unbehaglich, *so als drohte ihm nicht nur die Verhaftung, sondern eine Katastrophe ganz anderer Art.* Aber mir bleibt kein anderer Weg als der nach vorne, dachte er. Die Frau, die ich liebe, läßt mir keine andere Wahl.

Als Tristram sich der Umgebung von Grunwalds Anwesen näherte, stieg aus seinen Eingeweiden eine an Übelkeit grenzende Angst hoch. Die Gegend schien verlassen, leer – kaum gab es Verkehr auf dem Boulevard; und keine Fußgänger außer ihm. Blasses Spätnachmittagslicht, Sepia im Ton, körnig in der Struktur, stieg von den alten Platanen hoch, die die Straße säumten, und staubte aus dem verdorrten Gras am Rand des Gehsteigs. Warum, wo es doch erst Hochsommer sein konnte, lag dieser Geruch nach Laub in der Luft, wie ein knirschend herbstlicher Geschmack …? Vor dem mit einem Vorhängeschloß versperrten Tor zum Grunwaldschen Anwesen blieb Tristram stehen und spähte mit unstetem Blick auf das graubraune Herrenhaus auf der kleinen Hügelkuppe: wie alt sah es doch aus, und wie fern, wie eine schwache Erinnerung. Das letzte Mal hatte Tristram dieses Haus bei Nacht gesehen, und auch jetzt schien es etwas Nächtliches an sich zu haben, wie eine bei Nacht aufgenommene Farbfotografie; das Blitzlicht der Kamera besiegte die Dunkelheit rundum – aber eben nur für den blitzartigen Moment.

Der früher sorgfältig gestutzte Rasen war jetzt von Unkraut überwuchert und sah merkwürdig abgebissen aus; der Asphalt der Einfahrt von tausend kleinen Rissen verunziert; im Gras lehnte ein Schild, darauf stand in vulgären roten Buchstaben Zu verkaufen. Es schien ganz offensichtlich, daß das Anwesen des verstorbenen Otto Grunwald völlig unbewohnt war, und das schon eine ganze Weile. »Hallo? Hallo?« rief Tristram laut. Seine Fäuste schlossen sich um die Eisenstangen des Tores, bis seine Knöchel weiß wurden, und immer noch weißer.

Und wie lange er dort stand, in Gedanken verloren, regungslos, eine große, grobknochige, gebückte Gestalt, den Kopf erhoben, aber mit einem verwirrten, wie betäubten Ausdruck, wie ein vom Schlag des Vorschlaghammers getroffener Ochse, hätte er nicht sagen können. Und welche Gedanken durch sein Gehirn rasten, hätte er nicht sagen können.

Erst nachdem er sich resigniert abwandte und sich auf verschlungenem, vage südwärts gerichtetem Kurs zu Fuß auf den Rückweg in die Stadt machte, bemerkte er zufällig das Automobil, das an ihm vorbeischoß: bemerkte es zuerst, ohne es eigentlich zu sehen: ein schwarzes, prunkvoll glänzendes Rolls-Royce-Kabriolett, mit offenem Dach, und darin ein junges Liebespaar (der Mann am Steuer, die junge Frau an ihn geschmiegt, ihr Kopf auf seiner Schulter), in die gleiche Richtung fahrend, in die auch er ging. Lautlos glitt der elegante Wagen an ihm vorbei, die Wolke aus dem Auspuff konnte er nicht sehen, aber riechen, und entschwand in der Ferne, während Tristram ihm noch nachstarrte. Die tödlichsten Gifte bleiben unsichtbar, dachte Tristram.

Er ging weiter, mit gleichmäßigem Puls, obwohl das quälende Bild des Liebespaares ihm noch vor Augen brannte: der hoch erhobene, arrogante Kopf von Hans Grunwald und der reizende, zerzauste Kopf der kleinen Fleur.

V

I

Das Mysterium ist zu groß für mich. Zu grausam.

Als die Tage unerbittlich immer kürzer wurden, das Jahr sich dem Herbst zuneigte, verkürzte sich auch Tristrams Erinnerung oder zersplitterte vielmehr, wie zerbrechliches Kristall oder Eis, in Fragmente, die er (hätte er das überhaupt gewollt) nicht mehr zusammensetzen konnte. Er begriff, daß die Erkenntnis der Realität – jener Realität, die dem oberflächlichen mannigfaltigen Glitzern zugrundeliegt – abhängt von genauer Beobachtung der Fakten, von der Einsicht, wie Punkt A zu B führt, und von dort weiter zu C, D, E ... und so fort. Und der Einsicht nicht nur in die Geheimnisse, die das menschliche Handeln bestimmen, sondern in jenes, das alle Geheimnisse bestimmt! Er konnte nicht daran zweifeln (mit allem, was an noblem Virginia-Blut noch in seinen Adern floß), daß das Chaos der menschlichen Erfahrungen letzten Endes doch einen Sinn und Wert besitzt; aber die Vision war ihm nicht vergönnt.

Und auch, wie nun peinlicherweise immer klarer wurde, »Angus Markham« nicht.

Es war schon lange her, daß Tristram die ungeheuerliche Rechnung des Hotels Moreau beglichen und sich von diesem Haus mit einem gerüttelten Maß an Verbitterung getrennt hatte (1485 $ allein für den Zimmerservice!) und dann mit typischer Junggesellensparsamkeit in einer Pension an der Neunundzwanzigsten Straße ein Einzelzimmer bezogen hatte – in einem heterogenen Viertel mit billigen Hotels und Logierhäusern, Kneipen, Pizzerias, Kegelbahnen und Münzwäschereien, die die ganze Nacht offen hatten. Er hatte im Moreau keine Adresse hinterlassen und auch in Richmond niemandem Bescheid gegeben, wo er zu erreichen war. Die morbide Intensität, mit der seine Gedanken um *sie, die mich verraten hat* kreisten (nie wieder sollte ihm der Name dieser grausamen Frau über die Lippen kommen!), verurteilte alles andere zur Bedeutungslosigkeit, so wie ein dominantes Objekt im Vordergrund eines Fotos den Rest verblassen läßt. Aber hie und da gab es auch trübe, sonnenlose Morgen nach whiskeyvernebelten, schlaflosen Nächten, da Tristram sich unter altbekannten Gewissensbissen mit der Erinnerung an den Obdachlosen im Tunnel herumschlug (ah, wie hieß er nur gleich?), auf den er so rasend eingestochen hatte, weil er ihn für ihren Gatten hielt ... und an den schwarzen Pechvogel (und wie hieß *der?* irgendwas wie Smith? Jones? Brown?), verhaftet und inzwischen vielleicht schon verurteilt für ein Verbrechen, das er nicht begangen hatte. Es gibt keine Hoffnung für mich, wenn ich mich nicht selbst der Polizei stelle, dachte Tristram.

Du Narr, das kommt nicht in Frage.

Aber ich habe Furchtbares getan! – ich habe Menschenleben zerstört.

Na und?

Ich bin zum Mörder geworden, und das *ganz umsonst.*

Na und?

Also nahm sich Tristram unzählige Male vor, der Polizei alles zu gestehen, und nach einer Stunde hatte er alles vergessen; denn seine Gedanken wurden bitter angezogen von *ihr, die mich verriet.* Doch eines Tages befand sich Tristram, mit Whiskey gestärkt und sauber, wenn auch etwas zittrig rasiert, auf dem Weg zum nächsten Polizeirevier, als sein Blick zufällig auf einen Rennschein fiel, der im Rinnstein lag ... den er unbedingt aufheben mußte und gierig überflog. Und schon vergaß er wieder alles andere und beschloß, statt dessen ins nächste Wettbüro zu gehen.

Ein anderes Mal war Tristram schon dabei, die Stufen zum örtlichen Polizeirevier hinaufzusteigen, und hatte sogar daran gedacht, die Mordwaffe mitzubringen, als er plötzlich das unheimliche Gefühl hatte, verfolgt zu werden. Die Haare stellten sich ihm im Nacken auf, eine primitive und doch auch wohlige Angst durchströmte ihn ... Als er sich umdrehte, sah er auf der anderen Straßenseite einen Mann, der ihn beobachtete, aber schnell wegsah, als Tristram zu ihm hinblickte; ein großes, dünnes Individuum mit eingefallenen Wangen, den hellbraunen Filzhut tief ins Gesicht gezogen, in einem Gabardineanzug, der in Schnitt und Farbe so undefinierbar war, daß er eigentlich einen Tarnanzug darstellte, unterm Arm eine gefaltete Zeitung. Jetzt erinnerte sich Tristram, daß er diesen Mann in den letzten Tagen immer wieder gesehen hatte ... Ein Polizist in Zivil, dachte er. Panik erfaßte ihn. Und obwohl er noch vor einem Augenblick den Mord hatte gestehen wollen, und sich auf Gnade und Verderben dem Staat ausliefern, zitterte er jetzt vor Angst. Die kriegen mich nie! dachte er.

Also machte er kehrt, ging, so schnell er es wagte, ohne dabei das Aussehen eines gemütlich dahinschlendernden Stadtbummlers zu verlieren, betrat ein Schuhgeschäft weiter oben an der Straße, eilte blindlings durch das Geschäft und durch einen Hinterausgang wieder hinaus; dann rannte er durch eine von Müll verstopfte Hintergasse, das Herz klopfte ihm dabei bis zum Hals; in einer belebten Straße kam er wieder heraus und bahnte sich unter viel Gehupe und zornigen Rufen einen Weg über die Straße, betrat ein weiteres Geschäft, ein Plattengeschäft diesmal, in dem sich viele junge Leute drängten und die Luft von der betäubenden Rockmusik buchstäblich zu zittern schien; für mehrere Sekunden der Todesangst schien es, als könne er hier nicht durch den Hinterausgang hinaus, der verbarrikadiert schien ... doch offensichtlich im Widerspruch zu den feuerpolizeilichen Vorschriften? Endlich konnte Tristram den Manager überreden, den Ausgang für ihn frei zu machen, aber nicht bevor der Mann im Filzhut vorn im Eingang erschienen war ...

Verschwitzt und außer Atem rannte Tristram durch die Gasse hinter dem Plattengeschäft, erreichte wieder eine belebte Verkehrsstraße und überquerte sie, hatte die rettende Idee, sich in einem Kino zu verstecken, und ging schnell eine Karte kaufen (er mußte sich nicht anstellen: der Film hatte schon vor einer halben Stunde begonnen) und bemühte sich um Höflichkeit gegenüber der nervenzermürbend langsamen, koketten jungen Frau an der Kasse. »Sie haben's aber wirklich eilig, Mister«, sagte sie amüsiert, »– für jemand, der ohnehin schon zu spät kommt.« »Ich habe es nicht eilig!« erklärte Tristram und riß ihr die Karte aus der Hand.

Drinnen sah Tristram bestürzt, daß der Saal fast leer war.

Er hastete den Seitengang hinunter und setzte sich auf einen Sitz in einer Reihe, in der schon zwei andere einzelne Männer saßen – einer von ihnen blickte bei seinem Kommen hoffnungsvoll auf; nicht weit davon, ziemlich weit vorne, war der Ausgang. Er verkroch sich in seinem Sitz, richtete den Blick hinauf zur riesengroßen Leinwand, über welche Bilder rasten, die zu verfolgen er sich gar nicht erst die Mühe machte, da seine Konzentration anderweitig gefangen war. Hatte er den Mann abgeschüttelt? Er hatte ihn doch sicher abgeschüttelt? – Aber wer *war* der Mann? Und hatte er die Macht, Tristram Heade zu verhaften, durfte er es wagen, ihn mit Handschellen zu fesseln und abzuführen, gefangen und gedemütigt wie ein Tier auf dem Weg zur Schlachtbank, preisgegeben den Blicken müßiger Passanten ...? Lebend bekommen sie mich nicht, dachte er.

Und in diesem Moment sah er aus dem Augenwinkel hinten die Silhouette einer männlichen Gestalt auftauchen; den Filzhut hatte der Mann noch auf, die Zeitung aber schon weggeworfen. Tristram glitt tiefer in seinen Sitz. Er zwang sich, zur Leinwand hinaufzustarren, obwohl er wußte, daß das Kaleidoskop schnell wechselnder Farben unglücklicherweise Licht auf sein nach oben gewandtes Gesicht warf, und das konnte seinem gewitzten Verfolger nicht entgehen. Der Mann näherte sich jetzt durch den Seitengang mit täuschender Beiläufigkeit, und Tristram, der es nicht länger aushielt, stürzte davon, gab sich keine Mühe mehr, seine Hast zu verbergen, Schultern hochgezogen, Kopf gesenkt, schoß durch einen Vorhang aus langen Perlenschnüren ... rannte einen muffig riechenden Korridor entlang ... drückte den Notausgang auf und trat in die Hintergasse (offenbar war es jetzt früher Abend: falls nicht der bedeckte Himmel sich merkwürdig verfinstert hatte). Er überlegte, daß Laufen jetzt wohl keinen Sinn mehr hätte, daß er sich seinem Verfolger besser stellen und sich zu erkennen geben sollte; war der Mann tatsächlich ein Polizist, dann konnte man eben nichts machen; und hatte er nicht ohnehin (so versuchte er sich zu beruhigen) gerade heute vorgehabt, sich zu stellen ... war das nicht so?

Doch als sein Verfolger in die Hintergasse trat, schlang ihm Tristram augenblicklich den einen Unterarm um den Hals, und bevor er noch wußte, was er tat, stieß er dem Mann Markhams Dolch, der plötzlich in seiner Hand lag, in die Kehle und stach und schnitt und säbelte, mit einer wilden Kraft, die ihm plötzlich aus dem Nichts zuzuwachsen schien. Und in wenigen Sekunden lag sein Verfolger – jetzt seine Beute – besiegt zu seinen Füßen, und das Blut sprudelte nur so aus ihm heraus.

»Mein Gott! Schon wieder ...«

Doch erst am Abend dieses Tages, zurück in der Geborgenheit seines Zimmers, und nachdem er die Tür nicht nur versperrt und verriegelt, sondern auch noch mit einem Lehnstuhl verbarrikadiert hatte, erfuhr Tristram zu seiner großen Überraschung, wer es war, den er getötet hatte ... es war tatsächlich ein Detektiv, wie vermutet, allerdings kein Angehöriger der Polizei von Philadelphia. Bei Durchsuchung der Brieftasche des Toten, die ihm Tristram vor seiner Flucht geistesgegenwärtig abgenommen hatte, stellte sich heraus, daß es ein Privatdetektiv war, oder gewesen war; mit einer von der Verwaltung von Philadelphia ausgestellten Lizenz und einem Waffenschein vom gleichen Amt; sein Name lautete (ein rein zufälliges Zusammentreffen möglicherweise?) Barton Joseph Handelman. Und der schlampig gefalteten Kohlepapier-Durchschrift einer Empfangsbestätigung über eine erst vor wenigen Tagen getätigte Vorauszahlung von 1400 $ war zu entnehmen, daß Handelman für eine Privatdetektei namens Ermittlungs-Dienst Ajax arbeitete – und sein Auftraggeber kein anderer war als Morris Heade. Großonkel Morris Heade, mit dem Tristram schon sehr lange nicht mehr gesprochen hatte.

2

Im Anschluß an diese Episode, die ihn sehr aufwühlte, versank Tristram immer tiefer in eine geradezu untröstliche Verfassung; seine Gedanken pendelten wie besessen von *ihr, die mich verriet* zu *denen, die ich verletzte* und zurück. Obwohl er fast jede Nacht im Alkohol Vergessen suchte, schlief er nur sehr schlecht: das einzige Fenster seines Zimmers ging auf einen Lichtschacht, aus dem irritierende, überreife, fruchtig ranzige Gerüche in seine Nase stiegen und undeutliche Stimmen, unterbrochen von höhnischem Gelächter an sein Ohr drangen; wenn er wütend das Fenster ganz fest schloß und sich Streifen von Markhams Seidentaschentüchern in die Ohren stopfte, dann hielt ihn die klumpige Matratze wach, er hatte das Gefühl, daß da etwas krabbelte ... Läuse? Wanzen? Schaben? Es kam vor, daß Tristram, im Glauben, er sei wach, mit Gebrüll aus grauenhaften Alpträumen hochfuhr und einen derartigen Aufruhr verursachte, daß seine Nachbarn in der Pension mit den Fäusten gegen Decke und Wände schlugen und dazu Drohungen ausstießen. Und manchmal fühlte er sich durch das, was er als Verletzung seiner Privatsphäre betrachtete, provoziert bis zur Unerträglichkeit, ließ seiner Wut freien Lauf, klopfte mit gleicher Heftigkeit zurück und schrie dabei: »Laßt mich in Ruhe! Mörder! Ich bin ein unschuldiger Mann! Laßt mich in Ruhe – *sonst bringe ich euch auch noch um!*«

Das hatte zur Folge – und Tristram nahm es dem Mann nicht im geringsten übel –, daß sein bedrängter

Hausherr ihn schüchtern, aber fest darum bat, er möge sich eine andere Bleibe suchen.

Also zog er um, in eine andere Pension, dann in ein Hotel in Bahnhofsnähe; er packte seine und Markhams vermischte Habseligkeiten, einschließlich des künstlichen Auges und des Dolches, von dem sich die Flecken nicht mehr entfernen ließen, in seine verschiedenen Reisekoffer. Die Frage, warum er immer noch in Philadelphia blieb und warum, da er doch ausreichend Geld zur Verfügung hatte (auch Bargeld, von seinen Gewinnen bei den Pferdewetten), ausgerechnet in einer derart deprimierend schäbigen Umgebung, hätte er wohl nicht zu beantworten vermocht; nur daß sein Gewissen ihn an diese Stadt fesselte, und das Gefühl einer abgrundtiefen Ungerechtigkeit – Ungerechtigkeit anderer gegen ihn und eigener Ungerechtigkeit gegen andere.

Immer öfter litt Tristram jetzt auch unter beschämend ausschweifenden Träumen, die ihn im wachen Zustand überfielen, und das oft an öffentlichen Orten; Alpträume, in denen die Frau, die ihn verraten hatte, und ihr nacktes, tätowiertes, zuckendes *Alter ego* ein- und dieselbe Person waren. Wie sie ihn anlächelte mit ihren feuchten Lippen, wie schamlos sie ihre Arme um seinen Nacken schlang ...! Könnte er doch nur, ah!, diesen Morgen, als sie zu ihm ins Hotel kam! seine Hände in die ihren nahm und ihm dankte! und ihm ihre Liebe erklärte! ihm ihre ewige Dankbarkeit versprach! und in Ohnmacht fiel, ihm zu Füßen! allein in seinem Zimmer! sich von ihm aufheben ließ! bewußtlos zu einer Couch tragen! könnte er nur diesen Morgen! diese Stunde! *diesen Augenblick noch einmal leben ...!* Tristrams Gesicht brannte, und seine Augen quollen über von Tränen; ihm war elend vor Begierde. Und doch war er froh, daß die Frau jetzt nicht in seiner Nähe war, aus Furcht davor, was er ihr in männlichem, sexuellen Wüten antun könnte.

Eines Abends erwachte er aus einem häßlichen Traum von schwellenden Gliedern, zuckenden Lenden, saugenden Lippen und fand sich in einem unbekannten Stadtteil; mit zerraufter Kleidung und windzerzaustem Haar. Plötzlich packte ihn die Angst, er könnte den Verstand verlieren, und auch Markham könnte trotz seiner Kaltblütigkeit den Verstand verlieren – und er entdeckte eine Kneipe und bestellte hastig zwei Whiskeys, stürzte sie nacheinander hinunter, und bestellte noch einen dritten ... bis sich sein fiebriges Gehirn endlich klärte und er, bis zu einem gewissen Grad jedenfalls, wieder zu sich selber fand. Die Kneipe war ein warmer, lärmender, gemütlicher Ort, die Bar voller Arbeiter unterschiedlichen Alters, auch ein paar Frauen fanden sich darunter. Wie beneidete er sie um ihren freundschaftlichen Umgang miteinander – ihr offensichtlich so einfaches Leben! Falls sie in dieser Welt je ein Mysterium sahen, dann ließen sie sich davon weder hypnotisieren noch entwaffnen.

Ist es zu spät für mich, mich zu ihnen zu gesellen? – Es ist zu spät.

Nicht weit von Tristrams Ellbogen lag eine vergessene Boulevardzeitung, die er aus reiner Gewohnheit durchblätterte. Und zu seinem Schmerz erblickte er dort auf der Gesellschaftsseite eine Fotografie von *ihr,* die eine halbe Seite einnahm, eine Fotografie von ihr und von Hans, dem Scheusal; das attraktive junge Paar in Abendkleidung bei der Premiere von ›Tristan und Isolde‹, einer Wohltätigkeitsveranstaltung zugunsten der Gesellschaft für Multiple Sklerose ... Otto Grunwalds Witwe trug ein elegantes schlichtes Abendkleid, schwarz, mit langen Ärmeln, hochgeschlossen, eine einzelne Perlenreihe um den zarten Hals und eine einfache, aber bezaubernde Frisur; und neben ihr der große, kräftige, gutaussehende Hans (»Mrs. Grunwalds häufiger Begleiter seit dem tragischen Tod ihres Gemahls im vergangenen April«), in einem

Smoking, dessen Schnitt seine breiten muskulösen Schultern noch zu betonen schien. Tristram schob sich die Brille zurecht und starrte auf das Foto. Da! Da waren sie! offen! schamlos! ohne jede Diskretion! und jeder konnte sie sehen!

In einem Wutanfall zerknüllte er die Seite und warf sie zu Boden. Und stürzte aus der Kneipe, ohne für seinen dritten Drink zu bezahlen.

Jetzt durchschaute er alles, die ganze gemeine Angelegenheit: wie »Angus Markham« von der durchtriebenen jungen Frau eingewickelt und schließlich dazu verführt wurde, ihren Mann für sie zu töten. *Für sie und ihren Liebhaber*. Als die Sache schiefging, infolge von »Markhams« plötzlicher Feigheit, trat der Liebhaber, der offenbar in den Kulissen gewartet hatte, selbst auf den Plan und brachte es zu Ende. Vielleicht hatten sie ja zuerst »Markham« als Sündenbock vorgesehen, den die Polizei verhaften und des Mordes beschuldigen sollte; doch aus Gründen, die Tristram nie erfahren würde, hatte sich Hans eines anderen besonnen, die Beweise manipuliert, die eine Mütze durch die andere ersetzt, die eine belastende »Spur« durch die andere ... Wie schlau war das doch alles eingefädelt, und wie natürlich war es abgelaufen, so daß Tristram Heade, oder »Angus Markham«, manipuliert in jeder Geste, sich dennoch einbilden konnte, *er selbst sei es, der die Fäden zog*.

»Und werde ich mich je an ihnen rächen? Werde ich je Gerechtigkeit herstellen? – Nein: es sind bereits zu viele Mordtaten geschehen.«

Und aus irgendeinem Grund schien er auch zu wissen, daß er nie wieder in der Lage sein würde, sich dem Liebespaar auch nur zu nähern; in ihrer Jugend, ihrer Schönheit, ihrem neu erlangten Reichtum, ja selbst in ihrer Schuld – die sie gewiß so fest aneinander band wie andere ihre Unschuld – waren sie in eine Dimension des Seins aufgestiegen, zu der er, in *seinem* Zustand, keinen Zutritt hatte.

Weder er noch »Angus Markham«.

Stundenlang wanderte Tristram in dieser Nacht umher ... und hoffte, sich in der äußeren Welt ebenso zu verlieren wie er sich so hoffnungslos in der inneren verloren hatte. Was hat mich bis zu diesem Augenblick gebracht, zu gerade diesem doch scheinbar so flüchtigen Punkt in der Zeit? War es Schicksal, war es reiner Zufall? Aber ist denn Zufall jemals »rein«? Ist Zufall Schicksal? Seine Flugbahn, blind, wie sie war, mit dem Treibstoff von Leidenschaft und Verzweiflung, führte ihn in einem verschlungenen großen Kreis, so daß er in der Morgendämmerung den aschigen Müllgeruch eines bekannten Orts atmete ... nämlich der Chancellor Street mit den niedrigen Gebäuden, wo sich *Lux's Seltene Bücher & Münzen* befanden. Ein plötzlicher Impuls, ausgelöst von einem Gefühl fast wie Glück (das Tristram schon lange nicht mehr verspürt hatte), führte ihn zu dem Geschäft; und er begann, an die Tür zu klopfen, bevor er merkte, daß es für derartigen Besuch vielleicht zu früh war. ... und bevor seine Sinne den Umstand richtig aufnahmen, daß in Lux's Antiquariat jetzt ein Tierpräparator seinen Laden hatte. Er hatte gedacht, er könnte die Uhr einfach zurückdrehen; noch einmal anfangen, als wäre heute der zweite Tag seines Besuchs in Philadelphia, und in Adam-hafter Unschuld eben jene nicht ganz überzeugende Quarto-Ausgabe von ›Macbeth‹ erwerben, die Lux ihm so nahegelegt und die Tristram als Fälschung zurückgewiesen hatte ... aber natürlich war so etwas nicht möglich: in der vollgestellten Auslage befanden sich nicht Bücher, sondern ausgestopfte Tiere, jedes auf seinem Sockel oder Ast, aber alle gedrängt, wie eine Menagerie in einem engen luftlosen Raum (der Hölle vielleicht): ein Eichhörnchen mit erhobenem buschigem

Schwanz, ein Hase, in dessen geweiteten Augen sich das Entsetzen spiegelte, eine Eule, deren flaches Gesicht, lohbraune Augen und glattgestrichenes Gefieder Tristram ins Herz schnitt, ihn erinnerte an ... er wußte nicht, woran; ein Klammeraffe, wie erstarrt in dem Moment, da er einen Baumstamm erklomm, das kleine, intelligente, runzlige Gesicht krampfhaft über die Schulter gedreht, den schlanken Schweif zu einem Fragezeichen aufgerichtet ... »Ihr Armen! Wer hat euch dieses Grauen angetan!«

Eben wollte Tristram sich entmutigt abwenden, als die Tür unter Getöse entriegelt und von einem weißhaarigen kleinen Mann geöffnet wurde, der zornig zu ihm aufsah. »Ja? Was? Wer sind Sie? Jetzt, so früh am Morgen?« Der Mann trug Gummihandschuhe, ein scharfer chemischer Geruch stieg von ihnen auf und brannte Tristram in den Augen.

Nach kurzem Gespräch stellte sich heraus, daß Virgil Lux plötzlich verstorben war und man seine Hinterlassenschaft versteigert hatte. Tristram äußerte seine Betroffenheit, denn davon hatte er nichts gehört. Er habe, so sagte er, unbedingt ein Buch kaufen wollen ... ein ganz bestimmtes unschätzbares Werk, das Lux für ihn aufbewahrt hatte. »Zu spät«, entgegnete der kleine Mann und sah mit zusammengekniffenen Augen zu Tristram empor, »– zu spät, mein Sohn, sie haben ihn abgemurkst. Hier in diesem Geschäft, im Hinterzimmer. So wie uns alle, einen nach dem anderen.« ›Sie‹ –? Wen meinen Sie?« fragte Tristram. »Vielleicht war's ja auch nur einer, ein Einbrecher, ein Räuber«, sagte der kleine Mann mit unbeteiligtem Achselzucken, »– oder einer von diesen Jugendlichen, die sich mit Drogen vollpumpen. In jedem Fall haben sie ihn erwischt und kaltgemacht. Und *ich* bin jetzt hier. *Und ich gedenke hier zu bleiben.*« Der letzte Satz kam derart kriegerisch heraus, daß Tristram instinktiv einen Schritt zurückwich. Er war noch so verblüfft, es war wie ein Schlag ... der arme

Virgil Lux! ... Tot, fort, begraben, sein Lebenswerk verschwunden, als habe es nie existiert, seine sorgsam zusammengetragenen Schätze zerstreut in alle Winde! In diesem Augenblick, angesichts der Tragödie, die doch, wie alle unsere privaten Tragödien, nur wie ein Plätschern oder leichter Wellenschlag im Fluß des Alltags schien, vergaß Tristram vollkommen sein Mißtrauen, seinen Groll gegen Lux. »Wie ist Mr. Lux gestorben? Wie, äh, wurde er getötet?« fragte Tristram. »›Zahllose Messerstiche‹, hieß es, und der Mörder wurde nie gefaßt«, erwiderte der Alte, die Augen wieder zusammengekniffen, »– und die Polizei reißt sich wohl kein Bein aus, wissen Sie, schert sich nicht, die lassen die Kerle ja sowieso gleich wieder laufen, falls sie sie mal fangen; was ich weiß, weiß ich auch nur aus den Zeitungen, die Leute hier reden nicht gern drüber, es liegt so was wie Angst in der Luft, wie eine Seuche, die man fast schon riechen kann, wissen Sie, wie wenn einer von uns erledigt wird, und wenn wir's nicht sehen, kann's uns selber nicht passieren, so in etwa – das ist auch die Mentalität von vielen Leuten heutzutage, aber, ja, mein Sohn, ich weiß nur, daß mein Vorgänger eben tot ist, erstochen haben sie den armen alten Knacker, und den Blutfleck am Boden kriegt man nicht mehr weg, ich hab' jetzt Linoleum darübergelegt, tja, wissen Sie, so ist das eben.« Und damit brach er seine lange energische Rede unvermittelt ab, schloß die Tür und ließ Tristram in der Hintergasse stehen, nachdenklich ins Leere starrend.

3

»Wer ist? Wer? Ist da jemand ...?«

Oft schreckte er jetzt in der Nacht hoch, in der plötzlichen Überzeugung, jemand oder *etwas* beobachte ihn im Schlaf; seine Zähne schnatterten vor Angst, sein Körper war von eklem kaltem Schweiß bedeckt. Lange Minuten lag er gelähmt da; sein Leben raste vor seinen Augen vorbei wie eine Landschaft, aus einem fahrenden Zug betrachtet; er hatte das Gefühl, als nähere sich sein Leben – sein Leben, wie *er* es gekannt hatte – dem Ende, und was sollte man da tun? Er war ein Mörder, der nicht den Mut hatte, seine Verbrechen zu bekennen.

(Wie würden sein Vater und seine Mutter sich für ihn schämen, wenn sie es wüßten! Aber Tristram konnte sich jetzt kaum mehr an sie erinnern. Es gab, offen gestanden, sogar Zeiten, da er sich überhaupt nicht mehr an sie erinnern konnte. Starben sie noch vor meiner Geburt? fragte er sich.)

Was ihn beobachtete, war Otto Grunwalds künstliches Auge. Tristram blieb, um seine Angst zu bekämpfen, nichts übrig, als das Licht aufzudrehen und sich zu vergewissern ... daß dieses gänzlich leblose, synthetische Objekt ... nichts als *Plastik* war, in einem billigen Aschenbecher auf der Kommode ... trotzdem schien es erfüllt von einem bösartigen inneren Leuchten und der Fähigkeit zu sehen. Tristram starrte das Ding an, und das Ding schien zurückzustarren. Angenommen, das künstliche Auge war ein vollkommenes Gegenstück zu Grunwalds echtem Auge, so war auch dies hier in gewissem Sinne Grunwalds

»echtes« Auge ... die Iris ein blasses, anämisches Braun, haselnußbraun gefleckt; das »Weiß« wie schmutziges Elfenbein, von so feinen Blutgefäßen durchzogen, daß Tristram sich die Brille aufsetzen und es sehr dicht davorhalten mußte, bis er sie überhaupt sah. Zwar schien das Auge ganz leicht größer geworden, aber sonst konnte Tristram keine Veränderungen bemerken; seinen Platz im Aschenbecher verließ es nie; und natürlich *war* es tot, *war* es blind ... das war es doch?

Tristram überlegte, ob man Grunwald mit einer leeren Augenhöhle begraben hatte oder ob der Kosmetiker, der die Leiche hergerichtet hatte, einen Ersatz besorgt hatte. Aber da die Augen des Toten ja ohnehin geschlossen waren, machte es vielleicht keinen Unterschied? In keiner der Zeitungen hatte Tristram etwas über Grunwalds fehlendes Auge finden können; vielleicht war auch das eine Information, die die Polizei schlau zurückhielt, dachte er. Denn das Auge konnte nur der Mörder haben. Was den Mörder überführte, war eben dieses Auge.

Und hier in Tristram Heades Zimmer (dritter Stock, rückseitig, Camelot Hotel) *war* das Auge, das verräterische Auge, aber niemand wußte es, und niemand schien sich dafür zu interessieren.

Wie Tristram seine Tage eigentlich genau verbrachte, abgesehen von gelegentlichen Besuchen in den Wettbüros der Stadt und langen, intensiven, aber letztlich unergiebigen Nachmittagen in der Stadtbücherei (er arbeitete an einem Verzeichnis der »Vergehen der Weiblichkeit gegen den Mann«), schnell hinuntergeschlungenen Mahlzeiten in schäbigen Lokalen und Alkoholexzessen, an die er sich nachher nicht mehr erinnerte, wäre schwer zu sagen. Wie viele Monate war es her seit Tristrams Schock über Otto Grunwalds Todesnachricht in den Zeitungen? – seit dem noch tieferen Schock über *ihren* Verrat? Wie besessen tobte der Refrain durch Tristrams Hirn, *Ein Auge ohne Höhle ist ein wahrhaft grauenvoller Anblick.*

Das Hotel Camelot, wohin der Zufall Tristram geführt hatte, war ein ältliches Gemäuer nahe dem Bahnhof, ohne irgendwelche architektonischen Vorzüge; durchdrungen vom Geruch der Jahrzehnte und den verschiedensten Geräuschen zu allen Stunden des Tages und der Nacht, die manchmal Tristrams empfindliche Nerven stark beanspruchten, aber öfter noch auf merkwürdige Art tröstlich auf ihn wirkten, denn dies war ein wahres Asyl der Anonymität, wo Tristrams eigene Geräusche, sollte er welche machen wollen, nicht gehört würden. Und wirklich, wenn er durch seine eigenen Schreie und sein Um-sich-Schlagen aus bösen Träumen hochfuhr, dann reagierten die Nachbarn links und rechts und oben und unten nur höchst selten mit zornigem Klopfen und eigenem Gebrüll; auch der Hotelmanager beschwerte sich nicht. »Die Ruhe des Grabes«, bemerkte Tristram trocken, »– oder beinahe.«

Und obgleich die Zimmer angeblich aufgeräumt wurden, hatte Tristram den Eindruck, daß nie jemand sein Zimmer betreten hätte.

Es bedeutete daher keinen geringen Schock, als Tristram, von seinem Besuch in der Chancellor Street ins Hotel zurückkehrend, entdeckte, daß die Tür zu seinem Zimmer unverschlossen war, sogar diskret angelehnt war, wie um ihn zu informieren, daß sie nicht abgeschlossen und wahrscheinlich jemand drinnen war.

Energisch schluckend, ohne sich Zeit zum Überlegen zu lassen, drückte Tristram die Tür mutig auf, und da stand, breit lächelnd, Hände in die Hüften gestemmt, offenbar auf *ihn* wartend – wie hieß er doch gleich: der Detektiv, den Tristram vor Monaten angeheuert, und dem er einen ordentlichen Vorschuß übergeben hatte, damit er Angus Markham ausfindig mache.

Der drahtige kleine Kerl sah genauso aus, wie Tristram ihn in Erinnerung hatte, nur daß er einen kastenförmigen grau-grünen Tweedanzug trug, ein dunkelgrünes Hemd mit offenem Kragen, und das schüttere Haar lag ordentlicher am Schädel an. Die violett-bersteinfarbene Brille saß ihm irgendwie altjüngferlich auf der Nase; die Manschettenknöpfe glitzerten; er hatte Tristrams Schritte gehört, und in buchstäblich demselben Moment, in dem Tristram die Türe öffnete, schoß ihm seine Hand mit so überschäumender Schnelligkeit entgegen, daß Tristram im Moment zurückzuckte und nicht begriff, daß der Detektiv ihm nur einen Händedruck anbot. »Ah, Mr. Heade! Endlich! Hallo! Ich fand Ihre Tür unversperrt, oder«, und hier lächelte er gewinnend und zwinkerte, »– oder jedenfalls fast. Ich hoffe daher, Sie nehmen mir's nicht übel, daß ich mich selbst hereingebeten habe, um hier auf Ihre Rückkehr zu warten? (Und ich mußte wirklich ziemlich lange warten, Mr. Heade: Sie waren offenbar die ganze Nacht unterwegs.) Unten gibt's ja keine Lobby, und der Ort ist derart *öffentlich*, daß ich fürchtete, man könnte mich erkennen. Und es ist natürlich schon viele Wochen her, seit wir zuletzt –«

Tristram nahm nichts von alldem auf. »Handelman«, sagte er und starrte. »Ihr Name ist –«

»Bud Handelman, natürlich«, entgegnete der Detektiv und kniff ein Auge zu, als hielte er Tristrams Einwurf für einen Scherz. »In Ihren Diensten!«

»Ermittlungs-Dienst Ajax –«

»*Achilles*«, korrigierte Handelman schnell und mit schmerzlichem Zucken, »– mein Bruder arbeitete für Ajax. Nein, ich bin *Ihr* Mann, Mr. Heade, ich stehe in Ihren vertraulichen Diensten. *Unbesiegbar und unbestechlich* – das Motto unserer Firma!«

»Ihr – Bruder?« sagte Tristram.

»Der uns hier nicht kümmern muß, Mr. Heade«, sagte

Handelman, blinzelnd, die Stirne runzelnd, flüchtig sah es so aus, als würde er in Tränen ausbrechen, »– denn *ich* bin Ihr Mann, und Sie sind sicher interessiert an meinem Bericht, den ich endlich abschließen konnte, abschließen, soweit es mir möglich war.« Sein Lächeln, das ganz kurz zittrig schien, war jetzt wieder umwerfend strahlend. »Sie waren ja selbst kaum auffindbar!« rief er und drohte mit dem Zeigefinger. »Ich hoffe, Sie haben unser kleines Projekt nicht aufgegeben? Ich hoffe, Sie hatten nicht *vergessen* –?«

»Vergessen –?«

»Daß Sie mir den Auftrag erteilten, Lebensumstände und Aufenthalt eines gewissen Angus Markham auszuforschen und einen vertraulichen Bericht darüber für Sie zu verfassen?«

Tristram murmelte: »Nein, nein, selbstverständlich habe ich es nicht vergessen. Es ist nur – ich bin nur überrascht –«

»Ich weiß! Ich weiß! Ich bitte höflichst um Entschuldigung, Mr. Heade!« rief Handelman fröhlich und schoß in blitzartiger Bewegung an Tristrams Ellbogen vorbei, um die Tür zu schließen und zu verriegeln. »Aber jetzt wollen wir keine Zeit mehr verschwenden und uns sofort den Geschäften zuwenden. Wie ich sagte, ich glaube, es wird Sie interessieren, was –«

Handelman hatte eine große Mappe von Tristrams Bett aufgenommen, lud Tristram ein, sich zu setzen, ganz als wäre dies sein Zimmer und Tristram ein Gast, und begann zu lesen: »Vertraulicher Bericht im Auftrag von T. Heade, Klient, vorgelegt von B. Handelman, Privatdetektiv mit Lizenz, hinsichtlich des –« Das helle Geschnatter des kleinen Mannes prallte von Tristram ab wie das Plätschern eines Baches von einem großen, unbewegten Fels auf seinem Weg; immerhin gewann Tristram nach und nach wieder so viel Geistesgegenwart, zu erkennen, daß er sich nicht in unmittelbarer Gefahr befand; der Eindringling war kein Polizist, sondern ein Mann, den er selbst beauftragt hatte, und alles, was zwischen ihnen vorging, war vertraulich. Selbst wenn Handelman das künstliche Auge oben auf der Kommode gesehen hatte ... selbst wenn er die Frechheit gehabt hatte, Tristrams Sachen zu durchsuchen, und den leicht blutbefleckten Dolch zwischen der Matratze und dem Drahtfedereinsatz des Betts entdeckt hatte ...

Handelman war jetzt offenbar mit seinen einleitenden Ausführungen fertig, aus denen hervorging, daß der genaue Aufenthaltsort von Angus Markham zur Zeit zwar nicht bekannt war und niemand das fragliche Subjekt tatsächlich zu Gesicht bekommen hatte, daß sich aber doch immerhin eine beachtliche Menge von Informationen angesammelt hatte, die er nun dem Klienten übergeben würde. Er blickte zu Tristram hoch und kniff ein Auge zu. »Mr. Heade? Soll ich fortfahren? Oder paßt es Ihnen jetzt gerade nicht? – Oder lese ich zu schnell?«

Tristram antwortete ruhig, als würde sich jetzt sein Schicksal entscheiden: »Bitte fahren Sie fort, Mr. Handelman. Besser als jetzt wird es mir nie passen.«

4

Und nun erstand vor Tristrams Ohren, erzählt von Handelmans heller Stimme, das abstoßende und zugleich faszinierende Bild einer abgrundtief bösen, diabolisch klugen, zweifellos psychopathischen Persönlichkeit, unter deren zahlreichen Decknamen einer eben »Angus T. Markham« war; ein Mann zwischen fünfunddreißig und vierzig Jahren, möglicherweise aus Florida gebürtig, dem aber mehrere regionale Akzente (darunter auch der von Virginia) zu Gebote standen, der sich eine Karriere aufgebaut hatte aus professionellem Spielertum, Immobilienspekulationen, Erpressungen verschiedenster Art, und – hier machte Handelman eine dramatische Pause und warf Tristram einen leicht schielenden Blick zu – der Ausbeutung reicher Frauen, in den meisten Fällen Witwen.

»Und das bedeutet, wie die Polizei in fünf Staaten Grund zur Vermutung hat«, sagte Handelman, »– *Mord.*«

»Mord –!« Tristrams Lippen bewegten sich von selbst.

Handelman raschelte in seinen Papieren, die eine Seite seines Babygesichts in widerwilliger Bewunderung verzogen. »Ich muß schon sagen, ich war beeindruckt!« kicherte er. »Ihr ›Markham‹ hat, egal, in welcher seiner Verkleidungen, wirklich einiges auf dem Kerbholz! – allerdings nicht *offiziell*, das muß ich betonen, denn die Polizei hat ihn noch nie festgenommen, und er stand, soweit ich feststellen konnte, noch in keinem Staat je vor Gericht. Ich begann, Ihrem Hinweis folgend, mit meiner Suche in Tampa und zeigte ein paar Leuten das Foto, und da hatte ich bald Glück, denn dort wird er von der Polizei gesucht, unter dem Pseudonym ›Mark A. Andrus‹, wohl eine Art Anagramm, und zwar im Zusammenhang mit dem Tod einer Witwe namens –« und hier wühlte Handelman wieder in seinen Papieren, zog dann ein Blatt heraus und hielt es sich dicht vor die Augen, »– ›Martha Klingerman‹, verwitwete ›Mrs. Harold S. Klingerman‹, zweiundfünfzig Jahre alt zum Zeitpunkt ihres Todes. Eine schöne Frau, wie man mir sagte, verheiratet mit einem viel älteren Mann, einem reichen Geschäftsmann aus Tampa, der beim Sturz aus dem achtzehnten Stockwerk eines seiner eigenen Häuser im Stadtzentrum von Tampa starb, und zwar im Juli 1983 ... darauf ehelichte Mrs. Klingerman bereits zwei Monate später einen Mann namens ›Mark A. Andrus‹, über den nicht viel bekannt war, außer daß er offenbar von seinen Wettgewinnen bei Pferderennen lebte und, Mrs. Klingermans Freundinnen zufolge, ›ganz ungeheuer charmant‹ war. Als sie ihn heiratete, beging Mrs. Klingerman den Fehler, ihr Testament vollständig zu seinen Gunsten abzuändern, ihm fast alle ihre Vermögenswerte zu überschreiben und ihm sogar, ohne ersichtlichen Grund, Generalvollmacht zu erteilen, was zur Folge hatte, daß die arme Frau sechs Monate nach ihrer Eheschließung bei einem Autounfall ums Leben kam, den die Versicherung für ›verdächtig‹ hielt ... es ließ sich aber kein Beweis für Fremdverschulden finden, die polizeilichen Ermittlungen verliefen bald im Sand, daher wurde auch keine Anklage gegen Andrus erhoben, der bald darauf aus der Gegend verschwand. Soweit Tampa! Als nächstes führt die Spur nach Sarasota, wo unser schwer zu fassender Freund ein Jahr später, Anfang 1985, auftaucht, unter dem Namen ›Andrew S. Hammark‹, diesmal verwickelt in ein Immobiliengeschäft von solcher Komplexität, daß ich nicht behaupten kann, ich hätte jemals wirklich durchgeblickt; dafür fand sich wieder die Frau eines reichen Geschäftsmannes – eine gewisse Eloise S. Farquhar, achtunddreißig,

Gattin des Ulysses Farquhar –, die bewundert, umworben und gewonnen wurde; worauf sehr bald ihr Gatte bei einem Bootsunfall im Golf verstarb, und zwei Monate später heiratete sie Hammark, änderte, genau wie die unglückliche Mrs. Andrus in Tampa, ihr Testament zugunsten ihres neuen Gatten, überschrieb ihm ihr Vermögen und stellte ihm eine Generalvollmacht aus, mit Folgen, die uns nicht weiter überraschen. Im September 1985 verschied Mrs. Farquhar, laut Gutachten des Coroners« – Handelman führte ziemlich dramatisch eine dunkle Fotokopie nahe an die Augen – »an einer Überdosis Schmerztabletten, die ihr der Arzt verschrieben hatte. Ihr Tod wurde eingestuft als ›Unglücksfall‹, eine höfliche Umschreibung für Selbstmord, und – und das ist wohl ein Tribut, Mr. Heade, für den ›phantastischen Charme‹ unseres Freundes – nicht ein einziges Familienmitglied der Verstorbenen brachte irgend etwas gegen Hammark vor, der, genau wie Andrus, kurz darauf aus der Gegend verschwand. Ist das nicht bemerkenswert? Als nächstes kommen wir nach –«

»Key West«, warf Tristram tonlos ein.

»Sie sagen es: Key West. Wo im Dezember 1985 etwas sehr Merkwürdiges passierte, und zwar im Zusammenhang mit dem Verschwinden eines vierzigjährigen Mannes namens Mason P. Hinkman, Makler und Immobilienunternehmer, und seinem Wiederauftauchen nach zwölf Tagen als, wie es im Rückblick aussieht, ein anderer. Das heißt, Hinkman verschwand tatsächlich, er wurde aus einem fahrenden Zug geworfen – die stark verweste Leiche fand man Monate später am Fuße einer Eisenbahnböschung auf dem Lande –, aber seinen Platz nahm ein anderer ›Hinkman‹ ein, der nicht nur Geschäftspartner und Mitarbeiter, sondern auch *die Ehefrau und die Kinder* überzeugte. Wie lange er die Täuschung noch aufrecht erhalten hätte, kann man nicht sagen, aber er schaffte es jedenfalls lange genug – und es besteht kein Zweifel, daß der

Mörder wirklich unser Freund war: Fotos von Hinkman sehen dem Foto von Markham in meinem Besitz zum Verwechseln ähnlich –, um sich aus dem Vermögen und den Ersparnissen seines Opfers ausgiebig zu bedienen; und nach einer Woche oder so verschwand er. ›Er löste sich in Luft auf, und das zum zweiten Mal‹, wie Mrs. Hinkman zu mir sagte. Das war Key West! Ist das nicht bemerkenswert?«

Lächelnd blickte Handelman zu Tristram hoch, der reglos zuhörte, die Hände fest im Schoß gefaltet, die Augen hinter den leicht beschlagenen Brillengläsern starr auf das Gesicht des anderen geheftet. »Bemerkenswert, meine ich, in zweifacher Hinsicht«, fuhr Handelman fort, »– daß der Mann, den Sie als ›Angus T. Markham‹ kennen, so schlau war, und so grausam, und seine Opfer, die ihm auf den Leim gingen, wenigstens in unseren Augen so unerhört –« er schüttelte den Kopf vor Verwunderung und grinste »– *gutgläubig.*«

Tristrams Stimme schien sich mit ungeheurer Anstrengung von irgendwo tief drinnen in ihm loszumachen. »Die Welt beruht auf Gutgläubigkeit, Mr. Handelman. Auf Vertrauen. Ein anderes Wort für Glauben.«

»Ein anderes Wort«, entgegnete Handelman mit einem Lachen, »für Dummheit.«

Tristram gab keine Antwort. Von einer Straße irgendwo in der Nähe kam plötzlich Sirenengeheul, das keiner der beiden Männer zu hören schien.

Lächelnd, angeregt, mit kindlichem Vergnügen an seinem Vortrag, kehrte der Detektiv zu seinem sorgfältig vorbereiteten Bericht zurück, las fast eine ganze Stunde lang, verfolgte sein schwer zu fassendes Subjekt nach Palm Beach ... nach Baltimore ... nach Washington, D. C. ... nach Manhattan ... nach Pittsburgh ... nach Fredericksburg, Virginia, wo er im März dieses Jahres offenbar von der Bildfläche verschwunden war. Tristram lauschte, und lauschte doch nicht; hörte, und hörte doch nicht; da sich seine Brille mehrmals stark beschlug, mußte er sie immer wieder absetzen und abwischen; sein Herz klopfte stark, aber nicht heftig; sein Kopf war so leer wie die noch nicht gefüllte Trommel eines Revolvers. Ein paarmal entrang sich ihm ein Seufzer, laut genug oder verzweifelt genug, daß Handelman hochblickte, ein Auge zukniff und fragte: »Ist das alles zuviel für Sie, Mr. Heade? Möchten Sie, daß ich aufhöre? Oder den Rest kurz zusammenfasse?« Tristram schüttelte den Kopf, nein, ganz und gar nicht, er brachte vor seltsamer Erschöpfung kein Wort heraus, dachte aber, keiner von uns beiden wird so leicht davonkommen.

Alles in allem ließ sich sagen, daß »Angus T. Markham« in eine Reihe von Morden verwickelt war, möglicherweise bis zu elf, und das in fünf Staaten innerhalb der vergangenen sechs Jahre; meistens waren es Frauen, aber in drei Fällen wahrscheinlich auch Männer. Bei den weiblichen Opfern handelte es sich ausnahmslos um die Gattinnen älterer, ziemlich wohlhabender Männer; Mrs. Klingerman, die älteste, war zweiundfünfzig gewesen, die jüngste, eine Erbin aus Baltimore, erst siebenundzwanzig; diese Frauen unterschieden sich zwar stark im Hinblick auf Temperament, Bildung, Herkunft, aber jede galt als besondere Schönheit und daher attraktiv genug, um das erotische Interesse des als »Angus T. Markham« bekannten Mannes wachzurufen. (»Es besteht, ich erwähne das nur als eine Spekulation von mir, durchaus die Möglichkeit«, bemerkte Handelman nachdenklich, »daß unser mörderischer Freund sich in diese Frauen, eine nach der anderen, tatsächlich verliebt hat, sie wirklich so angebetet hat, wie er ihnen erklärte, aber im Moment der Heirat, sobald sie also ›sein‹ waren, sofort das Interesse an ihnen verlor. Vielleicht fing er, sobald sie ›sein‹ waren, sogar an, sie zu hassen? Ich habe gehört, daß ein solches Verhalten typisch ist für die psychopathische Persönlichkeit.«) Im Gegensatz dazu entsprachen seine männlichen Opfer alle einem sehr ähnlichen Muster: jeder war zwischen zweiunddreißig und zweiundvierzig Jahre alt, jeder einigermaßen wohlhabend, wenn auch nicht geradezu spektakulär reich, und jeder sah »Markham« in erstaunlichem Maße ähnlich, oder umgekehrt, da »Markham« ja offenbar imstande war, in das Leben des anderen zu schlüpfen und als dieser aufzutreten, ohne daß man ihn entdeckte ...

Tristram sagte leise: »Ja.«

Handelman schloß mit der Auskunft, die Spur sei vergangenen April erkaltet, als »Markham« offenbar den gleichen Zug wie Tristram nahm, wahrscheinlich ebenfalls in Richmond, aber, soviel bekannt war, in Philadelphia nicht ankam. »Und so sind wir in der Gegenwart, oder jedenfalls fast«, erklärte Handelman und schloß mit einem leisen Knall die Mappe, »– und der Aufenthaltsort unseres Freundes ist, soweit Bud Handelman erfahren konnte, ›unbekannt‹. Ich ging verschiedenen Hinweisen nach, aber keiner erwies sich als stichhaltig, es war, als hätte sich der Mann in Luft aufgelöst! Und ich machte mir schon Sorgen, Sie könnten die Geduld verlieren, Mr. Heade, wenn Sie so viele Wochen auf den Bericht warten müßten, und Einwände haben gegen meine Spesen, die unterwegs aufliefen. Ich versuchte also, Sie zu kontaktieren, und stieß am Anfang auf gewisse Schwierigkeiten, aber, wie Sie sehen, ich ließ nicht locker – und hier bin ich.« Seine Augen hinter den dicken Gläsern wirkten unheimlich groß; sein kleines rundes Babygesicht leuchtete in unschuldigem Stolz. Tristram starrte ihn an und dachte, *dieser Mann ist mein Freund: mein einziger Freund.* Und dann, im nächsten Augenblick, *dieser Mann darf nicht am Leben bleiben.*

Tristram nahm seine Brille ab und rieb sich heftig die Augen, so als wolle er das Gesehene aus ihnen fortreiben. Mit einem matten Lächeln sagte er: »Aber das ist wahrscheinlich nur die Spitze eines Eisbergs, nehme ich an? Elf Todesfälle? Wir wissen doch – ich meine, wir können davon ausgehen –, daß ein Mann wie ›Markham‹, skrupellos, unempfindlich gegen die Leiden anderer, wahrscheinlich noch viel mehr getötet hat?«

»Durchaus möglich«, sagte Handelman und nickte strahlend. »Ein Serienmörder, ein Psychopath, äußerst gescheit, höchst verwandlungsfähig, sehr geschickt darin, sich veränderten Bedingungen anzupassen – ja, es ist gut möglich, sogar wahrscheinlich, daß er im Laufe seines Lebens weit mehr Menschen getötet hat als nur elf. Aber meine Spur begann in Tampa, im Jahre 1983. Für einen Privatdetektiv muß die Spur irgendwo beginnen, und dieser Punkt ist manchmal ein beliebiger.«

Handelman zog aus einer Innentasche ein mehrfach gefaltetes Stück Papier heraus, das er mit leicht verlegener Geste Tristram überreichte. Es handelte sich um eine minutiös belegte Spesenabrechnung mit Überschriften wie »Reisekosten«, »Unterkunft«, »Mahlzeiten«, »Telefongespräche«, und »Verschiedenes«. Der zuletzt genannte Posten war besonders hoch, und als er Tristrams Gesichtsausdruck bemerkte, sagte Handelman schnell: »›Verschiedenes‹ beinhaltet auch Zahlungen an Informanten. Was man so ›Schmiergelder‹ nennt.«

Tristram hielt die Spesenabrechnung in der Hand und schien sie gründlich zu studieren; sagte aber dann, nach einer Pause: »Sind Sie in Ihrer Ermittlungstätigkeit schon je zuvor einer Person wie ›Angus T. Markham‹ begegnet?«

»Nun – tatsächlich begegnet bin ich ›Markham‹ ja gar nicht!« erwiderte Handelman mit einem jungenhaften, entschuldigenden Lachen. Dann fuhr er ernster fort: »Nein, ich muß zugeben, daß ich einen derartigen Fall noch niemals hatte. Ich habe zwei oder drei eindeutig psychopathische Persönlichkeiten überwacht, aber das waren keine Mörder; schon gar nicht Serienmörder wie unser

Freund ›Markham‹.« Handelman beugte sich strahlend vor und murmelte vertraulich: »Wissen Sie, die Arbeit des Privatdetektivs besteht ja meistens aus Routine, ganz anders, als die Medien sie gern darstellen. Gut, es kann manchmal gefährliche Momente geben, aber öfter ist die Arbeit eigentlich monoton, fast wie ein Bürojob, langsames, geduldiges, peinlich genaues Recherchieren von Fakten, Details, ›Beweismaterial‹. Wir Ermittler stecken unsere Nase in den Misthaufen der Welt, um Informationen über derart gewöhnliche Männer und Frauen zu sammeln, daß man oft glauben möchte, niemand, der richtig im Kopf ist, würde für derartige Leistungen bezahlen! – Aber Ihr ›Angus T. Markham‹ ist schon ein gänzlich anderer Fall.«

»Und Sie haben ihn, soweit Sie wissen, tatsächlich nie zu Gesicht bekommen?«

»Ah nein! Natürlich nicht!« sagte Handelman mit weit aufgerissenen Augen. Dann lächelte er Tristram an, als hätte dieser einen Scherz gemacht. »Selbstverständlich hätte ich das in meinem Bericht erwähnt; darauf wäre ich doch sehr stolz gewesen.«

»Und wo er sich jetzt aufhält, ist gänzlich unbekannt?«

»*Mir* ist es unbekannt! – *uns!* *Ihm* allerdings doch wohl nicht!«

»Meinen Sie, der Mann ist noch am Leben?«

Handelman senkte die Stimme und berührte mit dem Zeigefinger leicht die Lippen. »Ich habe so das Gefühl, gänzlich *ex tempore*, daß, ja, daß der Mann noch lebt. Und eines Tages wieder auftauchen wird, anderswo, oder schon aufgetaucht ist, in einer ganz neuen Inkarnation.«

»Und wieder mordet?«

»Wenn ihn niemand daran hindert? – höchstwahrscheinlich.«

Tristram schien darüber nachzudenken, die Augen gesenkt, Nasenlöcher geweitet; er hatte eine Weile reglos dagesessen, schien sich aber jetzt zusammenzunehmen, in kurzen nervösen Zuckungen, wie kleinen Schauern. »Sie warten auf Bezahlung«, sagte er ruhig, blieb aber sitzen und machte keine Anstalten, sein Scheckbuch aus seinem Versteck im Futter eines von Markhams Koffern hervorzuholen, der mit anderen Gepäckstücken in einem Stapel in der Ecke stand. Dann kam ihm ein Gedanke. »Könnte ich das Foto zurückhaben?«

»Ah ja! Selbstverständlich!« Der Detektiv zog das Foto aus einer inneren Westentasche, reichte es Tristram und murmelte dabei entschuldigend: »Es ist leider noch undeutlicher geworden, ich kann mir nicht denken, warum – ich habe es wirklich nicht unnötig der Sonne ausgesetzt.«

Tristram warf nur einen ganz flüchtigen Blick auf das vertraute, böse Gesicht, dann zerriß er zu Handelmans ungläubigem Staunen das Foto in kleine Fetzen und ließ sie einfach zu Boden flattern. Dabei atmete er so tief, obgleich so ruhig, daß seine Nasenlöcher sich vor Anstrengung sichtlich weiteten. »Keine Morde mehr«, murmelte er.

Dann kam ihm noch ein Gedanke. »Sind Sie schon lange Privatdetektiv, Mr. Handelman?« fragte er in einem Versuch gesellschaftlicher Umgänglichkeit. »Sie sind doch noch sehr jung.«

Handelman wurde vor Freude rot, wie ein Mann, dem man derart persönliche Fragen nur sehr selten stellt. Dann verzog er den Mund und sagte: »Ich bin vielleicht nicht so jung, wie ich aussehe!«, und fuhr ernster fort: »In gewissem Sinn bin ich schon mein Leben lang Privatdetektiv. Ich stamme aus einer Familie von Detektiven – das heißt, in der Familie meines Vaters waren fast alle Männer Detektive, ›Privat-Ermittler‹. Mein Ur-Ur-Großvater ermittelte auf höchster Ebene für Horace Greeley – Sie haben von Horace Greeley gehört? – dem engagierten Redakteur der ›New York Tribune‹ Mitte des 19. Jahrhunderts? – besonders beim Aufdecken der Geheimnisse des Ku-Klux-Klan; mein Urgroßvater war einer von Pinkertons Spitzenmännern, führte eine kleine Revolte seiner Kollegen an und verließ mit ihnen die Agentur, als Henry Clay Frick – Sie haben von Frick gehört? – der Vorsitzende von Carnegie-Stahl – die Pinkerton-Männer zu Hunderten anheuerte und sie gegen streikende Arbeiter einsetzte und auf wehrlose Männer und Frauen feuern ließ. Und mein Großvater, und mein Vater –« Er errötete noch tiefer und sagte: »Aber das genügt: Ich langweile Sie bereits.«

»Sie langweilen mich gar nicht«, erwiderte Tristram, »Sie langweilen mich wirklich überhaupt nicht.« Er hielt inne; er bemerkte, daß seine Hände kaum wahrnehmbar zitterten, und sagte: »Ich mag Sie. Ich halte Sie für einen guten, anständigen Mann, und ich mag Sie.« Er schluckte mühsam. »Sie sind mein einziger Freund.«

Was der junge Detektiv von dieser eigenartigen Bemerkung hielt, konnte Tristram nicht erkennen, denn er wagte dem Mann nicht ins Gesicht zu sehen, sondern fügte schnell hinzu: »Und in Ihrer eigenen Generation? – sind die Handelmans weiterhin alle Privatdetektive?«

»Wir sind jetzt nur noch zwei«, antwortete Handelman langsam, »das heißt, wir waren zwei. Mein älterer Bruder Barry starb erst kürzlich, in Ausübung seines Dienstes.«

»Starb?«

»Wurde ermordet.«

»Ah, ermordet! Es tut mir sehr leid, das zu hören!« rief Tristram. »Aber wie ist das geschehen? ›In Ausübung seines Dienstes‹ – wie?«

Handelman saß ganz still und starrte zu Boden. Ein Ausdruck kindlicher Verletzung, von Schmerz und Verlust legte sich über sein Gesicht; sein schmales Kinn wurde härter, als er gegen die Tränen ankämpfte. »Ich möchte jetzt lieber nicht darüber sprechen«, antwortete er leise. Dann: »Man sagt oft, die Kriminalgeschichte sei eine Tragödie mit gutem Ausgang, aber das stimmt nicht immer. Eigentlich kaum jemals. Tragödie, ja; guter Ausgang, nein.«

»Auch wenn Sie Ihren Mann fassen?«

Handelmans nasser Blick richtete sich mit dem Ausdruck geduldiger Ironie auf Tristram. Obgleich der Detektiv nicht älter sein konnte als siebenundzwanzig oder achtundzwanzig, sprach aus diesem Blick die Erfahrung von Jahrzehnten. Leise sagte er: »Es ist immer unsicher, Mr. Heade, ob ein Detektiv ›seinen Mann faßt‹, oder ob der ihn faßt. Denn am Ende siegt immer das Böse.«

»Das Böse? Siegt? Am Ende? Aber warum? – warum sagen Sie das mit solcher Überzeugung?« rief Tristram schockiert.

Einen Moment lang sah es so aus, als würde Handelman etwas erwidern wollen; dann überlegte er es sich anders, zog ein großes, nicht sehr sauberes Taschentuch aus der Tasche und betupfte sich damit die Augenwinkel, darauf erhob er sich, räusperte sich, und deutete mit einer Geste an, es sei jetzt Zeit für ihn zu gehen – und vielleicht auch bezahlt zu werden.

Also stand auch Tristram auf, langsam, eher unbeholfen, wie ein Mann in einem Traum.

Als wären sie plötzlich losgelassen, torkelten ihm Worte durchs Gehirn. *Da war die Tür, zu der ich keinen Schlüssel fand, Da der Schleier, der mir den Blick verband ...* wie Frachtwaggons ratternd durch die Nacht, aus dem Nichts auftauchend und ins Nichts verschwindend *Und Worte fielen über Mich und Dich, und dann kein Wort mehr über Dich und Mich ...* und noch drängender *Wer sich selbst überrascht, wird auch seine Beute überraschen.* Schweratmend sagte er: »Lassen Sie mich mein Scheckbuch herausholen, Mr. Handelman! Es ist im Bett versteckt, zwischen dem Sprungeinsatz und der Matratze – entschuldigen Sie mich nur einen Augenblick!«

Er bückte sich und zerrte an der Matratze; ein gräßliches

Tosen dröhnte in seinen Ohren. Der Detektiv sagte: »Kann ich Ihnen helfen, Mr. Heade?« Doch als er seine kindlich kleine Hand neben Tristrams Hand legte, und die beiden Männer angestrengt versuchten, die Matratze zu heben, was aber nicht gleich gelang, weil sie nicht den richtigen Zugriff fanden, schob Tristram ihn sanft fort und überraschte sowohl Handelman als auch sich selbst damit, daß er sich fest auf den Bettrand setzte, als hätte er in einem plötzlichen Anfall von Schwindelgefühl das Gleichgewicht verloren. »Ah, da fällt mir ein«, sagte er verlegen, »mein Scheckbuch ist gar nicht hier, sondern in einem der Koffer. Versteckt im Geheimfach eines Koffers. Dort, da drüben – in der Zimmerecke – der große Lederkoffer.«

Obgleich man nicht hätte sagen können, daß Tristram wirklich ganz bei sich war, obwohl blankes Entsetzen an den Rändern seines Bewußtseins lauerte wie eine finstere Flut, die sich in einen sonnendurchfluteten Raum ergießen will, begleitete er den Detektiv durch den Hotelkorridor, und, da der Aufzug wie üblich nicht in Betrieb war, auch noch ein paar Stockwerke die schmutzverkrustete Feuertreppe hinunter, in der es nach Desinfektionsmitteln, nach Erbrochenem und altem Urin stank. Vielleicht hätte er gesagt, er wolle den kleinen Mann an diesem unsicheren Ort beschützen, aber Handelman – und dieser Gedanke kam ihm erst jetzt – trug doch sicher einen Revolver bei sich? In ein Pistolenhalfter gesteckt, diskret verborgen unter seinem viel zu großen Tweedjackett? Am Fuß der Treppe schüttelten die Männer einander noch einmal die Hand, und Handelman, das Gesicht ganz rosa vor Vergnügen, dankte Tristram noch einmal, erstens für die prompte Bezahlung der Rechnung und zweitens für seine »unerwartete Großzügigkeit« – denn Tristram hatte Handelman auch noch mehrere Hundertdollarscheine in die Hand gedrückt, als Ausdruck, wie er sagte, seiner persönlichen

Wertschätzung. »Sie haben für mich den Schleier des Geheimnisses von diesem ›Markham‹ weggezogen und meine Seele erleichtert«, sagte Tristram mit Leidenschaft. »Sie haben mir den Weg gezeigt, den ich jetzt gehen muß: also bin *ich* es, der *Ihnen* dankbar zu sein hat.«

Handelman wandte sich zum Gehen, aber Tristram, dem noch etwas einfiel, hielt ihn fest – als könnte er damit, und sei es nur für ein paar weitere Sekunden, die Flut des Entsetzens zurückdrängen, die ihn erwartete. »Das künstliche Auge im Aschenbecher auf meiner Kommode: das haben Sie doch bemerkt? Und sich natürlich gefragt, was das ist?« fragte er ganz nebenbei. Handelman errötete noch stärker und lächelte sein jungenhaftes, fast schuldbewußtes Lächeln. »Oh, nein, das habe ich mich nicht gefragt! Aber gar nicht!« Tristram bohrte weiter: »Sie waren gar nicht neugierig? – Sie hielten dieses Auge in meinem Aschenbecher nicht für, nun ja, für sehr auffällig, für etwas Eigenartiges, ein Indiz vielleicht?« Handelman versetzte pedantisch: »Außerhalb der Besonderheiten eines jeden Falles gibt es keine Indizien, Mr Heade. Das ist der erste und wichtigste Grundsatz der Ermittlungstätigkeit. Hätte ich mich, unaufgefordert, gefragt, was das Auge auf Ihrer Kommode zu bedeuten hätte – und ich versichere Ihnen, ich tat es nicht –, dann hätte ich mir höchstwahrscheinlich überlegt, wissen Sie, es wäre eine Art von persönlichem Andenken, oder ein Glücksbringer, oder vielleicht eins Ihrer Reserveaugen – ein künstliches Ersatzauge, meine ich.«

Und damit entfernte sich der kleine Detektiv leicht hinkend, und Tristram starrte ihm verblüfft hinterher.

5

»Und jetzt ist alles klar.«

»Und jetzt kann ich mich nicht länger weigern, dem Horror ins Gesicht zu sehen.«

»Daß ich selbst es bin – *der Horror.*«

Denn jetzt war es absolut und unbestreitbar klar, daß Tristram Heade nicht mehr am Leben war und daß der mörderische Psychopath Angus T. Markham seine Stelle eingenommen hatte.

Aber – nicht ganz. So wie ein Wirt-Organismus von einem Parasiten befallen wird, der zumindest anfänglich darauf bedacht ist, nicht allzuviel Nahrung aus ihm zu saugen, denn der Wirt soll ja so lange als möglich am Leben bleiben – ebenso ist von »Tristram« noch ein bißchen übrig, dachte Tristram. Aber wie lange wird er sich angesichts von »Markhams« Invasion halten können?

Und so muß es enden.

Tristram stand vor einem fleckigen Spiegel und begann sich mit seinem Schildpattbürstenset kräftig das Haar zu bürsten. Seine Gelehrtenbrille im Drahtgestell blinzelte ihm wissend zu. Er wußte, was er zu tun hatte, und würde es tun: er mußte quer durch den Raum zum Fenster gehen, *so als wäre ich schon tot.* »Keine weiteren Morde von meiner – oder seiner – Hand. Nie wieder.« Mit kühlen zitternden Fingern würde er das Fensterglas berühren – die Stirn dagegen pressen, den Kopf wie im Gebet gesenkt – seine tiefste Stärke heraufbeschwören und die Augen schließen, und dann springen – ins Vergessen. *Uns so mich retten. Meine Sünden büßen. Lebwohl, Tristram Heade!*

Aber: ein Fussel am Rockaufschlag irritierte Tristram, gereizt bürstete er ihn weg. Selbst im Tod ist schlampige Kleidung unverzeihlich. Und weiß Gott, er hatte dringend einen frischen Haarschnitt und eine Rasur nötig – eine dieser wunderbar erfrischenden, stärkenden Rasuren, wie sie nur ein Barbier in einem exklusiven Hotel im europäischen Stil beherrscht. Und wo war sein Eau de Cologne »Narcisse«? Er sah sich um, mit gerunzelter Stirn, und spürte seine Gereiztheit rapide ansteigen.

Das war nur der niedrige Blutzuckerspiegel. Er war rasend hungrig und sehr durstig. Zeit zum Dinner? Wie spät *war* es denn? Zuviel Nachdenken! Zuviel Gewissenserforschung! Das macht jeden Mann fertig! Das war nicht amüsant! Eine Vision von pochierten Austern mit einem Kaviar-Häubchen stieg vor seinem inneren Auge auf, das Wasser lief ihm im Mund zusammen bei der Vorstellung eines guten, trockenen Chardonnay ... Ja, aber zunächst einmal ein Scotch on the rocks. Es war die richtige Stunde des Tages dafür. Schon hatte er sich vom Fenster abgewandt und den Hörer in der Hand, schon die vertraute Nummer gewählt, und am anderen Ende antwortete eine kultivierte Stimme: »Le Bec Fin, was darf ich für Sie tun?«

»Einen Tisch für eine Person, auf den Namen Heade, in zwanzig Minuten – danke.«

Ein ausgiebiges, meditatives Mahl, ein Abend in angeregter Selbstbetrachtung, ein Sichten der Möglichkeiten für die Zukunft – auf diese Weise, da gab es für Tristram keinen Zweifel, würde sich der Fall klären.

Joyce Carol Oates
im dtv

Grenzüberschreitungen
Erzählungen · dtv 1643

Lieben, verlieren, lieben
Erzählungen · dtv 10032

Bellefleur
Roman · dtv 10473

Die Familiensaga des Hauses
Bellefleur wird zum amerikanischen Mythos.

Engel des Lichts
Roman · dtv 10741

Die Geschichte einer alten Familie
in Washington zwischen Politik
und Verbrechen.

Unheilige Liebe
Roman · dtv 10840

Liebe, Haß und Heuchelei auf
dem Campus einer exklusiven
Privatuniversität.

Die Schwestern von Bloodsmoor
Ein romantischer Roman
dtv 11244

Fünf Schwestern aus gutem Hause
und ihre »Abenteuer«.

Das Mittwochskind
Erzählungen · dtv 11501

Das Rad der Liebe
Erzählungen · dtv 11539

Im Zeichen der Sonnenwende
Roman · dtv 11703

Aus der geradezu verliebten Nähe
zwischen zwei Frauen wird bald
zerstörerische Abhängigkeit.

Die unsichtbaren Narben
Roman · dtv 12051

Enid ist erst fünfzehn, als ihre
amour fou mit einem Boxchampion beginnt ...

Schwarzes Wasser
Roman · dtv 12075

Kelly verläßt die Party gemeinsam
mit dem charismatischen Senator.
Den nächsten Morgen wird sie
nicht erleben ...

Marya – Ein Leben
Roman · dtv 12210

Maryas Kindheit war ein Alptraum. Mit aller Kraft versucht
sie, dieser Welt zu entkommen.

Frances Fyfield
im dtv

Foto: Isolde Ohlbaum

Schatten im Spiegel
Kriminalroman · dtv 11371

Die Anwältin Sarah Fortune ist jung, schön, erfolgreich – und rothaarig. Die Annäherungsversuche ihres Klienten Charles Tysall machen ihr angst: Seine Bekanntschaft scheint nämlich rothaarigen Frauen schlecht zu bekommen …

Feuerfüchse
Kriminalroman · dtv 11451

Eine Leiche im Wald, und der Schuldige scheint schnell gefunden. Alles deutet auf einen jungen Englischlehrer hin. Aber Helen West gibt sich nicht gern mit einfachen Lösungen zufrieden.

Im Kinderzimmer
Roman · dtv 11516

Katherines Leben in ihrem luxuriösen Zuhause hat seinen Preis: Sie versucht sich die Liebe ihres Mannes durch Anpassung und Unterwerfung zu erhalten, seine grausamen Spielchen stumm zu ertragen. Doch damit ist ihre kleine Tochter Jeanetta dem Sadismus des Vaters hilflos ausgeliefert …

Dieses kleine, tödliche Messer
Kriminalroman · dtv 11536

Der Täter ist geständig. Und er belastet die bis dato unbescholtene Antiquitätenhändlerin schwer. Die Staatsanwältin Helen West setzt alles daran, die wahre Schuldige vor Gericht zu bringen – aber deren krankhafte Rachsucht sucht bereits das nächste Opfer …

Tiefer Schlaf
Kriminalroman · dtv 11786

Niemand interessiert sich besonders dafür, was der ehrbare Apotheker in seinem Hinterzimmer treibt. Als seine Frau tot aufgefunden wird, will die Staatsanwältin Helen West als einzige die Version des »natürlichen Todes« nicht akzeptieren. Ein kriminalistisch-psychologisches Kabinettstück von tödlicher Intelligenz.

dtv Crime Ladies

Toni Brill:
Verleger im freien Fall
dtv 11948
Doktor, Doktor
dtv 12028

Agatha Christie:
16 Uhr 50 ab Paddington
dtv 11687

Amanda Cross:
Albertas Schatten
dtv 11203
Gefährliche Praxis
dtv 11243
In besten Kreisen
dtv 11348
Eine feine Gesellschaft
dtv 11513
Schule für höhere Töchter
dtv 11632
Tödliches Erbe
dtv 11683
Süßer Tod
dtv 11812

Amanda Cross:
Der Sturz aus dem Fenster
dtv 11913
Die Tote von Harvard
dtv 11984
Verschwörung der Frauen
dtv 12056

Maria Rosa Cutrufelli:
Die unwillkommene Komplizin
dtv 11805

Fran Dorf:
Die Totdenkerin
dtv 11858

Frances Fyfield:
Schatten im Spiegel
dtv 11371
Feuerfüchse
dtv 11451
Dieses kleine, tödliche Messer
dtv 11536
Tiefer Schlaf
dtv 11786

Jennie Gallant:
Die Konfettifrau
dtv 11521

Ruby Horansky:
Die Polizistin
dtv 11874

Alexa Juniper:
Matthew's Mutter
dtv 11686

Li Ang:
Gattenmord
dtv 11213

Sharyn McCrumb:
Lieblich bis auf die Knochen
dtv 11813

Nancy Pickard:
Alles andere als ein Unfall
dtv 11685
Aber sterben will ich da nicht
dtv 11971

Marissa Piesman:
Kontaktanzeigen
dtv 11682
Leiche in bester Lage
dtv 11875

Zelda Popkin:
Rendezvous nach Ladenschluß
dtv 11559
Karrierefrauen leben schneller
dtv 11640
Die Tote nebenan
dtv 11804
Ein teuflisches Testament
dtv 12038

Suzanne Prou:
Die Schöne
dtv 11349

Joan Smith:
Schmutziges Wochenende
dtv 11387

Joan Smith:
Wer wohnt schon noch bei seinem Mann
dtv 11466
Ein häßlicher Verdacht
dtv 11550
Was Männer sagen
dtv 11978

Rosamond Smith:
Der Andere
dtv 11370
Das Frühlingsopfer
dtv 11859
Dein Tod – mein Leben
dtv 12001

Hannah Wakefield:
Die Journalistin
dtv 11542
Die Anwältin
dtv 11681

Hanneke Wijgh:
Tödliche Leidenschaften
dtv 12011

Margarete Zigan:
Möwenfutter
dtv 11684

Anthologien:

MordsFrauen
dtv 11377

Alle meine Mordgelüste
dtv 11647

Da werden Weiber zu Hyänen
dtv 11787

Mord am Fjord
dtv 11902

Blut in der Bassena
dtv 12018

Margriet de Moor im dtv

Foto: Ronald Hoeben

Rückenansicht
Erzählungen · dtv 11743

Sophie war noch ein junges Mädchen, als ihre Eltern nach Australien auswanderten. Zum Familienbesuch kehrt sie in die Niederlande zurück. Was wirklich war, erfährt sie erst jetzt im Rückblick, was sein könnte, zeigt ihr die Begegnung mit einem Jugendfreund. Plötzlich scheint alles möglich.

Doppelporträt
Drei Novellen · dtv 11922

In der Kindheit der beiden Schwestern gibt es einen faszinierenden Fremden, den Spanier, der ein Porträt ihrer Mutter malte. Mit ihm werden die aufregenden Dinge, die in ihren Büchern stehen, beinahe Wirklichkeit. Viele Jahre später, sie sind inzwischen erwachsen und haben selbst Familie, machen sie sich auf die Suche nach ihm ...

Erst grau dann weiß dann blau
Roman · dtv 12073

Eines Tages ist sie verschwunden, einfach fort. Ohne Ankündigung verläßt Magda ihr angenehmes Leben, die Villa am Meer, den kultivierten Ehemann. Und ebenso plötzlich ist sie wieder da. Über die Zeit ihrer Abwesenheit verliert sie kein Wort. Die stummen Fragen ihres Mannes beantwortet sie nicht.

»De Moor erzählt auf eine unerhört gekonnte Weise. Ihr gelingen die zwei, drei leicht hingesetzten Striche, die eine Figur unverkennbar machen. Und sie hat das Gespür für das Offene, das Rätsel, das jede Erzählung behalten muß, von dem man aber nie sagen kann, wie groß es eigentlich sein soll und darf.« (Christof Siemes in der ›Zeit‹)